LE COLLIER VOLÉ

Carol Higgins Clark est née à New York en 1960. Elle a travaillé pour le théâtre, le cinéma et la télévision avant de se lancer dans une carrière de romancière à suspense. Ses livres ont pour héroïne Regan Reilly, une jeune détective pleine de charme. Carol Higgins Clark a également cosigné plusieurs romans avec sa mère, Mary Higgins Clark.

CAROL HIGGINS CLARK

Le Collier volé

ROMAN TRADUIT DE L'ANGLAIS (ÉTATS-UNIS) PAR MICHEL GANSTEL

ALBIN MICHEL

Titre original :

BURNED

© Carol Higgins Clark, 2005.
© Éditions Albin Michel, 2005, pour la traduction française.
ISBN : 978-2-253-12038-4 – 1re publication LGF

In Pectore

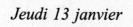

Jeudi 13 janvier

1

– C'est la tempête de neige du siècle qui s'annonce ! cria le reporter avec une sorte de jubilation hystérique.

Engoncé dans un ciré jaune, il se tenait au bord de la New Jersey Turnpike. Les voitures avançaient au pas, glissaient, patinaient, pendant qu'un vent vicieux faisait voler la neige dans tous les sens. Les flocons semblaient d'ailleurs vouloir particulièrement s'en prendre au visage du reporter et à l'objectif de la caméra de télévision. De lourds nuages gris plombaient le ciel et tout le nord-est des États-Unis faisait le dos rond sous la fureur d'un blizzard aussi soudain qu'inattendu.

– N'allez nulle part ! cria le reporter en clignant des yeux pour éviter les flocons agressifs. Ne sortez pas de chez vous. N'essayez pas les aéroports, ils sont fermés et le resteront probablement plusieurs jours.

Dans son bureau douillet du vieil immeuble de Hollywood Boulevard où elle avait établi son quartier général, Regan Reilly regardait à la télévision ces images dignes de l'Arctique.

– Incroyable ! dit-elle à haute voix. J'aurais dû prendre l'avion hier.

– Sois prudent, Brad, conseilla au reporter le présentateur du journal télévisé dans son studio climatisé. Reste au sec.

– J'essaierai ! cria Brad dans une rafale de vent.

Il allait dire autre chose quand le son fut brusquement coupé. La régie passa aussitôt à l'image d'un météorologue devant une carte striée de flèches multicolores pointées dans toutes les directions dont il allait expliquer la signification.

– Que pouvez-vous nous dire, Larry ? lui demanda la souriante présentatrice blonde.

– La neige vient de partout, répondit-il en traçant d'une main fébrile des cercles sur la carte. De la neige, encore de la neige et toujours de la neige. J'espère, chers téléspectateurs, que vous avez une bonne provision de conserves chez vous, car ce blizzard va nous affecter plusieurs jours et il est d'une violence extraordinaire.

Regan tourna son regard vers la fenêtre. Le temps doux et ensoleillé typique de Los Angeles régnait dehors. Elle avait déjà bouclé sa valise pour aller à New York. Détective privée, trente et un ans, elle était fiancée depuis peu à Jack « simple homonyme » Reilly, chef de la brigade spéciale de la police de New York, avec qui elle devait se marier en mai. Elle comptait passer le week-end avec Jack et ses parents, Luke et Nora, qui habitaient Summit dans le New Jersey.

Regan et sa mère étaient censées rencontrer samedi un organisateur de cérémonies pour passer en revue tous les éléments du grand jour – menu, fleurs, limousines, photographe, la liste était interminable. Le samedi soir, avec Jack et ses parents, ils avaient prévu d'aller écouter un orchestre qu'ils envisageaient d'engager pour la réception. Regan se réjouissait d'avance de cette soirée. Bien entendu, le blizzard anéantissait ces projets, mais si elle était arrivée à New York avant qu'il se déclenche, elle aurait au moins pu passer un week-end intime avec Jack, qu'elle n'avait pas vu depuis dix jours. Quoi de plus romantique, d'ailleurs, qu'un tête-à-tête bien au chaud pendant qu'une tempête de neige fait rage à l'extérieur ?

Frustrée, Regan regardait le soleil qui l'agaçait comme une provocation. Je ne veux pas rester seule ici, pensait-elle. Je voudrais être à New York.

La sonnerie du téléphone la tira de sa rêverie.

— Regan Reilly, annonça-t-elle sans enthousiasme.

— Aloha, Regan. C'est ta demoiselle d'honneur qui t'appelle de Hawaii.

Kit était la meilleure amie de Regan. Elles avaient fait connaissance en première année de faculté dans le cadre d'un programme d'études en Angleterre. Kit vivait à Hartford et vendait des assurances. Son autre travail, à plein temps, consistait à chercher l'homme de sa vie. Elle avait eu plus de chance, jusqu'à présent, avec la vente de ses polices.

Regan se sentit mieux rien que d'entendre la voix de sa meilleure amie. Kit était à Hawaii pour une convention d'assureurs.

— Aloha, Kit, répondit-elle en souriant. Comment se passe ton voyage ?

— Je suis bloquée ici.

— Je ne connais pas beaucoup de gens qui se plaindraient d'être bloqués à Hawaii.

— La convention s'est terminée mardi. J'ai pris un jour de plus pour me reposer et maintenant, je ne peux plus rentrer. D'après mon agent de voyages, on ne peut même plus s'approcher de la côte Est.

— Ne m'en parle pas ! J'étais censée aller à New

York aujourd'hui pour voir Jack. Ma mère et moi devions rencontrer l'organisateur de la cérémonie.

– Promets-moi de ne pas en faire trop pour les robes des demoiselles d'honneur.

– Au contraire, je pensais à des tailleurs-pantalons écossais.

– Écoute, j'ai une idée. Viens ici, nous achèterons des pagnes.

– Pour une idée, c'en est une ! répondit Regan en riant. Les gens veulent toujours que leur mariage sorte de l'ordinaire.

– Alors, tu viens ?

– De quoi parles-tu ?

– Viens donc, Regan. Combien d'occasions aurons-nous encore d'être seules toutes les deux ? Une fois la bague au doigt, ce sera fini. Tu ne voudras plus jamais quitter Jack. Remarque que je ne te le reproche pas.

– Je compte bien garder mon bureau à Los Angeles, protesta Regan. Pour un temps, du moins.

– Ce n'est pas la même chose. Tu sais très bien ce que je veux dire. C'est l'occasion ou jamais de passer un week-end amusant entre filles avant ton mariage. De toute façon, qu'est-ce que tu vas faire ces jours-ci ? Regarder les bulletins météo ? Viens plutôt à Waikiki. J'aurai un cocktail tropical tout prêt pour t'accueillir. J'occupe une chambre au premier étage avec deux grands lits et un balcon sur la mer, tu pourrais presque y sauter à pieds joints. En fait, je suis sur le balcon en ce moment même et j'attends mon petit déjeuner.

– Attention, avec le bruit des rouleaux sur la plage, tu risques de ne pas entendre le serveur frapper à ta porte.

Regan regarda autour d'elle cette pièce qui était depuis des années son second foyer. Le bureau ancien déniché dans une brocante, le sol carrelé en damier blanc et noir, la machine à café trônant sur un classeur lui étaient aussi chers que des membres de sa famille. Maintenant, pourtant, ils lui paraissaient indifférents, presque étrangers. Après en avoir mentalement pris congé pour le week-end, elle éprouvait le besoin de partir n'importe où, de changer d'air. Et il était exact qu'elle n'avait pratiquement pas revu Kit depuis sa rencontre avec Jack un an auparavant.

Elle entendit vaguement la voix de Kit dans l'écouteur et se força à revenir sur terre.

— Qu'est-ce que tu disais ?

— Je suis au Waikiki Waters.

— Impressionnant.

— Tu devrais le voir toi-même ! Il a été rénové l'année dernière, tout est flambant neuf et superbe. Et c'est immense ! Il y a des restaurants, des boutiques, deux spas, cinq piscines et cinq bâtiments pour les chambres. Nous serons dans le meilleur, celui au bord de l'eau. Il y aura un bal de gala samedi soir. On y vendra aux enchères, au bénéfice d'œuvres caritatives, un collier de coquillages ayant appartenu à une princesse de l'ancienne famille royale. C'est pour cela que le bal s'appellera le Bal de la Princesse. Viens, te dis-je. Nous serons toutes les deux des princesses...

Kit s'interrompit.

— Qu'est-ce qui se passe en bas ? murmura-t-elle pour elle-même.

— De quoi parles-tu ? s'enquit Regan.

Kit parut ne pas l'avoir entendue.

— Mais... ce n'est pas possible ! s'écria-t-elle avec inquiétude.

— Qu'est-ce qui se passe, Kit ? insista Regan.

– Des gens courent vers la mer. Je crois qu'un corps a été rejeté sur la plage par les vagues.

– Tu plaisantes ?

– Non. Une femme vient de sortir de l'eau en hurlant. On dirait qu'elle a touché le cadavre en nageant.

– Mon Dieu !

– Tu ne vas pas me laisser tomber ce week-end, Regan ? demanda Kit d'un ton suppliant. J'ai peur, maintenant.

– J'appelle tout de suite les compagnies aériennes.

2

De son bureau du New Jersey, Nora Regan Reilly regardait la neige tomber. En temps normal, un peu de neige donnait une touche de charme supplémentaire au cadre douillet où elle se retirait pour écrire ses romans policiers. Mais ce blizzard bouleversait ses projets comme il compliquait la vie de tous les habitants de la région.

— Je suis désolée que tu ne puisses pas venir, ma chérie.

— Moi aussi, maman, crois-moi.

Dans son appartement des collines de Hollywood, Regan finissait de remplir sa valise.

— Hawaii n'est quand même pas désagréable.

— Je serai surtout contente de passer le week-end avec Kit. J'ai eu tellement à faire ces temps-ci, je n'aurais jamais trouvé autrement le temps de prendre un peu le large.

— Ton père a un grand enterrement de prévu demain. Avec le temps qu'il fait, je me demande si ce sera possible. On dit que les routes sont à peu près impraticables et presque toute la famille vient de loin. Ils devaient descendre dans un hôtel à côté d'ici.

— Qui est mort ?

La question de Regan n'était pas rare dans les

conversations chez les Reilly. Son père, Luke, possédait trois entreprises de pompes funèbres. Et, avec les romans policiers qu'écrivait Nora, il était souvent question de crimes et de morts qui n'impressionnaient plus personne. Regan avait écouté et participé à plus de conversations d'adultes que la plupart des enfants, phénomène assez commun chez les enfants uniques. Jack avait six frères et sœurs, ce dont Regan était enchantée. À eux deux, ils auraient bientôt le meilleur de deux univers très différents.

— Ernest Nelson, l'ancien champion de ski. Il venait d'avoir cent ans. Il vivait dans une maison de retraite médicalisée, sa famille est disséminée un peu partout. Sa femme est morte l'année dernière.

— Il avait cent ans ?

— Oui. Il avait célébré son anniversaire il y a une quinzaine de jours. Sa famille lui avait offert une grande fête, maintenant ils reviennent pour l'enterrer. Et ils sont nombreux. Il a eu huit enfants, d'innombrables petits-enfants. J'ai l'impression qu'ils vont devoir rester ici un moment.

— Je croirais volontiers qu'il a attendu d'atteindre le siècle pour s'en aller, commenta Regan. Le temps qu'il fait convient aux circonstances, en un sens.

— C'est ce que tout le monde dit. As-tu parlé à Jack de tes changements de projets ?

— Bien sûr. Nous sommes aussi déçus l'un que l'autre que je ne puisse pas venir à New York ce weekend, mais je viendrai, quoi qu'il arrive, le week-end prochain.

— Combien de temps resteras-tu à Hawaii ? demanda Nora en buvant une gorgée de la tasse de thé fumante posée devant elle.

— Jusqu'à lundi matin, c'est tout.

18

– Kit et toi avez-vous des distractions en vue ?

Regan mit un maillot de bain rouge dans sa valise. Avec son teint clair, elle n'était pas une adoratrice du soleil, mais elle aimait se baigner et s'étendre ensuite sous un parasol. C'est de son père qu'elle avait hérité son physique d'Irlandaise. La chevelure noire, les yeux bleus et la peau laiteuse, elle atteignait un mètre soixante contre le mètre quatre-vingt-dix de Luke et l'argent, comme il disait, avait élu domicile dans ses cheveux depuis belle lurette.

– Non, rien de particulier. Nous irons surtout à la plage, et ferons peut-être quelques excursions. Je crois que Kit a des vues sur un garçon qui vit à Waikiki.

– Vraiment ?

– Elle m'a dit quelques mots sur des gens qu'elle a rencontrés qui ont pris leur retraite jeunes ou se lancent dans une seconde carrière là-bas. L'un d'eux paraît intéressant.

– Kit doit donc être contente de ne pas pouvoir rentrer.

– Je crois que tu as raison, maman. Elle n'a bien voulu l'admettre que quand je l'ai rappelée pour l'informer des horaires de mon vol. Mais les relations à distance prennent une tout autre signification quand il est question du Connecticut et de Hawaii.

– Je suis sûre que vous allez bien vous amuser toutes les deux, dit Nora en riant. Sois prudente en te baignant, ma chérie. Les courants sont souvent traîtres dans le Pacifique.

Le sixième sens irlandais ? se demanda Regan. Ou le sixième sens maternel ? Elle n'avait pas l'intention de parler à sa mère du corps rejeté sur le rivage devant la chambre d'hôtel de Kit, mais Nora avait dû ressentir quelque chose. Quand Regan avait rappelé son amie,

Kit était sur la plage. Le corps avait été identifié comme celui de Dorinda Dawes, une femme âgée d'une quarantaine d'années qui travaillait au Waikiki Waters. Elle remplissait depuis trois mois les fonctions de photographe et de rédactrice du journal intérieur de l'hôtel. Kit l'avait rencontrée dans un des bars où Dorinda photographiait les clients.

Quand elle avait été jetée sur le sable par les vagues, Dorinda ne portait pas de maillot de bain, mais une robe à fleurs et un collier de coquillages. Elle n'était donc pas sortie se baigner. Non, décida Regan, inutile d'en parler à sa mère. Mieux valait lui laisser croire qu'elle s'apprêtait à passer un reposant week-end dans un bel hôtel les pieds dans l'eau. Et qui sait ? Ce serait peut-être ce qui se passerait.

Pourtant, connaissant son amie Kit comme elle la connaissait, Regan en doutait. Kit réussissait à se fourrer dans un guêpier même à un pique-nique paroissial, et c'est ce qui semblait s'être produit une fois de plus. Regan se disait parfois que c'était une des raisons pour lesquelles elles étaient si bonnes amies. Chacune à sa manière flirtait avec les côtés périlleux de la vie.

— Sois tranquille, maman, nous serons prudentes, dit Regan d'un ton rassurant.

— Ne vous séparez pas, surtout en vous baignant.

— Nous ne nous quitterons pas, je te le promets.

Après avoir raccroché, Regan ferma sa valise et regarda la photo de Jack et d'elle sur la commode. Elle avait été prise quelques minutes après leurs fiançailles mouvementées à bord d'une montgolfière. Regan avait encore peine à croire à sa chance d'avoir trouvé l'âme sœur. Ils avaient fait connaissance au moment du kidnapping de son père parce que Jack était chargé de l'enquête. Luke plaisantait maintenant volontiers sur ses talents involontaires de marieur, puisque Regan et Jack s'étaient connus pendant qu'il gisait ligoté au fond d'un bateau avec son chauffeur. Ils allaient, en effet, si bien ensemble qu'on pouvait dire sans exagérer qu'ils étaient faits l'un pour l'autre et ils avaient presque tout en commun, surtout le sens de l'humour. Leurs professions les rapprochaient encore davantage et ils discutaient souvent de leurs enquêtes respectives. À la fin de chaque conversation, Jack ne manquait jamais de lui dire qu'il l'aimait et de lui recommander d'être prudente.

– Je le serai, Jack, dit-elle à la photo. Je veux rester en vie pour porter ma belle robe de mariée.

Pourtant, alors même qu'elle prononçait ces mots à haute voix, Regan éprouva un sentiment de malaise qu'elle chassa avec effort en prenant sa valise et en se dirigeant vers la porte.

– Me voilà en route pour mon week-end entre filles, se dit-elle. Qu'est-ce qui peut m'arriver de mal, après tout ?

3

Par le hublot de l'avion qui terminait sa descente sur Honolulu, Regan sourit en voyant sur le toit de l'aérogare ALOHA en lettres géantes au néon rouge.

— Aloha, murmura-t-elle en écho.

En posant le pied au bas de la passerelle, une bouffée d'air tiède et parfumé lui chatouilla les narines. Elle prit son téléphone portable pour appeler Jack. À New York, la nuit était déjà tombée.

— Aloha, ma chérie, répondit-il.

— Aloha. Je viens d'arriver, le ciel est tout bleu, je vois une rangée de palmiers qui ondulent dans la brise, une pagode dans un jardin et je regrette du fond du cœur que tu ne sois pas avec moi.

— Moi aussi, crois-moi.

— Quoi de neuf à New York ?

— La neige n'arrête pas de tomber. J'ai bu un verre avec mes gars en quittant le bureau. Dans les rues, les gens s'amusent comme des fous à se lancer des boules de neige et à traîner les gamins sur des luges. Quelqu'un a déjà fabriqué un bonhomme de neige qui monte la garde devant mon immeuble. Mais il n'a pas grand-chose à faire, la délinquance baisse pendant les tempêtes de neige.

– J'en suis malade de manquer tout ça, dit-elle tristement.

– Moi aussi.

Regan vit par la pensée le spacieux appartement qui correspondait si bien à la personnalité de Jack, avec ses canapés de cuir et ses beaux tapis persans. Il avait dit à Regan qu'il voulait quelque chose de mieux qu'un studio de célibataire parce qu'il espérait rencontrer un jour ou l'autre la femme de sa vie. « J'avais peur que cela ne se produise jamais, avait-il avoué. Maintenant, avec toi, tout est enfin comme je le rêvais. »

– Il y aura peut-être une autre tempête de neige le week-end prochain, plaisanta-t-elle. Cette fois, je m'arrangerai pour arriver avant.

– Il y en aura d'autres, je te le promets. En attendant, amuse-toi bien avec Kit. Et il y a beaucoup de gens en ville qui donneraient n'importe quoi pour changer de place avec toi, crois-moi. Tout le monde ne trouve pas cela drôle.

Tout en parlant, Regan était arrivée à la salle des bagages. Les gens en short et chemisette à fleurs attendaient sans impatience devant le tourniquet, l'atmosphère était détendue.

– Tout se passera très bien. Kit a fait ici quelques connaissances avec qui nous sortirons peut-être. Il y a même un type qui lui plaît.

– Oh, oh !

– Oh, oh ! est juste. Mais celui-ci a l'air prometteur. Après avoir travaillé à Wall Street, il a pris sa retraite à trente-cinq ans à Hawaii.

– Je devrais peut-être me renseigner sur son compte, dit Jack mi-amusé, mi-sérieux. C'est un peu trop beau pour être vrai.

Jack se sentait très protecteur envers Kit, qu'il aimait beaucoup. Deux ou trois de ses dernières « conquêtes » s'étaient révélées de parfaits bons à rien. Ni Jack ni Regan, et Kit moins encore, ne souhaitaient que cela se reproduise.

— Je saurai bientôt son nom et tous les détails par Kit. Je te les communiquerai. Si tu découvres qu'il n'est pas aussi parfait qu'elle le croit, elle appréciera d'être avertie. Le dernier zèbre avec lequel elle sortait lui a donné une bonne leçon.

— Plutôt, oui !

Ils pensaient tous deux à l'individu qui était sorti plusieurs fois avec Kit en omettant de lui dire qu'il était sur le point de se marier et de déménager à Hong Kong.

— Au fait, Regan, j'ai un bon copain dans la police de Honolulu. Je vais lui passer un coup de fil pour lui dire que tu es là-bas. Il aura peut-être des bonnes idées pour vous dire quoi faire et où aller.

— Avec plaisir. Comment s'appelle-t-il ?

Regan prit sa valise sur le tourniquet en s'étonnant une fois de plus des contacts de Jack. Il paraissait connaître tout le monde, partout. Et tous ceux qu'il connaissait avaient pour lui beaucoup de respect.

— Mike Darnell. J'ai fait sa connaissance quand je suis allé en vacances à Hawaii avec des collègues.

— Je vais prendre un taxi pour aller à l'hôtel, annonça Regan en sortant de l'aérogare.

— Sois prudente.

— Je le serai.

— Et ne t'amuse quand même pas trop.

— Comment voudrais-tu que je m'amuse si tu n'es pas là ?

— Je t'aime, Regan.

– Je t'aime aussi, Jack.

– Fais attention.

– Oui, je ferai très attention.

Elle referma son portable, le chauffeur mit sa valise dans le coffre pendant qu'elle s'asseyait à l'intérieur et ils démarrèrent en direction du Waikiki Waters. Une minute plus tard, en voyant la manière dont le chauffeur zigzaguait entre les files de voitures sur la route encombrée, les conseils de prudence de Jack lui parurent superflus.

À dix mille kilomètres de là, Jack raccrocha le téléphone en regardant autour de lui. « Cet endroit est trop solitaire sans elle », dit-il à haute voix. Il se consola cependant en pensant que Regan y serait avec lui le week-end suivant. Pourquoi, dans ces conditions, éprouvait-il un confus sentiment de malaise ? Il s'efforça de le chasser. Il avait trop tendance à s'inquiéter au sujet de Regan, il l'admettait. Cette fois, pourtant, il avait une bonne raison : quand elle était avec Kit, il se passait toujours quelque chose d'inhabituel.

Il regarda par la fenêtre la neige qui tombait sans arrêt et s'accumulait rapidement dans la rue. Puis, retraversant la pièce, il alla à son bureau ouvrir son carnet d'adresses et composa le numéro de son ami de la police d'Honolulu. Cette conversation ne fit qu'aggraver son inquiétude. Regan ne lui avait rien dit de la noyade d'une employée de l'hôtel de Waikiki, dont Kit lui avait sûrement parlé. Regan me connaît trop bien, pensa-t-il sombrement.

– Tu veux me rendre service, Mike ? Appelle Regan.

– Bien sûr, Jack. Il faut que je te quitte, j'ai une réunion, mais je te rappellerai un peu plus tard.

Debout devant sa fenêtre, Jack contempla longuement la neige. Je ne me sentirai un peu mieux que quand elle sera Mme Jack Reilly, pensa-t-il avant d'aller se coucher sans trop d'espoir de trouver le sommeil.

Pendant ce temps, à Waikiki, tout le monde ne parlait que de la mort de Dorinda Dawes.

4

Sa douche prise, Kit se drapa dans une serviette. Il était cinq heures trente de l'après-midi, elle venait de se baigner dans une des piscines de l'hôtel car, depuis la macabre découverte du matin, de nombreux clients, parmi lesquels elle se comptait, hésitaient à se tremper dans l'océan et les piscines faisaient le plein de baigneurs.

Regan ne va plus tarder à arriver, pensa-t-elle avec joie. Qu'elle ait réussi à trouver une place d'avion tenait du miracle. Elle avait d'ailleurs pris l'un des derniers sièges disponibles au départ de Los Angeles. Beaucoup de gens, ne pouvant se rendre sur la côte Est, se rabattaient apparemment sur Hawaii.

D'innombrables rumeurs avaient couru toute la journée sur le compte de Dorinda Dawes. Elle avait, semblait-il, provoqué pas mal de remous pendant ses trois mois à l'hôtel. Le journal intérieur de Noël rapportait des potins qui étaient loin de plaire à tout le monde et elle avait photographié des touristes qui ne tenaient pas particulièrement à paraître dans le journal. « On l'aimait bien ou on la détestait », avait maintes fois entendu répéter Kit ces dernières heures.

Kit sécha ses cheveux blonds, se peigna et alluma le petit téléviseur à côté du lavabo. J'aimerais bien avoir la télé dans ma salle de bains, pensa-t-elle se passant un gel coiffant dans les cheveux. Les nouvelles locales commençaient. Une journaliste se tenait sur la plage, au-dessous de la chambre de Kit.

« Le corps de Dorinda Dawes, quarante-huit ans, employée de l'hôtel Waikiki Waters depuis trois mois, a été rejeté ce matin sur la plage. Il s'agirait selon la police d'une noyade accidentelle. Des témoins l'ont vue quitter une réception dans les locaux de l'hôtel vers onze heures du soir. Elle était seule. Les employés de l'établissement disent qu'elle aimait rentrer le long de la plage jusqu'à son appartement, distant de quinze cents mètres, et qu'il lui arrivait souvent de s'arrêter sur la jetée pour se reposer quelques instants. La police pense qu'elle a glissé et est tombée à l'eau. Les courants, souvent violents à cet endroit, l'étaient particulièrement hier soir.

« Ce qui intrigue la police, c'est le fait qu'elle portait au cou un collier, un lei, de coquillages anciens plus précieux que des perles. Selon certaines sources, il s'agit d'un lei historique qui a été volé il y a plus de trente ans au musée des coquillages et qui serait le pendant du lei ayant appartenu à la princesse Kaiulani, membre de la famille royale hawaiienne, morte tragiquement en 1899 à vingt-trois ans. Surprise par un violent orage pendant qu'elle était à cheval sur la Grande Île, elle avait attrapé un refroidissement qui s'était aggravé jusqu'à causer sa mort. Le lei de la princesse Kaiulani sera vendu aux enchères au cours du Bal de la Princesse qui se tiendra à l'hôtel samedi soir. Le lei trouvé au cou de Dorinda appartenait à la tante de la princesse, la reine Liliuokalani, qui n'a régné que deux ans avant d'être forcée d'abdiquer à l'abrogation de la monarchie. Personne à l'hôtel ne se rappelle avoir vu Dorinda porter ce collier royal et tous ceux à qui nous avons parlé affirment qu'elle ne le portait pas hier soir avant de quitter l'hôtel. Les descendants de la famille royale avaient fait don des deux leis au musée au moment de sa création. Ils avaient été volés en même temps, mais celui de la princesse avait été rapidement récupéré. La question qui se pose donc est de savoir comment Dorinda Dawes, qui ne vivait à Hawaii que depuis octobre dernier, a pu avoir en sa possession le lei de la reine disparu depuis trente ans. »

Regan aura sûrement envie de fourrer son nez dans cette affaire, pensa Kit juste avant que le téléphone sonne. Voilà encore quelque chose que j'aimerais bien avoir chez moi, soupira-t-elle. Le téléphone dans la salle de bains.

– Kit ? fit une voix masculine.

Elle sentit son cœur battre plus vite. Était-ce bien la voix qu'elle espérait ?

– Oui.

– Steve.

Le regard de Kit s'illumina. Comment aurait-il pu en être autrement ? Steve incarnait les rêves de toutes les chasseresses de beaux partis. Bel homme, séduisant, il avait déserté à trente-cinq ans la féroce compétition de Wall Street pour profiter de la vie sous le soleil de Hawaii, mais sans vouloir entamer une seconde carrière comme beaucoup d'autres jeunes retraités. Il envisageait de devenir consultant si l'occasion se présentait, mais il avait largement de quoi voir venir d'ici là et entendait savourer cette oasis de calme dans sa vie. Il n'était arrivé à Hawaii que depuis six mois, assez longtemps pour acheter, dans un quartier élégant dans les collines à l'est de Waikiki, une maison dotée d'un panorama spectaculaire sur la côte et l'océan.

– Bonjour Steve, dit Kit avec un sourire épanoui. Quoi de neuf ?

– Je suis assis dans mon *lanai* et admire la vue sur Diamond Head. Je me disais que vous la rendriez encore plus belle.

Kit se regarda dans la glace, pensant s'évanouir. Elle se félicita que le peu de hâle qu'elle avait pu acquérir en quelques jours lui aille à merveille. Elle remercia aussi Dieu d'avoir envoyé le blizzard qui paralysait la côte Est des États-Unis.

– C'est vrai ? dit-elle en se reprochant de n'avoir pas trouvé de réplique plus originale.

– Tout à fait vrai. Je suis enchanté que vous ayez été obligée de rester ici ce week-end. Pourquoi vouliez-vous rentrer si vite ?

– Pour l'anniversaire de ma grand-mère qui a quatre-vingt-cinq ans. Nous devions avoir une grande réunion de famille ce week-end, répondit Kit en se demandant s'il ne lui avait pas déjà posé la question la veille au soir.

Ils avaient fait connaissance dans un des bars de l'hôtel où s'étaient réunis beaucoup de gens bloqués comme elle à Hawaii. L'atmosphère était joyeuse et les cocktails tropicaux coulaient à flots.

– Ma grand-mère aussi a quatre-vingt-cinq ans, dit Steve d'un ton incrédule. Décidément, nous avons beaucoup de choses en commun. Et elle meurt d'envie de me voir casé, ajouta-t-il en riant.

Est-ce qu'il est sérieux ? se demanda Kit.

– Encore un point commun entre nous. Maintenant que ma meilleure amie se marie, ma grand-mère n'arrête pas de me harceler. Regan ne va d'ailleurs pas tarder à arriver.

– L'ancien président ? Je le croyais mort.

– Non, Regan Reilly, le corrigea Kit en riant. Elle est détective privée à Los Angeles. Ce qui se passe au Waikiki Waters va sûrement la passionner. Savez-vous que la femme qui prenait des photos au bar hier soir s'est noyée devant l'hôtel et portait un collier volé ? Regan voudra se mêler de l'enquête, elle n'a jamais pu s'en empêcher.

– Oui, je viens de le voir aux nouvelles télévisées. Excusez-moi, dit-il après une quinte de toux.

– Vous allez bien ?

– Oui, bien sûr. Alors, voulez-vous venir chez moi avec votre amie Regan boire un verre au coucher du soleil ? Je viendrai vous chercher toutes les deux et je vous emmènerai dîner ensuite.

Kit hésita une seconde. Regan et elle avaient prévu de rattraper ce soir le temps perdu imposé par leur longue séparation, mais elles auraient tout le loisir de se parler d'ici la fin du week-end. Regan était déjà fiancée, après tout, alors, refuser l'occasion de mieux connaître Steve, qui était beau, riche et célibataire, ce serait, en un sens, perdre son temps. Revoyant soudain le visage de sa grand-mère, elle laissa échapper :

– D'accord. Voulez-vous venir nous chercher dans une heure ?

– Naturellement, répondit-il avant de raccrocher.

5

Will Brown, directeur du Waikiki Waters, était dans ses petits souliers. Son travail consistait à faire tourner l'hôtel sans à-coups, à satisfaire la clientèle et, depuis la rénovation, à offrir des animations toujours nouvelles et attrayantes comme l'exigeait le standing de l'établissement. L'idée d'engager Dorina Dawes était de lui. Pour ce qui est d'avoir créé de l'animation, elle avait réussi et même trop bien, se disait-il sombrement dans son bureau derrière le long comptoir de la réception. Il aurait pu avoir un beau grand bureau dans une suite avec vue sur la mer, mais il n'en avait pas voulu. Will aimait rester au cœur des opérations ce qui, pour lui, était l'endroit où les clients arrivaient et prenaient congé. S'ils étaient contents pour la plupart, il n'avait pas besoin de coller son oreille à la cloison pour entendre ceux qui se plaignaient, parfois à tort, parfois à raison.

« J'ai trouvé de la moisissure sous le lit de mon fils. Vous devriez m'accorder une réduction », avait exigé une cliente. Qu'est-ce qu'elle allait faire sous le lit de son fils, s'était demandé Will. « J'ai commandé deux jours de suite un œuf à la coque et chaque fois il est arrivé dur ! avait protesté une autre. Je prends des vacances pour me détendre et j'ai horreur des œufs durs. Qu'est-ce qu'il faut faire pour être convenablement servi, ici ? »

Will avait trente-cinq ans et venait d'une petite ville du Middle-West. Quand il était au jardin d'enfants, ses parents avaient pris leurs vacances à Hawaii. À en croire leurs préparatifs et les conversations, il avait eu l'impression qu'ils partaient pour un royaume enchanté. Ils lui avaient rapporté de leur expédition un maillot de bain à fleurs tropicales dont il avait été émerveillé au point de l'emporter à l'école pour se pavaner devant les autres. Il l'avait porté deux ans jusqu'à ce qu'il en fasse craquer les coutures à la piscine. Depuis, Will rêvait d'aller lui aussi à Hawaii et, après avoir harcelé ses parents des années durant, ils acceptèrent enfin de l'emmener au paradis avec sa sœur à la fin de ses études primaires. Les brises tièdes de l'océan, le parfum des fleurs, les palmiers et les superbes plages de sable fin le conquirent à jamais. Il y retourna à la fin de ses études en faculté, trouva un job de bagagiste au Waikiki Waters et gravit les échelons jusqu'au poste de directeur.

Il ne voulait plus jamais, jamais partir.

Sauf que sa position était maintenant en danger. C'est lui qui avait poussé à la rénovation, qui avait été coûteuse et ne serait peut-être amortie que dans des années. C'est lui qui avait engagé Dorinda Dawes, qui n'avait fait que créer des problèmes. Pour couronner le tout, elle était morte à l'hôtel – mauvais pour l'image de marque. Il fallait donc redresser la situation. Mais comment ?

L'événement qui devait à tout prix être une réussite était le Bal de la Princesse, samedi soir. Cette soirée de gala braquerait les projecteurs sur l'hôtel et il fallait que leur lumière soit bonne. C'était la première grande soirée habillée depuis la rénovation. On attendait plus de cinq cents personnes et on n'avait lésiné sur rien, le buffet, les fleurs, la décoration. Persuader le musée de mettre en vente aux enchères le lei royal avait été un triomphe pour Will. Si l'événement échouait ou tombait à plat, il en porterait seul la responsabilité.

Énervé, il se tortillait sur son fauteuil. Plaisant d'allure, bien que plutôt terne, il avait une chevelure aux reflets roux qui commençait à se raréfier et des yeux bleu pâle. Le sourire qui lui venait facilement aux lèvres paraissait parfois forcé, conséquence probable de ses longues années dans l'industrie hôtelière, métier où il faut toujours sourire aux clients même, sinon surtout, à ceux qui se plaignent.

La tasse de café sur son bureau était à moitié pleine. Il en but une gorgée qu'il avala avec une grimace. Le café était froid. Il n'avait pas arrêté d'en boire depuis le matin. Entre les appels des clients, les journalistes et la police, il n'avait eu le temps de rien avaler de solide. Tout le monde lui posait des questions sur le lei trouvé au cou de Dorinda et ayant appartenu à la dernière reine de Hawaii. Les nerfs à vif, il buvait tasse sur tasse du breuvage dix fois réchauffé, dont l'amertume ne faisait qu'aggraver sa nervosité.

Si Will était soulagé que la police soutienne la thèse de la noyade accidentelle, il n'y croyait pas. Dorinda Dawes avait exaspéré trop de gens. Mais que pouvait-il y faire ? Valait-il mieux feindre de se contenter de cette explication dans l'espoir que l'incident sombrerait le plus vite possible dans l'oubli ?

Non, il ne pouvait pas. Il se passait des choses bizarres à l'hôtel, trop de problèmes se produisaient depuis quelque temps. Bagages égarés, sacs à main disparus, toilettes bouchées pour d'autres causes que la satisfaction des besoins naturels, clients indisposés après un repas, pas assez nombreux pour provoquer un scandale, mais malades quand même. Et maintenant, la mort suspecte de Dorinda. Will sentit son estomac se nouer.

Il était décidé à aller au fond des choses, sauf qu'il ne savait pas comment s'y prendre. L'hôtel avait engagé un cabinet de consultants dont les agents étaient chargés d'appeler pour faire une réservation et noter les employés sur leur efficacité et leur amabilité. D'autres venaient en clients anonymes pour évaluer la qualité du service. L'hôtel disposait aussi d'agents de sécurité, mais Will avait le sentiment qu'il valait mieux trouver un enquêteur professionnel capable de fouiner partout sans que personne s'en doute et découvrir ainsi des secrets plus ou moins honteux – sur tout le monde, sauf lui, bien entendu. Du coup, il vida d'un trait sa tasse de café froid.

Will avait besoin de bouger. Il se leva, s'étira, s'approcha de la baie vitrée ouvrant sur une petite pelouse intérieure. Incapable de tenir en place, il sortit du bureau et traversa celui de la secrétaire jusqu'à la réception où il repéra la jolie blonde à qui il avait rendu service la veille. Elle s'appelait Kit. Elle aurait dû partir ce jour-là, mais son vol avait été annulé à cause de la tempête de neige qui sévissait sur la côte Est. Toutes les chambres étaient occupées, mais Will avait réussi à permuter quelques clients pour qu'elle puisse garder la sienne. Elle était gentille, aimable, exactement le genre de clientes qu'il aimerait attirer au Waikiki Waters. Un réceptionniste lui tendait sa clef.

– Will ! le héla Kit en le voyant.

Il arbora son plus beau sourire, s'approcha. Une

activité de ruche régnait dans le grand hall découvert. Des clients partaient, d'autres arrivaient, les portières des taxis claquaient, les bagagistes chargeaient et déchargeaient leurs chariots. L'atmosphère vibrait d'une animation porteuse de perspectives encourageantes.

Kit se tenait à côté d'une jolie jeune femme brune qui avait une valise à ses pieds.

— Regan, je te présente Will, le directeur de l'hôtel. Il a été si gentil hier avec moi ! Il m'a permis de garder ma chambre alors que l'hôtel est bondé. Elle est superbe, tu verras.

— Will Brown, dit-il en tendant la main. Enchanté de faire votre connaissance.

— Regan Reilly. Merci de si bien vous occuper de mon amie, répondit-elle en souriant.

— Nous faisons de notre mieux. D'où venez-vous, Regan ? demanda-t-il automatiquement.

— Elle est détective privée à Los Angeles, annonça fièrement Kit à sa place.

— Kit, je t'en prie ! protesta Regan.

— Je suis sûre qu'elle s'intéressera beaucoup à l'histoire de ce lei que portait Dorinda Dawes quand elle s'est noyée.

— Quel lei ? voulut savoir Regan.

Will sentit le sang lui monter aux joues.

— Puis-je vous offrir à boire, mesdemoiselles ?

— Merci, mais un ami doit venir nous chercher dans quelques minutes, répondit Kit. Ce n'est que partie remise, j'espère ?

— Certainement. Demain, peut-être ?

Kit accepta en souriant.

— Volontiers. Pour le moment, nous allons juste déposer la valise de mon amie dans ma chambre.

Pendant qu'elles s'éloignaient, Will entendit Regan demander : « Qu'est-ce que c'est, cette histoire de lei ? » et rentra en hâte dans son bureau. Virtuose de l'informatique, grâce à toute l'organisation qu'il devait gérer à l'hôtel, il s'empressa de lancer sur Internet une recherche sur Regan Reilly. Il apprit ainsi qu'elle jouissait d'une solide réputation dans sa profession et qu'elle était la fille de l'auteur de romans policiers Nora Regan Reilly. Will avait souvent vu des clients qui lisaient ses romans au bord de la piscine. Regan accepterait peut-être de mettre ses talents à son service. Il avait bien fait de s'être montré serviable envers Kit en lui gardant sa chambre, ce qui prouve qu'un bienfait n'est jamais perdu.

Will envisagea un moment de rentrer chez lui et décida plutôt de rester. Que ferait-il de toute façon dans sa maison déserte ? Regarder la télévision qui ne donnait que des nouvelles de l'affaire Dorinda Dawes ? Pas question ! Non, il valait mieux rester jusqu'au retour des deux jeunes femmes. S'il n'était pas trop tard, il leur offrirait un verre et essaierait de convaincre Regan Reilly de s'occuper de l'affaire.

6

— Elle portait un lei ancien ayant appartenu à la reine et qui a été volé il y a trente ans ? C'est incroyable ! s'exclama Regan en entrant dans la chambre de Kit.

Conformément à la description alléchante de cette dernière, la chambre avait deux lits, une moquette sable assortie aux meubles et une grande baie vitrée ouvrant sur un balcon dominant la mer. Il se dégageait de l'ensemble l'impression de détente et de sérénité promise par les dépliants touristiques.

D'instinct, Regan ouvrit la baie coulissante, sortit sur le balcon et s'accouda à la balustrade en contemplant l'immensité turquoise de l'océan. Une douce brise tropicale la baignait de sa tiédeur, le soleil baissait lentement sur l'horizon dans un ciel aux cent nuances de rose. Tout paraissait calme, apaisant. Des promeneurs marchaient sur la plage, les palmiers ondulaient gracieusement et la meute des journalistes venus couvrir la noyade de Dorinda Dawes s'était évanouie.

— L'heure idéale pour une *piña colada*, dit Kit derrière elle.

— Tu n'as pas tort, répondit Regan en riant.

— Steve ne va pas tarder à arriver. J'espère que ça ne t'ennuie pas.

– Pas du tout. Le vol m'a fatiguée, c'est bon de bouger un peu. Et puis, j'ai envie de faire la connaissance de ce type.

– Il pense que nous avons beaucoup de choses en commun.

– Lesquelles, par exemple ?

– Nous avons tous les deux une grand-mère de quatre-vingt-cinq ans.

– C'est au moins un début, admit Regan avec un large sourire. Penser que cette Dorinda Dawes était hier soir sur cette plage et qu'aujourd'hui elle est morte, poursuivit-elle en se tournant de nouveau vers la mer, c'est à peine croyable. Quand l'as-tu rencontrée ?

– Lundi soir, au bar. Nous y étions venus en groupe à la fin de notre séminaire. Elle prenait des photos. Elle s'est assise à notre table quelques minutes et nous a posé des tas de questions avant d'aller à une autre table. C'était le genre de personne à soutirer des réponses que les gens regrettent ensuite.

– Vraiment ?

– Oui, mais aucun de nous n'a mordu à l'hameçon. Elle était beaucoup plus gentille avec les hommes qu'avec les femmes.

– Ah bon, c'est ce genre-là ?

– Oui, ce genre-là, approuva Kit en souriant.

– Est-ce qu'elle prenait des notes ?

– Non, elle jouait plutôt le rôle d'hôtesse qui veut animer la soirée. Elle a seulement demandé à chacun de dire son nom dans le micro de sa caméra après l'avoir photographié.

– Elle portait un lei ?

– Non, juste une grosse orchidée dans les cheveux.

– Alors, où a-t-elle trouvé le lei qu'elle avait au cou quand elle est morte ? Et qui l'a volé il y a trente ans ?

– Je savais que l'affaire t'intéresserait, Regan, dit Kit en souriant.

– Beaucoup, tu as raison. La cause d'une noyade est la plus difficile à établir, tu sais. Crime, suicide, accident ?

– La police penche pour l'accident. Elle rentrait tous les soirs chez elle par la plage. Dis donc, Steve ne va plus tarder, ajouta-t-elle.

Regan comprit que Kit ne voulait surtout pas le faire attendre.

– Je serai prête dans un quart d'heure, promit-elle.

Vingt minutes plus tard, elles étaient dans le hall de la réception quand Steve arriva au volant de son imposante et luxueuse Land Cruiser dernier modèle. Kit lui fit un grand salut de la main et courut ouvrir la portière avant. Regan s'assit à l'arrière, huma l'odeur de voiture neuve. Steve se retourna vers elle la main tendue.

– Bonsoir, Regan Reilly.

– Bonsoir, Steve, répondit Regan qui n'avait toujours aucune idée de son nom de famille.

Plutôt bien, pensa-t-elle. L'allure du golden boy aux dents longues de Wall Street. En short kaki, chemisette et casquette de base-ball, il avait les cheveux et les yeux noirs, le teint bronzé. À côté de lui, Kit rayonnait. Ces deux-là devraient paraître dans une publicité pour quelque chose qui rend les gens heureux, se dit-elle.

– Bienvenue à Hawaii, dit Steve en se tournant vers le volant.

Il démarra avec style, s'engagea dans l'avenue débordante d'hôtels, de boutiques et de touristes qui menait au centre de Waikiki et alluma le lecteur de CD. Le volume était trop élevé au goût de Regan, interdisant toute conversation permettant de faire connaissance. Les trottoirs grouillaient de gens, pour la plupart en short, chemisette à fleurs et des tongs aux pieds, un lei de fleurs au cou. La soirée était superbe. Ils dépassèrent un grand jardin public où des gens du pays faisaient un barbecue et jouaient de la guitare ou de l'ukulélé. Derrière les tables de pique-nique, l'océan scintillait sous le soleil couchant. Ils dépassèrent encore des hôtels et le Diamond Head, le célèbre volcan.

Quand ils arrivèrent chez Steve, dans un quartier huppé des collines non loin du volcan, plusieurs personnes y étaient déjà.

– J'ai fait signe à quelques amis, leur dit Steve en les faisant entrer dans la maison où la musique jouait à un niveau assourdissant. Donner une petite fête en votre honneur est la moindre des choses.

7

Le groupe des Sept Veinards venait d'une petite ville de la côte nord-ouest des États-Unis où il pleuvait 89 % du temps depuis plus de cent ans. Hudville, surnommée Mudville[1] par ses habitants, avait de quoi inciter à la déprime. C'est pourquoi, une vingtaine d'années auparavant, le Club Vive la Pluie avait été fondé. Les membres se réunissaient deux fois par mois pour danser, pêcher avec les dents des pommes dans un baquet d'eau de pluie, chanter des chansons sur la pluie et les arcs-en-ciel et s'il leur arrivait de reproduire le cérémonial indien de la danse de la pluie, c'était pour s'amuser. Ces activités constituaient un agréable dérivatif aux sous-sols suintants, aux pelouses détrempées et aux chaussures transformées en éponges qui caractérisaient leur quotidien.

Ils avaient pour devise : « Dans la vie, il faut un peu de pluie. Ou peut-être beaucoup. » « Oui, clamaient les femmes, car nous avons les plus beaux teints du monde ! » Autrement dit, ils faisaient de leur mieux pour s'accommoder de leur sort.

Jusqu'au jour, trois ans plus tôt, où Sal Hawkins, membre du club d'un âge avancé, se leva au cours d'une réunion pour annoncer que ses jours étaient

---

1. De « *mud* », la boue. (*Toutes les notes sont du traducteur.*)

comptés et qu'il entendait léguer un trésor au club, intervention chaleureusement applaudie on s'en doute. Sal voulait que son legs serve à financer des voyages à Hawaii. « Ceux qui iront là-bas devront rapporter dans leur cœur assez de soleil pour le partager avec les autres, avait-il déclaré. Je veux que mon argent donne après ma mort le sourire à mes chers concitoyens de Hudville. »

Une loterie devait désigner cinq gagnants tous les trois mois. Les heureux élus seraient placés sous la houlette de Gertrude et Eva Thompson, jumelles sexagénaires, propriétaires du grand bazar dont les ventes de parapluies étaient florissantes. La chance avait voulu que Gert et Ev soient les voisines de Sal. Elles le conduisaient aux réunions du club et lui offraient des cakes ou de bons petits plats en signe de bon voisinage. Il avait donc nommé les jumelles responsables du groupe de voyageurs. Sal était à peine dans sa tombe qu'elles avaient organisé le premier départ et bouclé leurs valises. C'est au cours de ce voyage inaugural qu'elles avaient baptisé la troupe du nom des Sept Veinards.

Ils en étaient maintenant à leur huitième voyage. Le Club Vive la Pluie avait décuplé le nombre de ses membres depuis le tirage de la première loterie et chacun s'en réjouissait, parce que les réunions du club rapprochaient désormais la quasi-totalité de la population. Les soirs de loterie, l'effectif était toujours au complet. L'excitation qui régnait à l'annonce de chaque nom gagnant n'aurait pas été plus grande s'il s'était agi d'un ticket direct pour le paradis.

Jouissant pleinement de leur privilège de mener les groupes des Sept Veinards, Gert et Ev étaient désormais les personnes les plus détendues de Hudville.

Certains habitants grognaient toutefois avec plus ou moins de discrétion : « Pas difficile de rester toujours en forme avec des vacances gratuites au paradis tous les trois mois. »

Le Waikiki Waters était devenu leur port d'attache. Tous les trois mois, les jumelles retenaient quatre chambres où le groupe séjournait une semaine. Parfois, ils restaient ensemble, parfois certains allaient de leur côté. Tous les matins, ceux qui s'étaient levés de bonne heure se promenaient sur la plage. Ils y étaient quand le corps de Dorinda Dawes avait été rejeté par la mer. Ils en avaient été si bouleversés que Gert et Ev s'étaient hâtées d'entraîner tout le monde au buffet du petit déjeuner pour les remettre d'aplomb. « N'oubliez pas, leur répétait Gert, que nous devons garder une attitude positive en toutes circonstances. Rapporter le soleil à Hudville, telle est notre mission. »

Pour le moment, les Sept Veinards étaient au bord de la piscine comme presque tous les soirs. Cocktail en main, ils parlaient de leur journée tandis que le soleil descendait sur l'horizon, créant dans le ciel des traînées rouges, bleues et or. Le groupe comptait un couple et trois célibataires, allant d'une vingtaine à une soixantaine d'années. Lui appliquer le qualificatif de disparate aurait été un euphémisme.

Drapée dans son sempiternel paréo à fleurs, Gert leva son punch *mai-tai*, dans lequel un parasol flottait au milieu des glaçons.

– Portons d'abord notre toast quotidien à notre regretté bienfaiteur, Sal Hawkins.

Ned, à la fois guide d'excursions et prof de gym, s'était joint à eux. En fonction depuis six mois dans l'hôtel, il passait ses journées à nager, à surfer, à jogger et à transpirer avec tous les clients désireux de partager ses efforts. Will Brown, son patron, l'avait engagé pour donner de l'établissement une image sportive. Il vivait à l'hôtel dans les chambres inoccupées dont il devait souvent changer. Will lui avait recommandé d'accorder une attention particulière au groupe des Sept Veinards, clients réguliers qu'il fallait rendre heureux. Si heureux, d'ailleurs, que Will leur économisait le prix d'une chambre en logeant Ned dans celle d'un célibataire du groupe. « Comment voudriez-vous que je ne fasse pas attention à eux ? avait plaisanté Ned. Ces types ronflent à un mètre de moi. »

La quarantaine athlétique, Ned avait un physique agréable, le crâne rasé, des yeux noirs et une barbe qui recommençait obstinément à pousser dès l'heure du déjeuner. Son épaisse chevelure noire avait tendance à friser. Aussi, quand il s'était séparé de sa femme un an plus tôt, il avait décidé de la raser et de démarrer une nouvelle vie avec une nouvelle allure. Il n'avait pas encore trouvé de femme à son goût, mais il restait à l'affût. Je n'ai plus personne pour me calmer, pensait-il souvent. J'en ai besoin, mais il faut qu'elle soit sportive.

Après avoir bu une gorgée de son scotch, il se tourna vers Gert.

– Si nous allions demain à une des plages de surf ? Je prendrai un minibus de l'hôtel et nous louerons des planches sur place.

Les rouleaux des plages au nord de l'île d'Oahu étaient parmi les plus beaux du monde. Ils atteignaient près d'un mètre durant les mois d'hiver et le paysage était grandiose. Les montagnes se dressant à l'arrière-plan inspiraient des prouesses aux surfeurs qui guidaient leurs planches vers le rivage.

– Vous perdez la tête ? lâcha Ev avec un ricanement.

Plutôt corpulentes, Gert et elle ne quittaient leurs
paréos que pour une rapide trempette dans la piscine.
Elles adoraient ces paréos qui les gardaient fraîches –
et estompaient leurs formes. De temps à autre, le soir,
elles voulaient bien s'en défaire le temps d'un bain
hâtif dans l'océan. Leur pudeur leur interdisait de se
pavaner sur la plage en maillot de bain pendant la journée. Ev avait choisi de devenir blonde à ce stade de
sa vie tandis que Gert avait opté pour le roux. Ces
nuances mises à part, leurs visages ronds et souriants
à moitié cachés par des grosses lunettes se ressemblaient de façon frappante.

– Nous emporterons un panier-repas. Je suis sûr
que les autres voudront essayer le surf, n'est-ce pas ?
insista Ned en regardant autour de lui d'un air enga-
geant.

Artie, un masseur de trente-neuf ans qui croyait que
ses mains détenaient le pouvoir de guérir et se retrou-
vait l'improbable compagnon de chambre de Ned, prit
alors la parole :

– J'aimerais plutôt aller nager avec les dauphins.
J'ai entendu dire qu'il y avait un endroit remarquable
sur la Grande Île où ils communiquent réellement avec
les humains.

Blond, le teint clair, Artie avait quitté le soleil de
l'Arizona pour les pluies de Hudville en s'étant dit
qu'avec autant d'humidité, il devait y avoir là beaucoup de corps douloureux en grand besoin de massages. Il s'affirmait capable de ramener les pieds
enflés à leur taille normale rien que par l'imposition
de ses mains qui en chassaient les énergies négatives.
Les habitants de Hudville, jusqu'à présent du moins,

continuaient à soigner leurs pieds enflés en les posant sur un pouf ou un tabouret quand ils regardaient la télévision. Méthode aussi efficace et nettement moins chère.

– J'adore l'idée d'aller surfer ! s'exclama Frances. J'adooore !

Frances, que tout le monde appelait Francie, avait la cinquantaine exubérante, dissimulait son âge au prix d'infinies précautions et se considérait comme la femme la plus talentueuse, la plus belle et la plus profonde de la planète. Elle ignorait les handicaps que sont le manque de confiance en soi et la timidité. Brunette encore assez jolie, elle s'était installée à Hudville au terme d'une carrière d'actrice peu gratifiante afin d'enseigner les arts dramatiques à la high-school locale. Francie portait toujours des talons, même à la plage, et se couvrait de bijoux. Elle s'achetait tous les jours un nouveau lei.

Gert pêcha le quartier d'orange dans son cocktail et entreprit de le sucer.

– Je ne vous vois pas du tout sur une planche, Francie, observa-t-elle avec bon sens.

– Il faut que vous sachiez que je pratiquais le surf à seize ans dans ma ville natale de San Diego, répondit Francie avec un sourire indulgent. Monter sur une planche est exaltant ! ajouta-t-elle en levant les bras, ce qui fit tinter sa douzaine de bracelets qui glissèrent jusqu'au coude.

– Voilà au moins une candidate, dit Ned avec satisfaction.

Il se tourna vers les Walker, un couple d'une cinquantaine d'années qui écrivait un chapitre d'un ouvrage collectif sur les joies des relations conjugales. Leur seul problème venait du fait qu'ils étaient l'un et l'autre ennuyeux comme la pluie, défaut tout à fait approprié à Hudville. Comment font-ils pour ne pas souffrir des affres de l'écrivain devant la page blanche ? se demandait Ned.

— Bob et Betsy, qu'en dites-vous ? Voulez-vous aller surfer ?

Les Walker le dévisagèrent un instant avant de répondre. Tous deux maigres et inexpressifs, ils étaient dépourvus de personnalité au point qu'on oubliait à quoi ils ressemblaient à peine les avait-on quittés. Ils se fondaient naturellement dans le paysage.

— Je regrette, Ned, mais nous devons travailler à notre chapitre et nous avons besoin de rester seuls, répondit Bob.

Gert et Ev levèrent les yeux au ciel. Les Walker n'étaient à l'évidence pas les mieux placés pour rapporter le soleil à Hudville.

Dernier membre du groupe, Joy avait vingt et un ans et aucune envie de rester collée aux Sept Veinards. Elle avait été ravie de gagner le voyage, mais elle voulait garder son indépendance et rencontrer des gens de son âge. Elle aurait préféré aller surfer avec les beaux maîtres nageurs musclés dont elle avait fait la connaissance. Devoir partager une chambre avec Francie la mettait à bout de nerfs.

— J'ai des projets pour demain, se borna-t-elle à dire en léchant le sel au bord de son verre de margarita.

Ned eut l'air écœuré. Sportif autant que guide d'excursions, il ne comprenait pas le manque d'esprit d'équipe.

— Et le bien du groupe ? demanda-t-il d'un ton de reproche.

— Ned, intervint Gert avec autorité, nous apprécions le temps que vous nous consacrez, mais chacun dans le groupe est libre de faire ce qu'il veut. Nous nous réunissons le matin et le soir, nous partageons certaines activités, mais cela ne va pas plus loin. Nous ne voulons pas nous imposer les uns aux autres.

– Je vais avec vous, Ned ! s'écria Francie.

– Personne ne veut aller sur la Grande Île nager avec les dauphins ? s'enquit tristement Artie.

– Notre budget ne couvre pas les excursions à la Grande Île, répliqua Ev d'un ton sévère. De toute façon, Gert et moi ne pourrions pas y aller demain.

– Pourquoi ? s'enquit Betsy qui avait l'air de s'en ficher totalement.

– Nous voulons procéder à une étude comparative des hôtels et des services qu'ils proposent. Voir si nous pouvons trouver mieux et faire des économies lors de notre prochain voyage.

– Vous faites ça pour embêter Will, plaisanta Ned. Vous ne trouverez jamais mieux ni moins cher que ce qu'il vous offre ici, vous le savez bien.

Ev se contenta d'un sourire énigmatique et approcha de ses lèvres la paille de son cocktail.

– Allez, Artie, venez donc avec nous, lui dit Ned. Nous pourrons nager avec les dauphins ici, à Oahu, samedi prochain.

Artie se frotta pensivement les mains.

– Bon, d'accord, Ned. Mais nous ne nagerons pas sans gilets de sauvetage. Les courants sont traîtres, à ce qu'on dit. Je ne supporterais pas de voir encore un cadavre dans l'eau.

Francie fut la seule à en rire.

8

Le panorama que découvrit Regan de la terrasse de la maison de Steve la plongea dans l'admiration. Le splendide volcan du Diamond Head, site le plus célèbre d'Oahu, en formait la toile de fond. Pendant son vol, Regan avait lu qu'il avait émergé de l'océan cinq cent mille ans plus tôt et qu'il devait son nom aux navigateurs britanniques qui avaient pris l'éclat de ses cristaux de calcite pour celui des diamants. Les pauvres, pensa-t-elle, quelle déception après des mois en mer ! Diamants ou pas, le volcan était superbe. Il montait majestueusement la garde au-dessus de Waikiki et des flots qui s'étendaient à l'infini. Les rayons du soleil couchant se reflétaient sur l'eau à ses pieds en un tapis irisé déroulé à perte de vue.

Un vrai paysage de carte postale, se dit Regan en s'asseyant dans un des fauteuils d'extérieur confortablement rembourrés. Le niveau de la musique était toujours assourdissant, mais il y avait moins de monde que Regan ne l'avait cru en arrivant. La maison flambant neuve avait des parquets de bois clair, des murs blancs et des baies vitrées du sol au plafond. Les meubles aux lignes épurées étaient visiblement coûteux et la cuisine dernier cri donnait sur le grand salon-salle à manger ouvrant sur la terrasse qui courait sur toute la longueur de la pièce.

Cinq amis de Steve y avaient déjà pris place. Un peintre et sa femme qui fabriquait des poupées hawaïennes, deux amis de faculté de Steve venus en visite et une jeune femme qui s'occupait d'une maison dans la Grande Île pour un homme d'affaires de Chicago qui n'y venait presque jamais.

Regan la trouva d'emblée prétentieuse.

– J'adore faire la fête ! déclara-t-elle en rejetant une mèche de ses longs cheveux blonds mal lavés. Mais c'est quand même sympa d'avoir cette grande maison pour moi toute seule. J'en profite pour relire tranquillement les classiques.

– Excusez-moi, dit Regan, je n'ai pas bien entendu votre nom.

– Jasmine.

Regan se retint de sourire. Elle ne s'était pas attendue à un prénom ordinaire. À son école catholique, les élèves avaient des noms de saints. Elle n'avait rencontré des prénoms excentriques qu'en arrivant en faculté.

– Comment avez-vous trouvé ce job ? demanda-t-elle à Jasmine.

– J'étais dans un cabinet d'avocats d'affaires à New York, mais je ne supportais plus les pressions. Un jour, en vacances à Hawaii, j'y ai rencontré mon patron, j'ai saisi l'occasion de lui exprimer mes plaintes sur mes conditions de travail et c'est lui qui m'a proposé le job. J'ai d'abord pensé, non, je ne pourrai pas. Et puis je me suis dit, mais si, je pourrai. Grâce à lui, j'ai rencontré des tas de gens sympathiques et intéressants. On se sent parfois un peu seul sur la Grande Île, bien sûr, elle est immense et beaucoup moins peuplée. Mais je viens tout le temps à Oahu. Steve est si gentil, il me prête sa chambre d'amis aussi souvent que je veux.

Du coin de l'œil, Regan vit que la mine de Kit n'avait rien d'enthousiaste.

– J'ai fait la connaissance de Jazzy juste après mon arrivée, se hâta d'intervenir Steve. Elle n'a pas son pareil pour présenter les gens les uns aux autres. Elle est vite devenue une très bonne amie.

Je vois le genre, pensa Regan. Et il n'y a rien de plus agaçant pour une fille qui s'intéresse à un garçon qu'une autre fille dans le rôle de la bonne copine.

« Jazzy » pouffa de rire en signe d'approbation. Regan n'osa pas regarder du côté de Kit.

– Tu connaîtras bientôt tout le monde ici, Steve, parce que finalement, c'est très province. Tous les gens intéressants d'Hawaii vivent à Oahu. On l'appelle le « point de rencontre » et c'est tout à fait vrai, tu peux me croire. Dans peu de temps, tu seras au courant de tous les potins. Tu ne pourras pas faire autrement. Et puis, ajouta-t-elle avec un clin d'œil complice à Steve, mon patron parle d'acheter une maison par ici. J'en serai ravie.

Et la lecture des classiques ? pensa Regan.

– Jasmine, dit-elle sans pouvoir se résoudre à l'appeler Jazzy, connaissiez-vous la femme qui s'est noyée hier devant le Waikiki Waters, Dorinda Dawes ? Elle écrivait des articles pour le journal de l'hôtel.

Jasmine fronça le nez. Petite, bronzée, plutôt jolie, peu maquillée, elle avait l'allure de celles qui peuvent aussi bien manier une raquette de tennis que faire vingt longueurs de piscine sans fatigue apparente. Le genre de blondes nées pour fréquenter les country-clubs.

– Qui ne connaissait pas Dorinda Dawes ? Elle fourrait son nez dans les affaires de tout le monde et exaspérait beaucoup de gens.

Qu'elle repose en paix, pensa Regan.

– Ah oui ? Comment ça ?

– Le bulletin de l'hôtel, passe encore, parce que le directeur devait l'approuver avant sa sortie. Mais dans le dernier numéro qui couvrait les réunions de Noël, elle n'a publié que les plus mauvaises photos des femmes et elle avait l'intention de produire sa propre feuille de chou sous le titre « Oh ! Oh ! Oahu ! ». Tout le monde se préparait au pire... On commençait à savoir quel genre d'articles elle écrivait avant de venir ici et beaucoup de gens avaient peur qu'elle les fasse passer pour des imbéciles. Elle s'arrangeait pourtant pour s'introduire dans toutes les réunions qui avaient lieu en ville. Elle voulait devenir la reine des potins d'Hawaii. Maintenant, c'est sur elle que courent les rumeurs. Qu'est-ce qu'elle faisait avec le lei royal de Liliaukalani ? Savez-vous qu'il est le pendant de celui qui appartenait à la pauvre princesse Kaiulani et qui sera vendu aux enchères au bal de samedi soir ?

– Oui, Kit m'en a parlé.

– Je suis chargée de préparer les paquets-cadeaux pour le bal. Aucun membre du comité n'arrive à croire qu'elle a réussi à mettre la main sur ce lei alors qu'elle n'était ici que depuis trois mois. Il n'y avait que Dorinda pour faire des coups pareils ! Elle était rapide, croyez-moi. Elle voulait se faire un nom par n'importe quel moyen. Je crois qu'elle était désespérée et qu'elle tirait ses dernières cartouches. Elle essayait depuis des années.

— Comment le savez-vous ?

— Je l'ai rencontrée plusieurs fois à New York.

— Vraiment ?

— Oui. Dorinda a longtemps sévi là-bas. Elle a eu plusieurs jobs avant de lancer sur Internet un bulletin qui n'a pas décollé. Elle a eu ensuite une rubrique dans un petit journal de l'Upper East Side qui a mis la clef sous la porte. L'été dernier, elle a répondu à une annonce d'une femme de Hawaii qui cherchait un appartement à New York pour six mois, alors elles ont échangé. Dorinda voulait s'installer ici définitivement. Les quelques fois où je lui ai parlé, j'ai eu l'impression que c'était son dernier espoir de se faire un nom. Non qu'elle me l'ait dit franchement, mais je l'ai compris à demi-mot. Elle a réussi à trouver très vite son job au Waikiki Waters. Il n'était pas bien payé, mais il lui laissait du temps libre et lui permettait de rencontrer beaucoup de gens et de s'introduire dans des tas d'endroits.

— Dorinda s'amusait bien l'autre soir quand nous l'avons vue au bar, intervint Kit. Je crois qu'elle cherchait surtout à s'approcher des hommes. Je crois aussi qu'elle avait pas mal bu.

— Elle avait une bonne descente, commenta Jasmine avec un ricanement. C'est peut-être à cause de cela qu'elle s'est noyée.

— Quelqu'un veut à boire ? demanda Steve, qui souhaitait visiblement changer de sujet.

— Oui, moi ! dit Jazzy. Ajoute beaucoup de soda. Et dépêche-toi, il ne faut pas manquer le coucher du soleil.

Regan but une gorgée de son cocktail. Partout où on va, pensa-t-elle, même dans les endroits qui se prétendent civilisés, on tombe sur des commérages plus ou moins ragoûtants et des langues trop bien pendues, comme celle de Jazzy. Impossible d'y échapper.

Les deux amis de Steve, Paul et Mark, allèrent à l'intérieur chercher des bières. Ils avaient l'air de garçons bien, jugea Regan. Steve aussi, d'ailleurs. Mais savoir si c'était celui qu'il fallait à Kit était une autre histoire et elle n'avait pas beaucoup de temps pour le découvrir.

Ils regardèrent ensemble le coucher de soleil en poussant des cris admiratifs aux changements de couleurs du ciel. Chacun félicitait Steve de sa chance d'habiter un lieu aussi sublime. Lorsque les dernières traînées rouges et orangées se furent éteintes à l'horizon, le peintre et son épouse se levèrent.

– Merci, Steve, mais nous allons te quitter. Nous devons nous lever tôt demain matin pour aller en avion à Maui à une foire d'art et d'artisanat. J'espère que nous aurons une bonne journée et que nous vendrons beaucoup de poupées.

Elle était native de Hawaii et lui se décrivait comme un « hippie attardé », venu à Hawaii vingt-cinq ans auparavant « en quête de lui-même ». Il portait ses longs cheveux blonds noués en catogan et elle laissait sa chevelure noire cascader jusqu'à la taille.

Les six personnes restantes s'entassèrent dans la voiture de Steve pour se rendre en ville au bar-restaurant Chez Duke, ainsi nommé en l'honneur de Duke Kahanamoku, le plus célèbre citoyen de Hawaii, qualifié de « père du surfing international ». Duke avait gagné une renommée mondiale comme champion de natation et participé à une trentaine de films de Hollywood pour devenir ensuite ambassadeur officieux de Hawaii. Plusieurs décennies après sa mort, il était encore considéré comme le plus grand athlète de l'histoire de l'archipel. Il n'avait jamais vu la neige de sa vie et l'on citait souvent de lui la phrase : « Je ne suis heureux que quand je nage comme un poisson. » Une grande statue de lui, les bras tendus comme pour dire « Aloha ! », se dressait sur la plage de Waikiki. Chaque jour, des dizaines de touristes et d'admirateurs passaient des leis de fleurs à son cou.

Le bar était bondé, mais ils réussirent à avoir une table en plein air. Jasmine paraissait connaître énormément de gens, ce qui n'étonna pas Regan. Une femme assise au bar arrêta Steve au passage et lui parla en lui tenant le bras. Regan remarqua qu'il avait l'air agacé. Il se libéra assez vite et rejoignit le groupe, qui commanda à boire et des hamburgers hawaiiens. Regan commençait à accuser la fatigue. On était jeudi soir, un peu après neuf heures, ce qui correspondait à minuit à Los Angeles et trois heures du matin à New York. Un téléviseur au-dessus du bar montrait des images du blizzard de la côte Est. J'y serai la semaine prochaine avec Jack, pensa tendrement Regan. La joie de Kit lui faisait plaisir, mais la perspective de passer le week-end entier avec le groupe ne l'enchantait pas, c'était pourtant ce qui menaçait de se produire. On parlait déjà d'un dîner chez Steve le lendemain soir. D'après le peu que je connais de lui, le terme de « dîner » doit être plutôt extensible, se dit-elle.

Regan vit du coin de l'œil Paul et Mark soupeser ouvertement les qualités des filles assises au bar. Pourquoi m'en sentirais-je insultée ? se dit-elle. Ma bague de fiançailles ne passe pas inaperçue. Jasmine était en grande conversation avec les occupants de la table voisine et Steve chuchotait à l'oreille de Kit.

Dans le bruit ambiant, il fallut à Regan une minute pour se rendre compte que la sonnerie étouffée qu'elle entendait venait du portable dans son sac. Qui peut bien m'appeler à cette heure-ci ? se demanda-t-elle avec inquiétude. Tout le monde devrait dormir à la maison.

– Allô, dit-elle quand elle pêcha enfin l'appareil au fond du sac.

– Regan ?

– Oui.

– Mike Darnell, un ami de Jack. Je suis membre de la police de Hawaii. Il m'a demandé de vous passer un coup de fil.

– Ah ! Bonsoir, Mike. C'est gentil de m'appeler.

– J'ai travaillé tard et je pensais finir la soirée dans un endroit qui s'appelle Chez Duke. Je me suis dit que votre amie et vous pourriez m'y rejoindre.

– J'y suis déjà.

– Non ! Vous plaisantez ?

– Oserais-je me moquer de vous ?

– Je ne sais pas trop. Si vous êtes fiancée à Jack, vous êtes capable de tout.

Regan pouffa de rire.

– Je suis venue avec quelques personnes. Joignez-vous à nous. Nous sommes à une table dehors, à gauche du bar. Nous sommes six, mais nous serons peut-être plus nombreux quand vous arriverez.

– J'arrive dans quelques minutes.

– Qui était-ce ? voulut savoir Jasmine quand Regan referma son portable.

– Un ami de mon fiancé qui est inspecteur de la

57

police de Hawaii. Il va bientôt nous rejoindre pour prendre un verre.

– Ah bon, se borna à répondre Jasmine.

Serait-ce mon imagination, se demanda Regan, ou Jazzy a-t-elle l'air nerveuse, tout à coup ?

9

Nora Regan Reilly se réveilla en sursaut en entendant le vent hurler et des chocs contre le mur de la maison. Le réveil sur la table de chevet indiquait trois heures du matin, Luke dormait paisiblement. Il peut dormir dans n'importe quel vacarme, pensa-t-elle en souriant.

Les coups redoublaient. Nora se leva, enfila sa robe de chambre posée sur la banquette au pied du lit. Luke et elle aimaient dormir la fenêtre ouverte, mais il n'en était bien entendu pas question cette nuit-là. Nora alla à la grande baie vitrée et tira le rideau juste à temps pour voir dans le jardin le vent arracher d'un des arbres une maîtresse branche qui s'écrasa sur le sol en projetant autour d'elle des éclats de neige gelée. C'était l'arbre préféré de Regan quand elle était petite, se souvint-elle tristement.

Luke dormait toujours aussi profondément. Inutile de le réveiller, se dit-elle en regardant au-dehors. Il ne pouvait rien y faire et la journée du lendemain s'annonçait difficile. Un enterrement serait impossible par un temps pareil, les routes étaient impraticables. Les proches de l'ancien champion de ski, bloqués dans leur hôtel, allaient appeler Luke pour lui demander que faire – comme s'il avait le pouvoir de changer le temps.

Nora se recoucha sans bruit tandis que le vent continuait à se déchaîner. J'espère qu'il fait meilleur à Hawaii, se dit-elle. Blottie sous les couvertures, ses pensées sautaient d'un sujet à l'autre. Elle regrettait que Regan n'ait pas pu venir ce week-end. Elle s'était fait une joie d'aller avec Jack et elle écouter l'orchestre dont on leur avait vanté les mérites. Nous le ferons la semaine prochaine, espéra-t-elle sans cesser de se tourner et de se retourner jusqu'à ce qu'elle retrouve enfin le sommeil.

Elle rêva alors qu'elle était au mariage de Jack et de Regan et que l'orchestre jouait trop fort et faisait des fausses notes. Elle leur disait d'arrêter, mais ils ne l'écoutaient pas et continuaient à jouer de plus en plus fort et de plus en plus faux. Elle se réveilla une deuxième fois, constatant avec soulagement que ce n'était qu'un mauvais rêve, provoqué par les sifflements discordants du vent.

Qu'est-ce qui m'arrive ? se demanda-t-elle. D'abord, Regan ne l'avait pas appelée en arrivant à Hawaii. Elle est assez grande fille pour ne pas être obligée d'appeler sa mère à tout bout de champ, admit-elle. Pourtant, elle a toujours l'habitude d'appeler pour me rassurer quand elle est en voyage. Nora était énervée et attristée par la branche cassée de l'arbre préféré de Regan. Elle se leva donc à nouveau, remit sa robe de chambre, des mules, sortit de la chambre en refermant la porte sans bruit et descendit l'escalier.

Une fois en bas, elle alla à la cuisine, mit la bouilloire sur le feu et décrocha le téléphone. Il n'est pas tard à Hawaii, se dit-elle. Je vais juste appeler Regan sur son portable pour lui dire bonsoir.

Ils étaient sept serrés autour de la table à la terrasse de Chez Duke. À l'arrivée de Mike Darnell, Jasmine alla bavarder avec un groupe installé au bar. Mike venait de commander une bière quand le téléphone de Regan se mit à sonner.

— Maman ? dit-elle avec inquiétude en reconnaissant la voix de sa mère. Que fais-tu debout à cette heure-ci ? Tout va bien ?

Elle dut se couvrir l'autre oreille pour entendre.

— Je ne pouvais pas dormir, répondit Nora. Et je voulais simplement m'assurer que tu étais bien arrivée. Avec le temps qu'il fait ici, il est difficile d'imaginer qu'il puisse faire beau ailleurs dans le monde.

— Nous sommes assis à la terrasse d'un restaurant, à regarder la mer et les palmiers. La nuit est superbe, la rassura Regan. Un ami de Jack vient de nous rejoindre, il fait partie de la police d'Honolulu.

Nora se sentit rassurée. Pourquoi m'inquiéter toujours autant ? se demanda-t-elle. La bouilloire fit alors entendre un sifflement conçu, disait Luke, pour réveiller les morts.

— Tu te prépares du thé ? demanda Regan.

— Du décaféiné.

— C'est incroyable que cette bouilloire s'entende si clairement à des milliers de kilomètres.

— Ton père affirme qu'il n'y a même pas besoin d'un téléphone.

— De toute façon, dit Regan en riant, tout va bien. Essaie de te rendormir, tu seras fatiguée demain.

— Aucune importance, je n'irai sûrement nulle part.

— Ne laisse pas papa dégager l'entrée à la pelle.

— Sois tranquille. Greg Driscoll est passé trois fois aujourd'hui avec sa pelleteuse et doit revenir tout à l'heure. Il ne devrait pas s'en donner la peine, la neige s'accumule tout de suite après. Luke ! s'exclama Nora en s'écartant du fourneau. Qu'est-ce que tu fais là ?

— Papa est levé ?

— Quand je suis sortie du lit, il était plongé dans une bienheureuse inconscience.

— Tu sais bien qu'il se rend compte au bout de cinq minutes que tu n'es pas à côté de lui.

— Que fais-tu debout à cette heure-ci ? murmura Luke en se frottant les yeux.

— Un bruit m'a réveillée et le vent a brisé une branche du grand arbre dans le jardin, répondit Nora assez fort pour que Regan l'entende.

— Le grand arbre ? s'écrièrent en même temps Luke et Regan.

— Oui, confirma Nora, le grand arbre.

— Mon préféré, commenta Regan. Te souviens-tu, maman, que tu avais écrit l'histoire d'un arbre tombé sur une maison et d'une famille qui avait dû ensuite affronter une succession de déboires ?

— Je l'avais oubliée, elle date d'il y a si longtemps. Faut-il te remercier de me l'avoir rappelée ?

— Ne t'inquiète pas, maman, l'arbre n'est pas tombé sur la maison. Il faut que je te quitte, il y a tellement de bruit que je t'entends à peine.

— Rappelle-moi ce week-end.

— Bien sûr.

Regan referma son portable, prit son verre de vin.

— Désolée, Mike, s'excusa-t-elle.

Grand, brun, bronzé, sympathique, il était assis à côté d'elle.

— C'était votre mère ? demanda-t-il.

— Oui. Ils subissent une épouvantable tempête, dans l'est.

— C'est ce que Jack m'a dit. Au fait, il m'a invité

à votre mariage. Faites attention, je suis capable d'y aller.

– Rien ne nous ferait plus plaisir.

– Il faut que je vous dise que, quand Jack m'a téléphoné, je lui ai appris qu'il y avait eu une noyade ce matin à votre hôtel.

– C'est vrai ? dit Regan en faisant une grimace.

– Oui. Il a eu l'air surpris.

– J'avais fait exprès de ne pas lui en parler. Que dites-vous de cette histoire ?

– Nous pensons qu'il s'agit d'un accident.

– Vraiment ? Pourquoi ?

– Son corps ne portait pas de traces de lutte et elle n'avait pas d'ennemis connus, d'après ce que je sais. Elle n'avait pas de dettes non plus. Sans avoir beaucoup d'argent, elle payait régulièrement ses factures. Nous avons appris qu'elle rentrait tous les soirs chez elle à pied par la plage et qu'elle s'arrêtait souvent pour se reposer sur la jetée. Nous procédons à des examens toxicologiques, mais nous avons entendu dire qu'elle avait pas mal bu ce soir-là. Elle a probablement glissé et est tombée à l'eau. Ces jetées en planches peuvent être glissantes quand elles sont mouillées et les courants sont violents à cet endroit.

– Elle a de la famille ?

– Son parent le plus proche est un cousin. L'hôtel avait son numéro, nous avons pu le joindre. La nouvelle lui a fait de la peine, bien sûr, mais il nous a dit qu'ils n'étaient pas très proches l'un de l'autre. Vous avez sans doute entendu parler du lei volé qu'elle avait au cou. La grande question que nous nous posons, c'est comment elle se l'était procuré.

– Oui, j'en ai entendu parler. Comment a-t-il pu être si vite identifié ?

– Parce qu'il est composé d'un agencement très particulier de coquillages et de coraux de teintes différentes. Un de nos hommes qui ont emporté son corps était allé la semaine dernière visiter le musée des coquillages avec des amis du continent venus en vacances. Il avait vu l'autre lei royal qui y est exposé et a tout de suite compris qu'il s'agissait de son pendant qui avait été volé.

– Qu'allez-vous faire de ce lei ?

– Nous l'avons rendu au musée. Le directeur est fou de joie. Il doit vendre l'autre ce week-end aux enchères pour rassembler des fonds pour le musée.

– Oui, je suis au courant. Croyez-vous qu'il vendra aussi celui-ci ?

– Je n'en ai aucune idée.

– Ainsi, les deux leis sont enfin réunis après avoir été volés il y a trente ans.

– C'est exact. Ils sont restés ensemble plus de cent ans, ont été séparés trente ans et les voici enfin réunis. Une sacrée histoire.

– Pourtant, Dorinda Dawes n'est à Hawaii que depuis trois mois. Quelqu'un a-t-il une idée de la manière dont elle s'est procuré ce lei ?

– Elle ne savait sans doute même pas ce que c'était, et elle ne l'a probablement pas volé. Elle a toujours dit qu'elle n'était jamais venue à Hawaii auparavant et elle n'avait qu'une douzaine d'années au moment du vol.

– La fille là-bas, dit Regan en montrant Jasmine accoudée au bar, a connu Dorinda Dawes à New York.

– Je l'ai déjà vue ici, dit Mike. Elle ne me donne pas l'impression d'être une oie blanche.

10

Au Waikiki Waters, Will Brown tua le temps pendant la soirée en s'occupant de la paperasse. Il appela plusieurs fois la chambre de Kit et de Regan pour voir si elles étaient rentrées. Chaque fois, faute de réponse, il alla faire un tour à la réception. La douzième fois, il les vit enfin descendre de voiture et se précipita au-devant d'elles.

– Bonsoir, mesdemoiselles !

– Bonsoir, Will, répondit Kit. Vous faites des heures supplémentaires ?

– Pas de pitié pour les directeurs, répondit-il en riant. Nous avons eu une rude journée, comme vous le savez. Cela me ferait plaisir de vous offrir un verre.

– Je suis assez fatiguée..., commença Regan.

– Il faut absolument que je vous parle, l'interrompit Will en baissant la voix. Pour une question professionnelle.

Voyant sa mine anxieuse, Regan se laissa convaincre.

– D'accord, mais pas trop longtemps.

– Ah ! C'est gentil ! dit-il avec un enthousiasme excessif.

Il est décidément sur les nerfs, pensa Regan.

Will les emmena vers un bar extérieur aménagé

entre deux bâtiments. L'espace était vaste, meublé de sièges et de tables en rotin. Des haut-parleurs dissimulés dans les palmiers et les hibiscus autour des tables diffusaient de la musique hawaiienne. Tout le monde doit se reposer d'une épuisante journée à lézarder sur la plage, se dit Regan en constatant que l'endroit était presque désert.

Will les guida vers une table un peu à l'écart sous un grand palmier illuminé. En voyant le patron, un serveur arriva en hâte. Regan et Kit choisirent un verre de vin, Will commanda une vodka tonic.

– Tout de suite, annonça le serveur avant de se retirer.

Will regarda nerveusement autour de lui pour s'assurer qu'il n'y avait personne à portée de voix.

– Merci d'avoir accepté mon invitation, mesdemoiselles.

Kit lança un regard étonné à Regan qui répondit par un geste évasif.

Après avoir vérifié qu'on ne pouvait l'entendre, Will s'éclaircit la voix et se passa une main dans les cheveux, ce qui ne fit qu'aggraver sa nervosité car il eut l'impression qu'ils étaient plus clairsemés qu'une heure plus tôt. Je dois me les arracher sans m'en apercevoir, pensa-t-il.

– Regan, Kit, commença-t-il, le Waikiki Waters est un établissement réputé. Nous venons d'achever une importante et coûteuse rénovation. Nous recevons chaque année une clientèle d'habitués. Nous mettons un point d'honneur à offrir un service et un confort dignes de tous les éloges...

– Qu'est-ce qui ne va pas ? l'interrompit Regan.

Autant en arriver au vif du sujet, se dit-elle.

Will s'éclaircit une nouvelle fois la voix et approuva

d'un hochement de tête qui fit rouler des gouttes de sueur sur son front.

– Voilà. J'ai l'impression que des gens cherchent à nuire au renom de cet hôtel. Il s'est produit trop d'incidents ces derniers temps. Peut-être est-ce le fait de quelques employés. Quant à la noyade de Dorinda Dawes ce matin... je ne crois pas qu'elle ait été accidentelle.

– Qu'est-ce qui vous le fait penser ? demanda Regan.

– Je l'ai vue juste avant son départ et elle m'a dit qu'elle rentrait directement chez elle.

– L'avez-vous dit à la police ?

– Bien sûr, mais ils savaient qu'elle rentrait souvent en passant par la plage et qu'elle aurait pu décider de se tremper les pieds dans l'eau en cours de route. Il faisait chaud, hier soir.

– Et vous n'y croyez pas ?

– Non.

Il ne me dit pas tout, pensa Regan.

– Je sais, reprit-il, que vous avez une excellente réputation dans votre profession.

– Comment l'avez-vous appris ?

– Je vous ai cherchée sur Internet.

– Ah, bon ?

– Alors, je me suis demandé si je pouvais vous convaincre de passer les deux ou trois prochains jours à faire parler les gens, essayer de voir si vous remarquez quelque chose d'inhabituel. Nous avons eu plus que notre part de vols et de larcins, ces derniers temps. Quelqu'un a jeté des tubes de lotion solaire dans les toilettes, ce qui a provoqué des inondations. Plusieurs clients ont subi des intoxications alimentaires au bar des salades, ce qui n'était jamais arrivé car nous sommes extrêmement vigilants pour tout ce qui touche à la restauration et nous sommes fiers de la qualité des repas que nous servons. Et maintenant, la noyade de Dorinda ! Toute la presse locale en parlera demain. J'ai même reçu des appels de correspondants de la presse nationale – tout ça à cause du lei qu'elle avait au cou, qui est le pendant de celui qui sera vendu aux enchères pendant le grand bal de samedi. Il faut à tout prix que ce bal soit une réussite !

Will s'interrompit pour avaler une longue gorgée de vodka. Regan attendit, elle sentait qu'il était loin d'avoir terminé.

– C'est moi qui avais engagé Dorinda. Je sais qu'elle exaspérait beaucoup de gens, c'est pourquoi je me sens un peu responsable de sa mort. Si elle n'avait pas travaillé ici, elle se serait trouvée ailleurs hier soir et ne serait pas passée par la plage. S'il y a un meurtrier au Waikiki Waters, qui sait si il ou elle ne recommencera pas ? Il se passe ici des choses anormales et je vous serais infiniment reconnaissant si vous pouviez m'aider. Son assassin est peut-être en ce moment même dans une de ces chambres, dit-il en désignant un bâtiment.

Il exagère peut-être, pensa Regan. Ou peut-être pas.

– Je comprends votre inquiétude, dit-elle. Mais si quelqu'un est responsable de la mort de Dorinda Dawes, cette personne ne lui en voulait peut-être pas personnellement. Il peut s'agir d'un acte de violence gratuit, ou peut-être en rapport avec le lei volé. Je ne demande pas mieux que de vous aider, mais je ne reste ici que jusqu'à lundi.

– Ça ne fait rien. J'aimerais au moins avoir votre point de vue sur toutes ces affaires. Je suis sûr que

vous saurez faire parler les gens. Je ne sais plus à qui
me fier, dit-il en avalant encore une longue gorgée de
vodka. Je serai franc avec vous, Regan, j'ai peur aussi
de perdre mon job. Tout cela se passe sous ma responsabilité, en un sens, et les grands patrons ne sont pas
contents du tout. Dorinda Dawes s'était fait connaître
en ville sous un jour qui n'était pas le meilleur et ils
estiment que sa vie et sa mort entachent la réputation
de l'hôtel. La mienne en particulier, puisque c'est moi
qui l'avais engagée.

Décidément, pensa Regan, il en sait plus que ce
qu'il me dit.

– Vous habitez l'hôtel ? lui demanda-t-elle.

– Non. Kim, ma femme, et moi avons une petite
maison plus haut sur la côte, à environ trois quarts
d'heure d'ici.

– Votre femme ? demanda Regan, s'efforçant de
cacher son étonnement.

Will ne portait pas d'alliance ni n'avait l'aura d'un
homme marié, quelque forme que prenne cette aura.

– Nous sommes mariés depuis deux ans. Nous
sommes allés rendre visite à sa mère pour Noël en
Californie du Nord et Kim y est restée quelques
semaines de plus avec notre fils. Ils doivent revenir
samedi.

Intéressant, se dit Regan. Aurait-il eu des relations
personnelles avec Dorinda Dawes ? Peut-être a-t-il
peur de voir son nom surgir au cours de l'enquête et
il voudrait que je l'aide à prouver qu'il n'a rien à voir
dans l'affaire.

Kit avait écouté toute la conversation sans mot dire.
Regan se rendit compte que c'était la première fois
qu'elle assistait à un entretien préliminaire pouvant
déboucher sur une de ses enquêtes. Elle avait

remarqué la surprise de Kit lorsque Will avait dit qu'il était marié. Pourtant, son inquiétude paraissait sincère. Il avait une femme et un enfant à entretenir, une bonne situation. S'il la perdait, il aurait sans doute du mal à en retrouver une équivalente, surtout à Hawaii. Les postes directoriaux comme le sien étaient recherchés par plein de gens qui voulaient, eux aussi, vivre au paradis tout en gagnant leur vie.

La proposition de Will intéressait Regan, mais elle était venue ici passer quelques jours avec Kit, pas pour travailler.

— Je suis sûre que tu as envie d'accepter, Regan, dit Kit, comme si elle avait lu dans ses pensées. Fais-le, du moment que nous pourrons passer quelques heures ensemble.

— C'est beau, l'amour ! répondit Regan en riant.

Kit pouffa de rire elle aussi.

— D'autant plus que Steve a suggéré de venir nous rejoindre demain à la plage.

— Nous avons vraiment de la chance. D'accord, Will, poursuivit-elle. Je veux bien vous aider, mais pour le moment, il faut que j'aille me coucher, je suis encore à l'heure de Los Angeles. Voulez-vous que je vous retrouve à votre bureau demain matin ?

Will parut soulagé du poids qui pesait sur ses épaules.

— Merci, Regan. Je vous paierai les honoraires que vous voudrez. Et votre prochain séjour ici ne vous coûtera rien.

— Parfait, approuva Regan. Neuf heures, cela vous convient ?

— Tout à fait. Dites à la réception que vous avez rendez-vous avec moi, ils ne vous poseront pas de questions.

— D'accord. À demain matin.

Pendant qu'elles s'éloignaient, Will prit son mouchoir et s'épongea le front tandis que la mélodie d'une célèbre chanson de Don Ho flottait dans l'air nocturne.

11

– Tu m'emmènes toujours dans des endroits tranquilles, plaisanta Regan en allant vers leur chambre.

– C'est ma spécialité, répondit Kit. C'est quand même un peu effrayant de se dire que celui qui a tué Dorinda pourrait être à l'hôtel.

– Faisons un petit tour sur la plage, suggéra Regan.

– Je croyais que tu étais fatiguée ?

– Je le suis, mais cette affaire commence à m'obséder. Je veux voir à quoi la plage ressemble pendant la nuit.

Après avoir dépassé la piscine olympique, près de laquelle avaient lieu des spectacles folkloriques, elles descendirent sur le sable. L'océan Pacifique s'étendait devant elles à perte de vue, les vagues léchaient doucement le rivage, les palmiers ondulaient sous la brise. Avec les reflets de la lune sur la mer et les lumières des hôtels qui la bordaient, la plage n'était pas sombre du tout.

Regan et Kit s'approchèrent du bord. Regan enleva ses sandales, s'avança dans la mer jusqu'aux chevilles et tourna à gauche en marchant dans l'eau. Kit l'imita. Au bout de la courbe de la plage, elles arrivèrent dans une petite anse plus sombre invisible de l'hôtel. Juste au-delà, on voyait la jetée où Regan imagina que

Dorinda marquait une pause quand elle rentrait chez elle.

Un couple d'amoureux s'embrassait, assis sur les rochers. Ils se séparèrent en sentant la présence des intruses. Kit fut alors stupéfaite de voir Regan s'approcher d'eux.

— Excusez-moi. Je peux vous parler une minute ?

— Je viens de demander en mariage mon amie sur une plage au clair de lune et vous voulez nous parler ? s'exclama le jeune homme, mi-incrédule, mi-outré.

— Je suppose donc que vous n'étiez pas ici hier soir ? insista Regan.

— Il y avait trop de nuages, hier soir. J'ai toujours voulu que ça se passe au clair de lune, alors j'ai attendu ce soir.

— Et elle a dit oui, n'est-ce pas ?

— Oh, oui ! s'écria joyeusement la jeune fille en tendant à Regan sa main où brillait un diamant.

Regan s'approcha, se pencha pour regarder la bague.

— Elle est superbe, dit-elle avec sincérité. Je viens de me fiancer, moi aussi.

— Montrez-moi votre bague, dit la jeune fille.

Regan lui tendit la main.

— Elle est splendide, elle aussi !

— Merci.

— Où votre ami vous a-t-il fait sa demande ? s'enquit le jeune homme, qui paraissait radouci.

— Dans une montgolfière.

— Une montgolfière ? s'écria la jeune fille. Ça alors, c'est extraordinaire !

— J'aurais dû y penser, commenta le jeune homme avec un peu de dépit.

– Mais non, mon chéri. Une plage au clair de lune, c'est parfait.

Elle se pencha vers lui pour lui donner un baiser, il lui en donna deux.

– Alors, vous n'êtes pas sortis du tout hier soir ? demanda Regan.

– Non, répondit le jeune homme. Sauf pour voir si le cadre convenait à des fiançailles mais, comme je vous l'ai dit, c'était trop nuageux. Nous sommes allés danser.

– Quelle heure était-il ?

– Peu après dix heures.

– Avez-vous remarqué s'il y avait beaucoup de monde sur la plage ?

– Non, je n'en ai pas vu beaucoup. Les gens de l'hôtel vont plutôt à la piscine, mais elle ferme à dix heures. Le bar reste ouvert tard, lui. Nous y avons pris un verre en rentrant. J'ai aperçu quelques personnes faire un petit tour sur la plage avant d'aller se coucher. Mais comme elles y sont presque toute la journée, elles avaient sans doute assez vu la mer. Vous voyez ce que je veux dire ?

– Vous n'avez donc vu personne se baigner ?

– Non. Il faut être fou pour se baigner la nuit. Les courants sont mauvais, dans le secteur. Vous pouvez vous faire aspirer par un rouleau sans que personne aille à votre secours. Rien qu'en y mettant les pieds, on sent le reflux.

– C'est vrai, dit Regan. Je l'ai senti, moi aussi.

– Vous essayez de comprendre comment la dame s'est noyée, n'est-ce pas ? Je me suis rendu compte, enchaîna-t-il sans laisser à Regan le temps de répondre, que beaucoup de gens se promènent la nuit sur la plage quand ils ont des problèmes.

— Voyons, Jason ! protesta la jeune fille.

— C'est vrai, Carla. Écoutez, poursuivit-il à l'adresse de Regan, je me suis réveillé la nuit dernière à trois heures du matin et Carla n'était pas là. J'en étais malade ! Où était-elle ? Je finissais de m'habiller quand elle a ouvert la porte. Elle m'a dit qu'elle ne pouvait pas dormir et qu'elle était allée faire un tour sur la plage. À trois heures du matin, vous vous rendez compte ? Je lui ai dit qu'elle aurait pu me laisser un mot. Alors, elle m'a avoué qu'elle était bouleversée parce qu'elle croyait que j'aurais fait ma demande ce soir-là et que je ne lui avais rien dit. Parce qu'hier, c'était notre anniversaire, enfin, je veux dire, celui du jour où nous nous sommes rencontrés, il y a dix ans.

Dix ans ? se dit Regan. Heureusement qu'il a fallu moins longtemps à Jack pour se décider.

— Elle est arrivée à mon école quand j'étais en troisième, ajouta Jason qui avait remarqué l'étonnement de Regan.

— Le métier de mon père l'obligeait à déménager souvent, expliqua Carla. Mais je ne suis pas allée loin sur la plage hier soir. J'avais un peu peur. Je me disais que s'il ne se décidait jamais à me demander en mariage, eh bien, tant pis. Il y a d'autres poissons dans la mer.

— Merci, ma chérie. C'est trop gentil.

— Allons, tu sais ce que je veux dire ! dit-elle en lui donnant une petite tape sur le bras.

— Avez-vous vu quelqu'un à cette heure-là ? demanda Regan.

— Pas un chat ! C'est pour cela que j'ai eu peur et que je suis rentrée en courant. Penser que ce corps a été rejeté au même endroit quelques heures plus tard. Grands dieux !

– Ne me laisse plus jamais seul comme ça, dit son fiancé en l'attirant contre lui.

– Plus jamais, je te le promets.

Sur quoi, ils recommencèrent à s'embrasser.

– Nous vous laissons, se hâta de dire Regan. Mais si vous vous rappelez avoir vu quelque chose d'inhabituel, n'importe quoi qui vous aurait paru bizarre, dites-le-moi. Même si c'est insignifiant pour vous, cela pourrait être important. L'hôtel tient à veiller sur la sécurité de ses clients, vous comprenez. On ne prend jamais trop de précautions.

Elle leur donna sa carte avec son nom, son numéro de chambre et son numéro de portable.

– D'accord. Je ne me souviens de rien maintenant, je suis trop heureuse. Mais en réfléchissant, quelque chose me reviendra peut-être et je vous appellerai.

– Merci, Carla.

Après s'être éloignées, Kit et Regan dépassèrent la jetée, qui s'avançait d'une vingtaine de mètres dans la mer.

– Je n'ai pas envie d'y aller maintenant, observa Regan.

Une fois de retour dans leur chambre, Kit se laissa tomber sur son lit.

– Tu es stupéfiante ! Il n'y a que toi pour avoir le culot de déranger un couple en train de s'embrasser et de devenir leur copine !

– Je ne sais pas si je suis leur copine, répondit Regan. Mais s'ils m'appellent pour me donner le moindre indice pouvant expliquer ce qui est arrivé à Dorinda Dawes, ils seront mes copains. Et j'ai l'impression qu'une fois remise des émotions de ses fiançailles romantiques au clair de lune, Carla voudra me parler. Crois-moi, j'aurai bientôt de ses nouvelles.

12

La chambre que partageaient Ned et Artie était d'une taille correcte, pas assez toutefois pour loger deux adultes qui évitaient le plus possible de se côtoyer pendant la journée – à plus forte raison la nuit. Artie aimait écouter ses cassettes mystiques pendant qu'il s'endormait, ce qui mettait Ned sur les nerfs. Ned branchait toujours la télévision sur la chaîne des sports, ce qui rendait Artie fou de rage.

Le club « Compatibles.com » ne les aurait jamais forcés à cohabiter, mais les jumelles ne perdaient jamais une occasion de faire des économies. Artie était donc coincé. Il ne pouvait pas trop se plaindre, puisque le voyage ne lui coûtait rien. Comme Gert et Ev le faisaient remarquer, tous les membres du groupe partageaient une chambre, où l'on n'allait de toute façon que pour dormir, ce qui n'était rien quand on avait la chance de se trouver dans un lieu aussi idyllique que Hawaii.

Ned adorait son job au Waikiki Waters. À cause de son logement gratuit, il était pratiquement toujours en service, ce qui ne lui déplaisait pas, au contraire. Il haïssait l'inaction. Certains collègues le jugeaient « intense », d'autres le traitaient de cinglé.

À minuit, Ned faisait cent pompes. Artie était

couché, les oreilles bouchées par les écouteurs de son lecteur de CD. La lumière était allumée. Les yeux fermés, Artie s'était en plus réfugié sous les couvertures. Au bout d'un moment, n'y tenant plus, il débrancha ses écouteurs et sortit la tête.

– Pouvez-vous éteindre, Ned ? J'ai besoin de repos.

– Je dois finir mes pompes, répondit-il, haletant.

– J'ai toujours pensé que ce n'était pas bon de faire des exercices violents juste avant de se coucher, geignit Artie.

– Moi, ça me détend.

– Hier soir, vous êtes allé nager dans la piscine. Pourquoi pas ce soir ?

– Et vous, Artie, pourquoi n'allez-vous pas marcher sur la plage ? Vous l'avez fait tous les soirs, sauf ce soir. J'ai l'impression que vous en avez besoin.

– J'aime réfléchir quand je marche sur la plage, mais ce soir je suis trop fatigué.

– Réfléchir à quoi ? demanda Ned sans s'arrêter de compter.

– Je me demande si je dois quitter Hudville.

– Pourquoi ?

– Il y a trop de pluie et pas assez de gens disposés à dépenser de l'argent pour des massages. Je pense aller en Suède. Il paraît que les gens de là-bas aiment se faire masser.

Ned leva les yeux au ciel, exercice difficile dans sa position.

– Il y a sûrement déjà beaucoup de masseurs dans ce pays. Vous devriez plutôt venir à Hawaii. C'est ce que j'ai fait quand j'ai divorcé il y a huit mois et je me sens beaucoup mieux.

– Je n'en sais rien... Je suis énervé. J'ai l'impression qu'il y a plein d'autres choses que je devrais faire.

— Ces cassettes de relaxation ne vous font pas beaucoup d'effet.

— Ne vous moquez pas de mes cassettes.

— Je ne m'en moque pas. Si nous allions courir un peu ?

— Maintenant ?

— Pourquoi pas ? Vous êtes trop tendu, trop stressé. Courez un bon cent mètres, vous dormirez comme un bébé.

— Je dormirais tout de suite comme un bébé si vous vouliez bien éteindre cette fichue lumière.

— Quatre-vingt-dix-huit, quatre-vingt-dix-neuf, cent ! annonça Ned en se relevant souplement. Je vais juste prendre une douche, j'éteindrai tout de suite après.

Je n'en peux plus, pensa Artie. Trop, c'est trop.

À l'autre bout du couloir, les Walker discutaient de leur chapitre sur les méthodes pour raviver les plaisirs de la vie conjugale.

Bob trouvait Betsy trop jalouse par moments. Il aimait flirter avec d'autres femmes et n'y voyait pas de mal. Betsy n'aimait pas ça du tout. Cela mettait du piment dans leur relation, mais pas de la manière qu'il aurait fallu. Certains couples aiment se disputer pour avoir le plaisir de se réconcilier. Pas Betsy Walker. Pourtant, comme tous les couples, ils avaient leurs désaccords.

— Hier, par exemple, dit Bob en se croisant les mains sur la poitrine, quand cette femme qui s'est noyée prenait des photos au bar et que je lui ai dit qu'elle sentait bon, tu m'as fusillé du regard et tu es partie comme une furie, sans même dire un mot.

— Si tu ne l'avais pas prise par la taille et serrée

contre toi, tu n'aurais pas su qu'elle sentait bon. Un geste pareil parce qu'elle nous avait pris en photo n'était pas justifié.

— De toute façon, dit Bob après un temps de réflexion, cela n'a plus d'importance.

— C'est possible.

— Elle est morte.

— Et bien morte.

— Quand je suis arrivé dans notre chambre, tu dormais à poings fermés.

— J'avais pris un somnifère.

— Pas étonnant que tu aies été éteinte comme une ampoule grillée, dit Bob avec un sourire sarcastique. Tu sais, cette Dorinda Dawes portait un lei de coquillages quand elle est morte. C'est très sexy. Je vais voir si je peux t'en acheter un demain. Bonne nuit, chérie.

— Bonne nuit.

Décidément, se dit-elle, écrire sur les manières de ranimer les plaisirs de la vie conjugale ranime plutôt en lui ce qu'il y a de pire. Cela devient bel et bien effrayant.

Deux femmes dans une même chambre, quand elles ont une différence d'âge de trente ans, cela pose des problèmes particuliers. Heureusement, Francie et Joy étaient aussi peu soigneuses l'une que l'autre. De ce point de vue-là, au moins, elles étaient faites pour s'entendre. Les tablettes de la salle de bains étaient encombrées de tubes de crème, de bâtons de rouge à lèvres, de flacons de lotion solaire et de produits capillaires de toutes les tailles et de toutes les formes. Des serviettes et des vêtements étaient éparpillés un peu partout au petit bonheur.

Elles auraient pu devenir bonnes amies si Joy avait eu quelques années de plus. Mais Joy goûtait encore aux délices de sa liberté toute neuve et n'éprouvait pas le moindre intérêt pour toute personne au-dessus de vingt-cinq ans. Il était près de trois heures du matin quand elle rentra dans la chambre sur la pointe des pieds. Elle avait réussi à se joindre à un groupe de jeunes employés de l'hôtel. Ils étaient allés Chez Duke avant de danser sur la plage devant le restaurant. Le beau maître nageur qui lui avait tapé dans l'œil faisait partie du groupe et lui avait parlé toute la soirée. Il ne l'avait pas raccompagnée à sa chambre, parce que le personnel n'avait pas le droit de fréquenter les clients, mais il lui avait dit de le rejoindre le lendemain soir au bar du Sheraton Moana. Joy était aux anges. Cette perspective lui rendrait la journée avec les Sept Veinards à peu près supportable.

S'efforçant de faire le moins de bruit possible, elle entra dans la salle de bains, se déshabilla et ramassa par terre sa chemise de nuit. Trop fatiguée pour se démaquiller, elle eut quand même la force de se brosser sommairement les dents. Elle éteignit la lumière, ouvrit la porte en retenant sa respiration. Cinq secondes plus tard, elle était dans son lit et commençait à se détendre quand la voix de Francie résonna de l'autre côté de la table de chevet :

– Comment s'est passée votre soirée ? Il faut tout me raconter.

Seigneur ! pensa Joy. Cette femme me rendra folle.

Gert et Ev devaient à leurs fonctions d'occuper une suite, avec un petit salon et une chambre, plus spacieuse que les chambres attribuées au groupe.

Elles essayaient de louer les mêmes chambres à chaque voyage, ce qui n'était pas toujours possible. Elles réussissaient au moins à obtenir des chambres voisines les unes des autres avec des balcons donnant sur la mer. Les Sept Veinards restaient parfois sur leurs balcons respectifs pour bavarder. Échapper à la promiscuité était quasiment impossible.

Ayant passé toute leur vie ensemble, Gert et Ev vivaient littéralement en symbiose et possédaient un sixième sens comme en ont souvent les jumeaux, en particulier les vrais jumeaux. Elles portaient toujours des vêtements identiques, utilisaient les mêmes produits et, à ce stade de leur existence, éprouvaient les mêmes douleurs. Ev avait cependant un caractère moins conciliant que Gert. Elle ne pouvait pas se forcer à aimer tous les gens qu'elles emmenaient en voyage.

– Ces Walker sont exaspérants, cria-t-elle à Gert depuis la salle de bains où elle se lavait les dents.

– Ils ne rapporteront pas de rayons de soleil, approuva Gert.

– Je suis bien contente que nous ayons demain une journée libre. Nous pourrons nous amuser seules.

– Nous devrions nous en réserver davantage, opina Gert.

Ev se rinça la bouche, se lava les mains et vint se jeter sur son lit.

– Tu crois que nous trouverons des bonnes affaires demain ?

– Je te le parie, répondit Gert avec un grand sourire. De vraies bonnes affaires, tu verras.

Sur quoi, les jumelles dirent une prière pour leurs chers disparus, surtout pour Sal Hawkins, et s'endormirent paisiblement.

Vendredi 14 janvier

13

Encore réglée sur l'heure de Los Angeles, Regan se réveilla de bonne heure, s'habilla et laissa un mot pour Kit, qui dormait profondément quand elle quitta la chambre. À sept heures du matin, Regan avait déjà fait une longue promenade sur la plage. Ne voulant pas affronter le gigantesque buffet servi dans la grande salle à manger, elle alla prendre son petit déjeuner dans un des cafés.

Elle se sentait bien, l'air matinal était frais et revigorant, la plage tranquille. Chaque fois qu'elle se réveillait à l'aube, elle se disait qu'elle devrait le faire plus souvent. Mais ses bonnes résolutions ne duraient jamais. Se lever avec les poules ne convenait à son métabolisme que si elle se couchait très tôt ou changeait de fuseau horaire.

Regan entra au Pineapple Café et s'assit au comptoir. Désireux de satisfaire une clientèle très diverse, le Waikiki Waters avait toutes sortes de restaurants. Ce café aurait pu être une *coffee-shop* de New York si la décoration des murs ne représentait pas des champs d'ananas. Regan tendait la main vers la pile de journaux locaux à la disposition des clients quand la serveuse s'approcha.

– Café ? demanda-t-elle en remplissant une tasse sans attendre la réponse.

On ne doit pas souvent lui répondre non, en déduisit Regan.

– Oui merci, répondit-elle inutilement.

La photo d'une femme identifiée comme étant Dorinda Dawes, victime d'une tragique noyade accidentelle, s'étalait à la première page.

– C'est malheureux quand même, commenta la serveuse.

Elle paraissait avoir la soixantaine, beaucoup plus que la moyenne des employés du Waikiki Waters. Coiffée en page, elle avait le teint hâlé et le sourire ironique. Un badge en forme d'ananas annonçait qu'elle s'appelait Winnie et une dizaine de pins épinglés sur sa blouse donnaient des conseils variés. Regan lut sur l'un d'eux : VIVEZ TOUS LES JOURS COMME SI C'ÉTAIT LE DERNIER DE VOTRE VIE. TÔT OU TARD, CE SERA VRAI. Rien de plus approprié, pensa-t-elle.

– Vous connaissiez Dorinda Dawes ? lui demanda-t-elle.

– Je l'ai vue ici et là de temps en temps, mais je ne viens travailler que quand les jeunes se font porter malades. Si les rouleaux sont bons, vous pouvez être sûre qu'ils attrapent tout d'un coup un mauvais rhume. Ils se précipitent à la plage avec leurs planches, c'est pour cela qu'ils vivent à Hawaii. Alors, la direction fait appel aux vieux sur qui on peut compter. Je viens parce que ça me sort de chez moi. Et puis, ça me plaît parce que je peux toujours dire non si j'en ai envie. Je ne me suis jamais gênée pour répondre « pas question ».

– C'est agréable d'être dans une position comme la vôtre, observa Regan en jetant un coup d'œil au journal. Le vrai mystère dans cette affaire, c'est de savoir comment elle a trouvé ce lei royal.

– Je sais bien, répondit Winnie. Il paraît que l'autre soir, poursuivit-elle en baissant la voix, elle prenait des tas de photos et posait trop de questions. Les gens étaient agacés. Elle disait partout qu'elle allait rentrer chez elle préparer son bulletin. Et puis, voilà qu'on retrouve son corps sur la plage avec un lei que personne ne lui avait jamais vu porter.

– Avait-elle beaucoup bu ?

– Je n'en sais rien, je n'étais pas là. Mais je l'ai vue en pleine action avec un verre dans une main et l'appareil photo dans l'autre. Avec mon amie Tess, qui travaille ici elle aussi, nous en parlions au téléphone hier soir. Dorinda était de tous les cocktails, à prendre des photos, à poser des questions. Ça commençait à bien faire, vous comprenez ? Si vous voulez la vérité, poursuivit-elle en baissant de nouveau la voix, nous croyons qu'elle essayait de se trouver un homme. Après tout, pourquoi pas ? Elle était plutôt belle femme. Et ceux qui viennent ici pour des conventions ou des séminaires sont bien de leur personne. Le problème, c'est que pour la plupart ils sont mariés. Mais ça ne l'empêchait pas de flirter, croyez-moi. Vous savez ce qu'on pensait d'elle, Tess et moi ? Que c'était une de ces femmes qui n'aiment que les hommes et n'en ont rien à fiche des femmes. Vous en avez déjà rencontré, des comme ça ?

Oui, s'abstint de répondre Regan. Mais celle-là est encore vivante et s'appelle Jasmine.

14

À neuf heures une, Regan était assise devant le bureau de Will. Il a l'air fatigué, remarqua-t-elle, mais il faut dire qu'il a des soucis. Les vives couleurs de sa chemise hawaiienne n'atténuaient pas sa pâleur.

– Bien dormi ? lui demanda-t-il.

– Quelques heures, je me suis réveillée tôt. Et vous ?

– Un peu, mais mal. J'ai l'habitude d'être avec ma femme et mon fils. Je serai content quand ils seront revenus ce soir. Je serai content aussi quand le Bal de la Princesse sera terminé.

Regan sortit le journal de son sac et le lui tendit.

– Vous avez vu ça ? demanda-t-elle en montrant la photo de Dorinda Dawes à la une.

– Oui, je l'ai lu à six heures et demie ce matin.

– J'y ai remarqué que Dorinda Dawes écrivait une série d'articles sur la vie à Hawaii pour un nouveau magazine de voyages. Elle y faisait le portrait de gens venus se lancer dans une seconde carrière.

– Pendant les quelques mois qu'elle a passés ici, elle a réussi à s'immiscer dans des tas de choses. Comme une mauvaise herbe qui envahit tout. Au début, je n'y faisais pas attention. Ce que je la payais pour rédiger le bulletin intérieur ne lui suffisait évidemment pas pour vivre. Elle avait donc projeté de lancer une sorte de feuille à scandales sur ce qui se passait à Honolulu et à Waikiki. Elle m'avait dit qu'elle rêvait de découvrir de bonnes histoires bien juteuses. C'est là que j'ai commencé à m'inquiéter. J'ai insisté pour qu'elle ne froisse aucune susceptibilité dans notre bulletin. Qui voudrait venir dans un hôtel où on écrit des médisances ou des calomnies sur votre compte ?

– J'ai déjà entendu parler de son petit journal de potins.

– Vraiment ?

– Oui, par une fille qui se fait appeler Jazzy.

Will leva les yeux au ciel.

– Encore une mauvaise herbe. Elle fourre son nez partout. C'est elle, par exemple, qui est chargée des paquets-cadeaux pour le bal.

– Elle m'en a parlé aussi. Vous ne l'aimez pas beaucoup, si je comprends bien ?

– Jazzy ne se démène que pour elle-même. Elle se démène aussi pour son patron. En fait, c'est lui qui finance une partie des frais du bal, parce qu'il cherche à lancer une gamme de vêtements de style hawaiien. Il donne des chemises et des paréos pour les cadeaux.

– J'en ai entendu parler. Vous avez vu ses vêtements ?

– Non, mais j'ai cru comprendre qu'ils sont décorés de dessins de leis, ce qui correspond au thème du bal.

– Ce bal est important pour votre hôtel, n'est-ce pas ?

– C'est le premier grand événement depuis la rénovation. Il a surtout de l'importance pour l'association qui bénéficiera du produit de la vente aux enchères.

– Quelle association ?

– Un groupe appelé les Artistes Aloha. À la base, ce sont des gens qui se sont réunis pour construire des ateliers pour de jeunes artistes, sculpteurs et artisans produisant un art typiquement hawaiien. Ils peuvent travailler seuls dans les ateliers, ils invitent parfois aussi d'autres artistes et ils essaient d'organiser des cours. C'est pourquoi ils fondent tant d'espoirs sur la vente du lei royal. Ils estiment qu'elle démontrera l'importance de l'art indigène et le fait qu'un objet d'une réelle valeur artistique peut se transmettre aux générations futures. Depuis que le lei de Liliuokalani a été retrouvé, les Artistes Aloha ne se sentent plus de joie. Ils voudraient bien vendre les deux leis, même s'ils s'efforcent d'y mettre un certain tact. Le deuxième a été retrouvé sur une morte, n'est-ce pas ? Ils doivent surtout convaincre le directeur du musée de le mettre en vente.

– Je pensais aller au musée ce matin, voir si on pourrait me renseigner sur le vol des deux leis à l'époque. Cela pourrait peut-être ouvrir une piste. Je ne peux pas m'empêcher de penser qu'il y a un rapport avec la mort de Dorinda. Si j'arrive à découvrir où et comment elle s'est procuré ce lei, cela nous donnera peut-être des indices sur les raisons de sa mort.

– Bonne idée, approuva Will.

– Pendant ce temps, pouvez-vous rassembler une collection complète des bulletins écrits par Dorinda ? J'aimerais bien les lire. J'aimerais aussi des exemplaires du magazine de voyages, il s'intitule *Les Esprits du Paradis*, je crois. Savez-vous qui elle a interviewé pour ces articles ?

– C'est un mensuel et elle n'y a publié jusqu'à présent qu'un seul article, dans le numéro de ce mois-ci, mais elle en préparait un autre. Je crois me rappeler qu'elle avait l'intention d'aller faire une interview dans la Grande Île. J'avoue que je n'ai jamais lu ce magazine. Dorinda parlait sans arrêt, ce qu'elle disait entrait par une oreille et sortait par l'autre. Mais je vais retrouver tous ses articles. Le bulletin est fourni gratuitement à nos clients, notamment dans les salons de coiffure.

– Merci. Au fait, Dorinda avait-elle un vestiaire ?

– Non, seulement les employés qui doivent porter un uniforme en ont un.

– À quelle heure avez-vous vu Dorinda pour la dernière fois mercredi soir ?

– Il était environ onze heures et demie. Je travaillais tard moi aussi ce soir-là. Elle avait pris des photos à deux ou trois banquets et s'était rendue comme d'habitude dans les bars et les restaurants pour photographier les clients qui le souhaitaient. En partant, elle a juste passé la tête par la porte de mon bureau pour me dire bonsoir. Elle avait encore son appareil à la main et, je crois, un sac à l'épaule.

– Elle ne portait pas le lei au cou ?

– Non.

– Son sac a-t-il été retrouvé ?

– Non.

Regan se leva.

– Je vais prendre un taxi pour aller au musée. Vous serez sans doute ici quand je reviendrai ?

Will leva vers elle un regard las.

– Je ne compte aller nulle part.

15

Le musée des coquillages était à une vingtaine de minutes du Waikiki Waters. Dans le taxi qui remontait la rue principale de Waikiki en direction du Diamond Head, Regan regarda par la vitre. Par cette belle matinée, les piétons flânaient, entraient et sortaient des boutiques, les surfeurs chargés de leur planche ou la traînant sur une remorque traversaient la rue vers la plage. L'eau était bleue et calme, la température avoisinait les vingt-cinq degrés, le soleil brillait, bref, le climat hawaiien idéal.

Elle pensait surtout à Dorinda Dawes. Chacun de ceux à qui elle en avait parlé semblait avoir sur elle une opinion tranchée. Elle devait à coup sûr avoir une forte personnalité et Regan voulait recueillir l'opinion de beaucoup d'autres gens. Quand je serai rentrée à l'hôtel, se promit-elle, je lirai ses articles parus dans le bulletin intérieur et dans le magazine. Elle avait remarqué une boutique de mode à côté de la réception. J'entrerai essayer des vêtements, pensa-t-elle. Les vendeuses seront peut-être bavardes.

Le taxi la déposa au musée. Il était situé sur une colline dominant la plage, dans un endroit superbe et un peu isolé. Quelques voitures étaient garées sur le petit parking. Regan entra. Une jeune fille derrière la caisse, une orchidée dans ses longs cheveux noirs, lui apprit que le musée n'ouvrait pas avant dix heures.

– En fait, lui dit Regan en lui montrant sa carte professionnelle, je voudrais parler à quelqu'un au sujet du lei retrouvé sur le corps de la femme qui s'est noyée. Je crois qu'il a été rendu au musée.

– Alors, il faut voir Jimmy. Il est conchyliologiste et il est propriétaire du musée.

– Conchyliologiste ?

– C'est quelqu'un qui peut vous parler de tout ce que vous voulez ou ne voulez pas savoir sur les coquillages. Il est assis sur la plage. Allez le voir.

– Je devrais peut-être attendre...

– Non, allez-y, dit la fille avec un geste encourageant.

– D'accord, merci. Comment vais-je le reconnaître ?

– Il est grand, gros, vieux, presque chauve, et il sera assis en tailleur.

– Comment savez-vous qu'il est assis comme cela ? demanda Regan, amusée.

– Parce qu'il se regarde toujours les pieds. Il marche tellement sur la plage qu'il se coupe souvent sur des coquillages. Les marques qu'ils lui font sur la peau le fascinent.

– Intéressant, observa Regan.

Elle marqua une pause en sortant du bâtiment, impressionnée par la vue sur le Pacifique, aspira une grande bouffée d'air parfumé et s'engagea sur l'escalier de pierre qui descendait à la plage.

Elle n'aurait pas pu manquer Jimmy, il n'y avait personne d'autre sur la plage. Drapé dans une sorte de toge, il avait en effet une taille imposante et il était assis en tailleur sur le sable, les yeux clos. Il avait le teint recuit par le soleil et le sel des embruns. La brise faisait voler les rares cheveux subsistants autour de son crâne lisse.

Le supposant plongé dans la méditation, Regan s'arrêta quelques pas derrière lui. Elle se demandait ce qu'elle devait faire quand il ouvrit les yeux et tourna la tête vers elle.

– Vous cherchez Jimmy ?

– Oui.

– Jimmy est ici.

– Bonjour Jimmy, dit Regan en se demandant pourquoi il parlait de lui à la troisième personne. Elle se retint d'ajouter : « Regan Reilly est ici aussi. »

– Vous aimez la plage ? demanda-t-il d'un ton accusateur.

– Oh, oui ! répondit-elle en englobant l'espace d'un geste large. Mais avec ma peau claire, je ne peux pas trop m'exposer au soleil.

Jimmy la regardait d'un air sévère. Il doit me prendre pour une idiote, pensa Regan. Ma foi, tant pis...

– Je suis descendue au Waikiki Waters, reprit-elle, là je pourrai louer un parasol pour profiter de la mer et du sable.

Le regard de Jimmy manifesta cette fois de l'intérêt.

– Le Waikiki Waters. Une femme s'y est noyée hier. Elle portait un lei très rare qui avait été volé au musée. Qu'est-ce qu'elle pouvait bien faire avec mon lei ?

– Je ne peux pas vous le dire, Jimmy, répondit-elle en lui montrant sa carte professionnelle. Mais je pense que vous pouvez me renseigner sur l'histoire de ce lei. L'hôtel m'a engagée pour enquêter sur la mort de cette

96

femme. La police croit qu'il s'agit d'une noyade accidentelle, le directeur de l'hôtel n'en est pas aussi certain. Et la présence du lei sur elle complique la
situation.

– Vous aimez le jus d'ananas ?

– Je dois dire que je n'en bois pas souvent, mais
j'aime bien en boire un verre de temps en temps.

– Bien. Remontons au musée. Je vous montrerai le
lei et nous parlerons. J'ai commencé à travailler ici il
y a cinquante ans. Maintenant, le musée m'appartient.
Il n'est pas aussi important que le musée Bishop, mais
il possède des pièces de grande valeur.

En s'appuyant sur ses mains, il réussit à relever son
imposante carcasse. Debout, il avait près de deux
mètres de haut, un tour de taille majestueux et des bras
aux muscles dignes de respect.

Regan le suivit jusqu'en haut des marches puis
dans le musée, un bâtiment déjà ancien qui sentait
le sable et la mer. Des coquillages de toutes les
tailles et de toutes les formes étaient accrochés aux
murs. À l'entrée, près de la caisse, une vitrine contenait des bijoux en coquillages à vendre, colliers,
boucles d'oreilles, bracelets, bagues. La jeune cais-
sière salua Regan d'un signe de tête quand elle passa
devant elle, suivant Jimmy jusqu'à son bureau, où
il la fit entrer.

– Asseyez-vous là. Jimmy revient dans une minute.

Regan s'exécuta. En fait de vacances express,
c'est plutôt raté, se dit-elle. Mais elle ne le regrettait
pas. Le début d'une nouvelle enquête l'excitait toujours et elle préférait parler à un conchyliologiste
que rester assise des heures sur la plage sans rien
faire. C'est sans doute pour cela que Dieu m'a
donné une peau qui brûle aussi facilement, se rai-

sonna-t-elle en prenant un siège dans le petit bureau. Une grande photo de coquillage décorait le mur. Cela lui rappela l'agrandissement d'un grain de poussière dans le bureau de son médecin allergologue. Chaque profession aime exhiber l'objet de son intérêt...

Jimmy revint avec deux verres de jus d'ananas et un lei à son cou. Serait-ce celui qui était au cou de Dorinda Dawes hier matin ? se demanda Regan. Elle prit le verre que Jimmy lui tendait et trinqua.

— Aloha, déclara-t-il.

— Aloha, répondit-elle.

Le jus fraîchement pressé était délicieux. Regan sentit presque le sucre lui courir dans les veines. Pendant qu'elle buvait, Jimmy contourna son bureau et s'assit dans son fauteuil.

— Jimmy adore les coquillages, commença-t-il. J'ai grandi à Hawaii, je passais des heures sur les plages pour les collectionner. J'ai eu des problèmes de dos dans mon enfance, je ne pouvais donc pas faire de surf, mais j'ai toujours aimé la plage. Je m'y sens bien. Si je me coupe les pieds avec des coquillages, cela m'est égal. Ce sont les méduses qui me déplaisent, elles piquent. Les coquillages, eux, ne font de mal à personne. Maintenant, je suis propriétaire du musée des coquillages. Jimmy en est très fier, dit-il en enlevant cérémonieusement le lei autour de son cou. Ce lei a été volé il y a trente ans. Regardez, dit-il en le tendant à Regan, la police me l'a rendu hier. Il m'a cruellement manqué.

Regan reposa son verre vide et prit le lei. Il était vraiment superbe. Les coquillages étaient tous aussi beaux les uns que les autres, leurs couleurs allaient du rouge corail au beige et au blanc. Quelques-uns étaient ébréchés, mais l'ensemble était cent fois plus somptueux que beaucoup des coûteux colliers de joaillerie qu'elle avait vus.

– Jimmy sait ce que vous pensez. Cela vaut bien des bijoux. Les femmes de la famille royale les préféraient aux perles.

– J'ai entendu dire que celui-ci avait été fait pour la reine Liliuokalani et l'autre pour sa nièce, la princesse Kaiulani.

– Elles tenaient beaucoup à leurs leis et les portaient toujours en public. Ils ont été donnés au musée au moment de sa création, dans les années 1920. Ils étaient l'un à côté de l'autre dans une vitrine jusqu'au cambriolage.

Regan écoutait en caressant les coquillages.

– On a peine à croire qu'ils aient été portés il y a si longtemps.

– Pour finir sur une morte.

– Oui, soupira Regan, une personne qui n'était jamais venue à Hawaii avant ces trois derniers mois. Je n'arrive pas à imaginer où et comment elle l'a trouvé. Pouvez-vous me dire dans quelles conditions il avait été volé ?

Jimmy se carra dans son fauteuil, leva les yeux au plafond. Regan remarqua sur son bureau que les crayons dans un pot avaient des gommes en forme de coquillage.

– Nous n'avions pas encore de système d'alarme, mais maintenant nous en avons un excellent. Le voleur s'est introduit dans le musée et a brisé les vitrines contenant les leis les plus précieux. Il a aussi jeté dans un sac tous nos plus beaux coquillages. Un policier qui faisait sa ronde a remarqué de la lumière et voulu vérifier. Le voleur a réussi à s'enfuir dans une voiture volée, la police à ses trousses. Les agents ont pu le coincer dans une ruelle en ville, mais l'individu a réussi à leur échapper et a jeté le sac contenant son butin en sautant une palissade. Croyez-le ou pas, on ne l'a jamais retrouvé. Nous avons tout récupéré, sauf ce lei-ci, celui que portait notre dernière reine.

— Vous êtes sûr que c'est bien le même ?

Il lui décocha un regard sévère.

— Jimmy revient tout de suite.

Il commence quelquefois ses phrases par « je » et d'autres fois par « Jimmy », s'étonna Regan. Je me demande pourquoi il parle de lui à la troisième personne.

Elle continua à admirer l'inestimable trésor entre ses mains. Où se trouvait Dorinda Dawes quand elle l'a passé à son cou ? Les leis étaient offerts en signe d'hospitalité, d'amour et de paix. Elle se rappelait avoir lu que le souvenir d'un lei placé à son cou par quelqu'un ne s'oubliait jamais. « Jamais » n'avait guère duré pour Dorinda. Elle avait dû le mettre ou l'accepter de quelqu'un peu avant sa mort, puisque personne ne l'avait vue avec le lei cette nuit-là. Serait-ce possible que celui qui l'avait volé il y a trente ans le lui ait donné ?

Jimmy revint et tendit un autre lei à Regan. Leur ressemblance était stupéfiante. Chaque coquillage était identique à celui de la reine, sauf que ce dernier comportait en plus une petite perle de lave noire.

— Alors, vous croyez Jimmy, maintenant ?

— Oui, tout à fait.

Il reprit les deux leis des mains de Regan, les pendit à son index.

— Si vous retrouvez l'individu qui nous a dépouillés

de ce lei pendant trente ans, je m'occuperai de lui, déclara-t-il en frappant sur son bureau du plat de sa main libre. Il me rend fou de rage.

– Ce ne sera pas nécessaire, le calma Regan.

– Cette femme morte, dit-il. J'ai l'impression qu'elle fourrait trop son nez dans les affaires des autres.

– Vous avez sans doute raison. Une dernière chose. Le lei de la princesse sera vendu aux enchères au bal de demain soir.

– Oui. Une moitié de la somme ira aux Artistes Aloha, l'autre au musée de Jimmy.

– J'en suis contente pour vous. Je crois savoir aussi que les Artistes Aloha vous demandent de mettre l'autre lei en vente.

– Jimmy n'a pas encore pris sa décision. Le lei lui a trop longtemps manqué. Je le garderai peut-être ici un certain temps. Mon cœur s'est brisé tous les jours pendant trente ans en pensant à la vitrine vide. Mais cet argent nous rendrait certainement grand service.

– Je n'en doute pas. Assisterez-vous au bal ?

– Bien entendu. Jimmy sera à une table spéciale. Je porterai les deux leis à mon cou, pour que les gens voient comme ils sont beaux avant le début de la vente.

Il aurait pu trouver un mannequin plus séduisant, pensa Regan en ramassant son sac pour se préparer à partir.

– Merci, Jimmy. Je vous reverrai donc au bal.

– Je déciderai peut-être sur place de mettre ou non en vente le lei de la reine, après avoir vu le prix atteint par celui de la princesse.

– C'est tout à fait sensé, en effet.

— Appelez Jimmy si vous avez besoin de moi pour quoi que ce soit. Je vous aiderai autant que je pourrai.

Cela ne m'étonne pas le moins du monde, se dit Regan après avoir pris congé.

16

Les Sept Veinards finissaient leur petit déjeuner dans le grand restaurant du Waikiki Waters, une vaste salle avec des meubles en rotin, des plantes tropicales et une cascade sur un des murs. Les touristes faisaient la queue devant le buffet qui offrait des crêpes, des œufs sous toutes les formes et des fruits tropicaux frais, bien meilleurs que ceux qu'on trouvait sur le continent. Gert et Ev s'arrangeaient toujours pour prendre une table près d'une baie vitrée donnant sur l'océan. Ned s'était déjà relevé plusieurs fois pour remplir son assiette.

— Il me faut de l'énergie pour aller surfer, commenta-t-il en plongeant sa cuillère dans un grand bol de céréales.

— Je vous souhaite à tous une bonne journée, dit Ev. Nous nous retrouverons ce soir pour partager des cocktails et nous raconter ce que nous avons fait.

— Bob et moi ne parlerons pas de ce que nous ferons aujourd'hui, déclara Betsy d'un air pincé. Ce que nous écrivons est beaucoup trop personnel.

Et qu'est-ce que vous ferez si ce bouquin voit jamais le jour ? se demanda Ev. Ce sera moins personnel ? J'aimerais lui rabattre son caquet. Ces gens-là ne devraient pas sortir de Hudville. Elle se contenta pourtant de sourire.

– Chacun fera ce qu'il voudra, nous aurons seulement le plaisir de nous retrouver ensemble. J'aimerais que les trois qui vont surfer soient prudents et reviennent sains et saufs vers le confort et la sécurité du Waikiki Waters.

– Pas si sûr que ça, lâcha Joy en prenant dans son assiette une demi-cuillerée à café de fromage blanc à 0 % de matières grasses.

Elle voulait avoir une ligne parfaite pour se montrer en maillot de bain au séduisant maître nageur. Déjà bien faite, elle regrettait pourtant de ne pas être allée plus souvent à la gym avant le voyage. Elle n'était pas motivée à ce moment-là, maintenant elle l'était – trop tard, hélas ! Ses boucles blondes ramenées au sommet de sa tête, elle portait un mini-short et un débardeur rose, achetés à Hudville dans la seule boutique à peu près à la mode. J'irai faire des courses aujourd'hui, décida-t-elle. Je me trouverai bien quelque chose à porter ce soir, après avoir pris un peu de soleil sur la plage.

– Que voulez-vous dire ? demanda Gert.

Ev et elle prenaient quand elles le voulaient un ton sévère de maîtresse d'école. Ev était d'ailleurs plus douée que sa sœur.

Joy regarda Gert en fronçant les sourcils, car elle confondait souvent les jumelles. Elles ne portaient pas ce jour-là leurs paréos habituels, mais des pantalons et des blouses à manches longues, tenue d'autant plus étonnante qu'il faisait déjà près de trente degrés.

– Vous n'avez pas chaud ? demanda-t-elle.

– Chaud ?

– Oui. Pourquoi n'êtes-vous pas en paréo, comme d'habitude ?

– Quand nous entrons et sortons des hôtels que nous inspectons pour le bien des habitants de Hudville qui feront le voyage, nous ne voulons pas attraper froid, expliqua Gert.

– La climatisation est souvent glaciale, renchérit Ev. Et la dernière chose que je voudrais, c'est de reprendre l'avion avec un bon rhume et l'impression que ma tête va exploser.

– Absolument, approuva sa sœur en mordant dans une grosse brioche.

La bouche pleine, elle se rendit soudain compte que Joy n'avait pas répondu à sa question.

– Que voulez-vous dire par « pas si sûr que ça » ? insista-t-elle.

– J'ai entendu dire pas mal de choses hier soir.

– Quoi donc ? voulurent savoir les jumelles à l'unisson.

– Que la femme qui s'est noyée hier pourrait avoir été assassinée, par exemple.

Gert et Ev poussèrent en même temps un soupir horrifié.

– Qui a dit ça ?

Tous les regards du groupe étaient maintenant braqués sur Joy. Ned lui-même avait levé les yeux de son bol de céréales. Artie, qui était plongé dans sa contemplation de l'océan, commença à prêter attention à la conversation. Francie, qui se faisait un raccord de maquillage, reposa son rouge à lèvres sur la table. Seuls, comme à l'accoutumée, Bob et Betsy restèrent impassibles. Joy se demanda une fois de plus s'ils étaient des êtres vivants ou des statues de cire. Consciente de l'attention générale dont elle était l'objet, elle en éprouva un certain plaisir. Ils ne me prennent plus pour un bébé, pensa-t-elle.

— Je n'ai pas le droit de vous le dire, répondit-elle.

— Pourquoi pense-t-on qu'elle a été assassinée ? insista Ev.

— Parce qu'il se passe des choses bizarres dans l'hôtel depuis quelque temps. Ils croient que c'est un fantôme qui fait des mauvaises plaisanteries et qu'il est peut-être devenu dangereux. Il y a eu des problèmes de nourriture, des gens qui ont eu la gueule de bois alors qu'ils n'avaient rien bu. Le fantôme a peut-être décidé de passer à la vitesse supérieure.

Gert et Ev échangèrent un regard atterré.

— Ils m'ont fait promettre de ne rien dire, ajouta Joy.

Artie leva les yeux au ciel. Joy l'exaspérait parce qu'elle le traitait comme un vieillard.

— Pourquoi en parlez-vous, alors ? C'est un mauvais karma.

— Toutes ces histoires sont ridicules ! protesta Ned. Cet hôtel est excellent et le directeur fait du très bon travail. Dorinda Dawes s'est noyée, c'est simple.

Gert s'éclaircit la voix pour imposer le silence.

— Il me semble que les rumeurs et les fauteurs de troubles sont partout. Cet hôtel est plein de qualités et nous n'avons pas le droit de laisser les racontars de je ne sais qui détruire sa réputation. Ces gens ont peut-être eu la gueule de bois, comme vous dites, parce qu'ils avaient trop bu. Y avez-vous pensé ?

— J'ai entendu dire qu'une femme qui n'avait pris qu'un cocktail de jus de fruits sans alcool a vomi partout, répondit Joy.

Ned consulta ostensiblement sa montre.

— La marée arrive, il est temps d'y aller. Je suis

déçu que vous ne soyez que deux à m'accompagner. J'espère que nous ferons mieux la prochaine fois. Gert, Ev, vous ne devriez pas vous donner la peine d'aller voir d'autres hôtels. Comme vous venez de le dire, celui-ci est excellent et la rénovation l'a encore amélioré. Et puis, ajouta-t-il en riant, on m'a embauché, c'est tout dire ! Will sera ulcéré s'il apprend que vous allez voir la concurrence. Venez plutôt avec nous, il fait un temps splendide et la route est superbe.

— Nous avons le devoir de veiller à l'intérêt des groupes qui viendront de Hudville, répliqua Gert. Il nous incombe de nous assurer que ces voyages seront encore nombreux. Les fonds dont nous disposons ne sont pas illimités, vous savez. Ev et moi nous soucions de ne pas décevoir ceux qui ne pourraient pas venir à Hawaii à l'avenir.

— Ce sera surtout dur pour vous deux, intervint Francie sans cesser de se regarder dans le miroir de son compact. Après tant de voyages, comment ferez-vous quand il n'y aura plus d'argent ?

— Nous avons de la force de caractère, affirma Gert.

— Sans parler du fait que certains membres âgés envisagent de léguer de l'argent au groupe, enchaîna Ev.

— Pas possible ! s'exclama Francie. Qui est-ce qui prévoit d'être aussi généreux ? Parce que, laissez-moi vous dire que, s'ils sont membres du club, je ne vois pas du tout de qui il s'agit.

— Nous ne pouvons pas divulguer cette information, dit Ev. Nos bienfaiteurs potentiels souhaitent garder l'anonymat.

— Ça, déclara Francie en lissant son mascara, je ne comprendrai jamais pourquoi. Juste deux questions. Y a-t-il parmi eux un célibataire ? Et leur reste-t-il encore longtemps à vivre ?

— Allons, Francie ! intervint Ned en riant. Trouvez quelqu'un de votre âge.

— Je n'en connais aucun de valable du même âge que moi.

Ras le bol ! pensa Joy. Ils sont tous déprimants.

— Vous savez, reprit Francie en refermant son compact d'un claquement sec, maintenant que j'ai fait partie de ce voyage et que je ne peux plus participer à la loterie, j'aimerais voir ce que proposent les autres hôtels, parce que j'aurai sans doute envie de revenir. Je devrais peut-être vous accompagner.

— Francie ! protesta Ned. Vous, Artie et moi restons ensemble aujourd'hui !

Il n'avait pas à s'inquiéter de la désertion d'un de ses apprentis surfeurs. Les jumelles paraissaient avoir reçu un coup de matraque sur la tête. Ev posa une main sur celle de sa sœur comme pour y puiser des forces.

— Voyez-vous, Francie, dit-elle calmement, aujourd'hui est pour nous une journée libre. Juste pour nous deux.

— Je suppose que la réponse est non, n'est-ce pas ?

— Exactement.

— Pourtant, vous vivez ensemble, insista Francie. Si je vivais en permanence avec ma sœur, nous ne pourrions plus nous supporter. Travailler ensemble, vivre ensemble, voyager ensemble, beurk !

— Il y a entre nous un lien particulier, dit Gert. Nous ne sommes pas seulement sœurs jumelles, nous sommes nos meilleures amies.

Si ça continue, pensa Joy, je vais être malade.

— Francie, dit Ned, ulcéré, vous vous amuserez beaucoup mieux avec nous, voyons !

— Je sais, Ned, je sais, dit-elle avec son sourire le plus charmeur.

Sur quoi, ils se levèrent tous de table. Bob et Betsy se retirèrent sans saluer personne. Gert et Ev annoncèrent qu'elles allaient se rafraîchir dans leur chambre avant de sortir et dirent au revoir aux autres. Joy se précipita à la plage. Ned, Artie et Francie se dirigèrent vers l'entrée principale où les attendait le minibus.

Arrivées devant l'ascenseur, les jumelles échangèrent un clin d'œil complice. À la porte de leur chambre, Ev sortit la clef.

— Je croyais qu'on n'arriverait pas à s'en débarrasser, dit-elle en l'introduisant dans la serrure.

— Moi non plus, approuva Gert. Nous avons besoin d'être tranquilles toutes les deux.

Le bruit de la porte voisine qui se refermait les fit sursauter. Une jeune femme blonde, qu'elles avaient croisée à plusieurs reprises au cours de la semaine, les salua en passant. Elles l'avaient vue sortir de sa chambre la veille avec une brune.

— Bonjour, lui dirent-elles à l'unisson.

Une fois à l'intérieur, elles se regardèrent avec inquiétude.

— Je serai soulagée quand nous aurons mené à bien notre projet, dit Ev.

— Moi aussi. Mais nous sommes dans la dernière ligne droite.

— Et rien ne nous arrêtera, conclut Ev en souriant.

17

Le jeune couple auquel Regan avait parlé sur la plage la veille au soir s'était couché très tard. Après avoir regagné leur chambre, ils avaient bu du champagne. Puis, à une heure décente sur la côte Est, Carla avait décroché le téléphone. Elle brûlait d'impatience d'annoncer ses fiançailles à sa famille et à ses amies.

Sa mère avait exprimé un vif soulagement :

– Il était temps ! Je croyais qu'il le ferait le jour de votre anniversaire et j'ai pleuré hier toute la journée. Que vous vous contentiez de vivre ensemble à votre âge aurait été un vrai gâchis. Il a enfin fait ce qu'il fallait.

– Merci, maman, mais il faut que je te quitte.

Elle avait ensuite appelé sa sœur et ses dix meilleures amies, qui avaient accueilli la nouvelle avec des cris de joie. Elle leur avait demandé à toutes d'être ses demoiselles d'honneur et toutes avaient accepté, en précisant qu'elles auraient été mortellement vexées si elle ne le leur avait pas demandé.

Pendant ce temps, Jason était étendu sur le lit, les yeux clos. Le téléphone enfin libre, il avait appelé ses parents. Ils étaient absents et il avait laissé un bref message sur leur répondeur : « Carla et moi sommes fiancés. À bientôt. »

– Tu n'appelles pas tes amis ? s'était étonnée Carla.

– Pour quoi faire ? Je le leur dirai quand je rentrerai.

Il était donc très tard quand ils s'étaient enfin couchés.

Quand ils se réveillèrent, quelques courtes heures plus tard, ils commandèrent d'abord le petit déjeuner.

– Je l'adore ! roucoula Carla en admirant sa bague. Je t'adore. Je nous adore. Je suis heureuse, trop heureuse !

– J'espère que le café va bientôt arriver, grommela Jason en se tournant sur le côté.

Deux nuits de suite, il n'avait pas eu les huit heures de sommeil sans lesquelles il était hors d'état de fonctionner. Entre la disparition de Carla la nuit précédente et le marathon téléphonique de la veille, il avait pris un retard qu'il désespérait de rattraper.

Drapée dans un des peignoirs bleu et blanc fournis par l'hôtel, Carla ouvrit la baie vitrée, sortit sur le balcon et retira de la balustrade la serviette de bain que Jason y avait mise à sécher. L'hôtel demandait à ses clients de ne rien étendre sur les balustrades, pour des raisons d'esthétique élémentaire et aussi pour que maillots de bain et serviettes ne risquent pas de tomber sur la tête des autres clients. Carla ne put s'empêcher de soupirer. Jason était parfois dans un autre monde.

Le bâtiment de leur chambre n'était pas au bord de la mer. Du quatrième étage, on voyait les gens aller, venir, entrer et sortir des boutiques ou des restaurants. Elle reconnut la blonde qui était avec Regan Reilly la veille au soir. Toujours exubérante, Carla la héla en agitant les bras :

– Houhou ! Salut !

Kit leva la tête, cligna des yeux.

— Bonjour ! Ça va ?

— Super ! Je pensais à ce que votre amie m'a demandé, vous savez, si j'avais remarqué quelque chose de bizarre.

— Alors, vous avez trouvé ?

— Je sais que j'ai vu quelque chose, mais je ne me souviens pas de quoi. Dites-lui quand même que j'y réfléchirai.

— Je le lui dirai.

— Merci, bonne journée !

— Vous aussi.

Carla rentra dans la chambre où Jason revenait lentement à la vie. En attendant le petit déjeuner, il avait décidé de faire du café à l'aide de la bouilloire électrique et des sachets de café instantané fournis par l'hôtel. Mais maladroit, il répandit les granulés en déchirant le sachet et retourna se coucher, découragé.

Carla prit sur la table un numéro du magazine *Les Esprits du Paradis* et s'étendit à côté de lui après avoir remonté ses oreillers. En le feuilletant, elle tomba sur un article décrivant le rite des graffitis en usage sur la Grande Île. Les gens ramassaient des coquillages ou des coraux sur la plage et s'en servaient pour graver des messages sur les roches volcaniques noires qui bordaient les routes. Ces messages, pour la plupart, étaient des serments d'amour éternel.

— Cool, commenta-t-elle.

— Quoi ? voulut savoir Jason.

Carla lui montra les photos qui illustraient l'article et lui expliqua leur signification.

— Si nous y allions aujourd'hui ? suggéra-t-elle. Nous ramasserons des coquillages et écrirons nous aussi : CARLA ET JASON S'AIMENT POUR TOUJOURS. Sans oublier la date. Nous prendrons une photo que nous montrerons à nos enfants et nous la mettrons dans l'album de nos noces d'or, dans cinquante ans.

– Nous ne sommes même pas encore mariés et tu penses déjà à notre cinquantième anniversaire, ronchonna Jason. Je croyais que tu voulais nager dans la grande piscine, cet après-midi.

– Il y a des plages superbes sur la Grande Île, nous pourrons aussi bien nous y baigner. Écoute, nous devons partir dimanche, nous n'aurons plus l'occasion de le faire.

– Nous ne trouverons peut-être pas de places d'avion.

– Appelons la compagnie. Le trajet n'est pas long, dit l'article. Et nous n'avons pas besoin d'emporter une valise.

– Comment on se déplacera, là-bas ?

– L'article dit qu'on peut louer une voiture à l'aéroport. Pourquoi pas, Jason ? C'est une journée spéciale dans notre vie.

En entendant frapper à la porte, Jason se précipita pour ouvrir au serveur qui apportait le petit déjeuner sur une table roulante pleine de choses appétissantes. Pendant ce temps, Carla téléphona à la compagnie aérienne locale.

– Un vol à onze heures et demie ? répéta-t-elle. Et vous avez encore des places disponibles ? Parfait !

Elle donna son numéro de carte bancaire et raccrocha.

– Il restait deux places, Jason ! dit-elle joyeusement. Tu vois, c'était écrit que nous devions y aller.

– Pourquoi ne pas y avoir pensé plus tôt ? demanda-t-il en versant du sirop d'érable sur ses crêpes.

– Parce que tu as tant tardé à me demander en

mariage. Et aussi parce que je n'avais pas lu cet article.

— Pourquoi faut-il toujours que les meilleurs moments arrivent à la fin des vacances, grommela Jason, la bouche pleine. Tout a l'air encore plus beau quand on n'a plus de temps devant soi.

— Cette fois, nous avons le temps. Alors, dépêche-toi !

Elle courut à la douche en pensant à la belle photo qu'ils allaient prendre de leurs deux noms gravés avec des coquillages. Elle la ferait agrandir et elle leur porterait bonheur toute leur vie.

Il ne lui vint pas à l'esprit que cette merveilleuse idée pourrait ne pas être aussi bonne qu'elle le croyait. Très mauvaise même.

18

Gert et Ev s'installèrent dans leurs sièges à l'avant du petit appareil prêt à s'envoler pour Kona, sur la Grande Île.

– Nous voilà parties, déclara Gert en bouclant sa ceinture.

– Tu l'as dit, approuva Ev qui fourrait tant bien que mal un grand sac sous son siège.

Il contenait un assortiment hétéroclite allant de lotions solaires à des carnets de notes, une batterie de rechange pour son téléphone portable et même deux appareils photo jetables.

– Nous allons décoller dans quelques minutes, les avisa le steward. Nous n'attendons plus que deux passagers.

– Nous voilà ! cria une jeune fille hors d'haleine. Juste à temps.

Elle embarqua suivie d'un jeune homme. Le steward les accueillit en souriant et les invita à gagner leurs places sans tarder.

– Tout de suite, le rassura la jeune fille.

Elle s'apprêtait à descendre l'allée centrale vers l'arrière quand elle avisa Gert et Ev.

– Bonjour ! leur dit-elle, toujours exubérante. Je

vous ai déjà vues toutes les deux au Waikiki Waters, n'est-ce pas ?

— Possible, répondit Ev d'un ton à décourager toute conversation, chez la plupart des gens du moins.

— Vous ne trouvez pas qu'il est sensationnel ?

— Hmm, répondit Ev.

— Je vous présente Jason, mon fiancé.

— Prenez vos places, je vous prie, ordonna le steward. Nous tenons à décoller à l'heure.

— D'accord. À plus tard, vous deux !

Une fois le jeune couple disparu à l'arrière, Gert et Ev échangèrent un regard excédé.

— Ne t'inquiète pas, murmura Gert. Nous nous en occuperons.

Une fois assis à leurs places, Carla se tourna vers Jason en bouclant sa ceinture.

— J'ai croisé ces deux-là qui sortaient de la boutique de fringues quand j'y entrais. J'ai entendu la vendeuse dire qu'elles dirigeaient un groupe de touristes. Quand nous atterrirons, nous pourrions peut-être rester avec elles pour leur demander où aller déjeuner. Si elles guident des touristes, elles doivent avoir des tas de bonnes adresses, n'est-ce pas mon chéri ?

— Oui. Mais je voudrais être sûr que nous reviendrons à l'aéroport à temps pour l'avion du retour.

— Tu t'inquiètes toujours de tout !

— Souvent pour de bonnes raisons.

Sur quoi, Jason ferma les yeux et se rendormit en une seconde.

19

Dans le taxi qui la ramenait à l'hôtel, Regan entendit sonner son portable. C'était sa mère.

– Comment ça va là-bas ? lui demanda Regan.

– Il neige toujours, répondit Nora. Les parents de notre défunt champion de ski sont claquemurés dans leur hôtel et souffrent de claustrophobie. Les routes sont impraticables, les obsèques ont dû être ajournées *sine die*. Les pauvres gens passent leur temps au bar de l'hôtel pour se remonter le moral. Ils sont convaincus que le vieil Ernest a voulu ce temps-là pour leur faire comprendre qu'ils devraient aller skier.

– Tu devrais mettre des raquettes et aller prendre des notes. Tu y trouverais sûrement un bon sujet pour un nouveau roman.

– Je n'en doute pas. C'est un petit hôtel et le bruit court que son stock de gin est déjà épuisé.

Regan pouffa de rire.

– Rien de tel qu'un bon blizzard, dit-elle en regardant à travers ses lunettes noires le ciel d'un bleu limpide et la plage ensoleillée.

– Que se passe-t-il sous le soleil de Hawaii ?

– Eh bien, je suis en plein travail, maman.

– Comment cela ?

– Une employée de l'hôtel s'est noyée hier. Son

corps a été rejeté par les vagues de bonne heure le matin. La police pense qu'il s'agit d'un accident, mais le directeur de l'hôtel n'y croit pas. En plus, elle avait au cou un lei royal qui avait été volé au musée local il y a trente ans. Le directeur m'a demandé de voir tout cela de plus près.

— Quelle histoire ! Qu'est-ce qu'elle faisait à l'hôtel ?

— Elle rédigeait des articles pour le bulletin intérieur et prenait des photos. Il paraît aussi qu'elle voulait lancer sa propre feuille de chou. Elle était arrivée il y a quelques mois seulement de New York, où elle avait déjà écrit dans plusieurs publications.

— Ah oui ? Comment s'appelait-elle ?

— Dorinda Dawes.

— Dorinda Dawes ?

— Oui. Tu la connaissais ?

— Elle m'avait interviewée il y a une vingtaine d'années. Je n'oublierai jamais son nom, elle m'avait joué un tour pendable.

— Que veux-tu dire ?

— Elle était jeune, provocante et elle avait le don de faire dire des choses qu'on n'aurait pas voulu dire. C'est sans doute le rôle d'un bon intervieweur. Jusqu'à ce jour-là, je n'avais jamais parlé à personne de ce qui m'était arrivé quand ton père et moi étions en voyage de noces aux Caraïbes. Je me baignais dans la mer et je me sentais attirée vers le fond par un courant ou un tourbillon. J'ai fait signe en agitant un bras à ton père qui était resté sur la plage. Il m'a répondu de la même façon. J'ai recommencé. En fin de compte, c'est le maître nageur qui a compris que j'étais en danger. Il s'est précipité et m'a sauvé la vie. Ton père ne s'était pas rendu compte que j'avais besoin d'aide.

– Il croyait que tu voulais juste lui dire bonjour ?

– Regan, je t'en prie !

– Excuse-moi, maman.

– Bref, ton père en était resté honteux et boule-versé. Pour une raison que j'ignore, j'ai raconté cette histoire à cette journaliste. Je n'y attachais aucune importance. Nous avions parlé près de deux heures et je lui avais dit cela juste avant qu'elle parte. Eh bien, elle s'en est servie pour sa manchette : MON MARI M'A LAISSÉE ME NOYER, DÉPLORE LE CÉLÈBRE AUTEUR DE ROMANS POLICIERS NORA REGAN REILLY.

– Je ne m'en souviens pas.

– Tu n'avais pas encore dix ans et c'était pendant l'été. Je crois que tu étais en colonie de vacances.

– Cet article a dû faire enrager papa.

– Pas autant que moi. Ses amis le taquinaient en lui disant qu'il voulait se faire de la publicité. Finalement, c'était devenu une histoire drôle que nos amis se racontaient pendant les cocktails. Nous, au début, nous ne trouvions pas cela drôle du tout. Tu sais, Regan, j'ai peine à croire que Dorinda Dawes soit morte noyée. Si je lui avais raconté cette histoire, c'est parce qu'elle-même m'avait dit qu'elle avait peur de l'eau. Dans son enfance, elle était à la plage juste avant un ouragan et elle avait failli être emportée par une grosse vague. Elle détestait la mer depuis et ne se baignait que dans une piscine.

– Elle détestait la mer ? répéta Regan.

– C'est ce qu'elle m'avait dit ce jour-là. Elle ne l'avait jamais avoué à personne d'autre, avait-elle pré-tendu, parce que sa phobie lui donnait l'impression d'être faible et vulnérable. Notre conversation sur ce sujet avait commencé parce qu'elle m'avait flattée en disant que, dans l'un de mes livres, la scène où un personnage se noie est si réaliste que cela lui avait donné la chair de poule.

— Will a donc peut-être raison. Ce n'était pas un accident.

— C'est difficile à savoir. Elle essayait peut-être de m'amadouer pour me faire dire une bêtise et je dois reconnaître qu'elle était si convaincante que je me suis laissé prendre au piège. Fais attention, Regan. Si elle ne jouait pas la comédie, la Dorinda Dawes que j'ai rencontrée il y a vingt ans affirmait qu'elle ne s'approcherait jamais seule de l'océan, de jour comme de nuit. Je me demande ce qui a bien pu se passer.

— J'y travaille, justement.

— Et que faisait-elle avec un collier qui avait été volé avant même que j'aie fait sa connaissance ?

— J'y travaille aussi.

— Où est Kit ?

— À la plage, je crois, avec le nouvel élu de son cœur.

— Quel dommage que tu n'y sois pas avec Jack ! soupira Nora.

— Je le regrette aussi, maman, crois-moi. Il faut que je te quitte, je te parlerai un peu plus tard.

Son portable refermé, Regan réfléchit à ce que sa mère venait de lui apprendre. Un fait s'en dégageait : vingt ans auparavant, Dorinda Dawes écrivait déjà des articles qui offensaient les gens. L'avait-elle fait ici au point que quelqu'un ait voulu se venger ? Regan avait hâte d'arriver à l'hôtel et de lire tout ce que Dorinda Dawes avait écrit depuis son arrivée à Hawaii, trois mois plus tôt.

20

Will referma la porte de son bureau. Il avait eu beau retarder le coup de téléphone qu'il allait passer, il n'avait plus le choix. Il se versa une tasse de café, tiède et bourbeux d'avoir été dix fois réchauffé, mais il s'en moquait. De toute façon, il n'avait plus de goût pour rien.

Une fois assis, il tira le téléphone vers lui, demanda dans l'interphone à sa secrétaire de prendre ses appels et se décida enfin à composer le numéro de sa sœur à Orlando. Ses parents y étaient allés à Noël et y restaient en janvier pour aller rendre visite un peu partout en Floride à de vieux amis, retraités comme eux. Will dut faire appel à toute sa volonté pour se préparer à leur réaction. Il n'avait certes pas besoin, en plus, que ses parents le sermonnent.

Car il avait déjà les actionnaires de l'hôtel sur le dos. Ils l'avaient averti que si le Bal de la Princesse n'était pas un triomphe, autant mondain que financier, ils seraient au regret de se priver de ses services. Savoir qu'une employée s'était noyée et avait été retrouvée sur la plage devant l'hôtel leur déplaisait souverainement. « Tout est une question d'image, avaient-ils dit. Nous voulons que le Waikiki Waters projette une image joyeuse et positive, comme Disneyland. Les gens viennent du monde entier se détendre dans notre bel établissement. Ils ne veulent pas séjourner dans un endroit à la réputation entachée par des scandales et des toilettes qui débordent. »

Ce fut sa sœur, Tracy, qui décrocha. Will avala sa salive avec peine. Devoir appeler ses parents chez elle constituait une épreuve supplémentaire. Elle s'immisçait toujours dans les conversations de ses parents avec son frère, fourrait son nez dans toutes ses affaires. Cette fois encore, elle n'en perdrait pas un mot malgré ses trois insupportables gamins qui braillaient à l'arrière-plan.

– Bonjour, Tracy. C'est Will, dit-il en essayant de prendre un ton enjoué.

– Salut, Will ! Comment ça va, là-bas ? Encore des toilettes qui débordent, aujourd'hui ?

Quelle famille ! pensa-t-il.

– Non, aucune, répondit-il en se retenant de grincer des dents. Il faut que je parle à papa et maman.

– Bonjour, Will ! dit sa mère qui avait pris la communication à partir d'un autre poste. Bingsley ! cria-t-elle à son mari. Décroche dans la chambre, c'est Will. Tu m'entends toujours, Will ?

– Oui maman, je t'entends.

Il entendait aussi la respiration laborieuse de son père qui venait de décrocher.

– J'y suis, Almetta, dit-il. Alors, mon grand, quoi de neuf ?

– Bonjour, papa. Tracy, ça t'ennuierait de raccrocher ? J'ai quelque chose de confidentiel à dire aux parents.

Il savait qu'elle n'en ignorerait rien de toute façon, mais il voulait au moins qu'elle n'écoute pas la conversation.

Il y eut un déclic. Les cris des enfants cessèrent.

– Elle a raccroché, dit sa mère. Alors, mon chéri, qu'y a-t-il ?

– Tu te souviens du lei que tu m'avais donné quand je suis parti pour Hawaii ?

– Mon superbe lei de coquillages ?

– Oui, celui-là. Où l'avais-tu acheté ?

– Voyons, fiston, intervint son père, tu sais bien que nous l'avons acheté à Hawaii il y a trente ans.

– Je sais, mais où à Hawaii ? demanda Will en maîtrisant son impatience. L'avez-vous acheté dans un magasin ou dans la rue ?

– Je me souviens très clairement de ce jour-là, annonça sa mère d'un ton triomphant. Tu te rappelles, Bingsley ? Nous avions acheté les maillots de bain pour les enfants et nous avons rencontré à l'aéroport ce jeune qui nous a vendu le lei. Tu voulais me faire un beau cadeau, mais nous n'avions rien trouvé. Et là, juste avant de prendre l'avion pour rentrer chez nous, j'ai vu ce lei que le garçon essayait de vendre aux touristes. Il était si beau ! Je l'ai toujours adoré et il m'a porté chance. C'est pour cela que je te l'ai donné, Will, pour que tu aies de la chance à Hawaii. Puisque tu partais aussi loin, je voulais que tu aies quelque chose pour te souvenir de moi tous les jours. Tu m'avais promis de le laisser toujours accroché au mur de ton living.

Seigneur ! soupira Will en couvrant le combiné d'une main. Quand sa mère se lançait dans une tirade, il n'y avait plus moyen de l'arrêter.

– Je me souviens que le garçon qui nous l'avait vendu n'avait pas plus de douze ou treize ans, poursuivit-elle. Il avait une figure de bébé, une tignasse noire ébouriffée et il portait un short et des sandales. Te souviens-tu, chéri, ajouta-t-elle à l'adresse de son mari, qu'il avait les orteils les plus longs que nous ayons jamais vus ?

– Je n'ai pas regardé ses pieds, commenta Bingsley, j'étais trop occupé à compter les deux cents dollars qu'il demandait. À l'époque, c'était une petite fortune, tu sais.

– De toute façon, enchaîna Almetta, je t'en ai souvent parlé par la suite. J'étais fascinée par ses doigts de pieds. Ils donnaient l'impression d'avoir été tirés, presque déboîtés. Les femmes se font opérer aujourd'hui pour raccourcir leurs orteils et les faire tenir dans ces ridicules chaussures à bouts pointus. Tu ne trouves pas ça affreux ? Ce garçon aurait été un parfait candidat à ce genre d'opérations, crois-moi.

Pendant que sa mère bavardait, Will fit un rapide calcul. Ce jeune garçon aurait maintenant entre quarante et cinquante ans. Il existait donc encore quelque part sur la planète un quadragénaire aux longs doigts de pieds qui avait vendu à ses parents le lei volé.

– ... Laisse-moi te dire qu'on ne fait sûrement plus de nos jours des leis comme celui-là, poursuivait sa mère. Alors, mon chéri, que voulais-tu savoir ?

– Et pourquoi nous appelles-tu en Floride pour nous parler de ce lei ? intervint son père avec méfiance.

– Eh bien... je viens d'apprendre qu'il avait été volé au musée des coquillages il y a trente ans. Il avait appartenu à la dernière reine de Hawaii à la fin du XIXᵉ siècle. Ce garçon vous a vendu un objet volé.

– Je te disais bien que je me sentais comme une reine quand je le portais ! s'exclama sa mère. Il doit avoir une grande valeur. C'est merveilleux qu'il soit maintenant dans notre famille. Et nous l'avons acquis honnêtement.

– Je ne l'ai plus, dit Will piteusement.

– Quoi ? clama sa mère. Qu'est-ce que tu en as fait ? Je te l'avais donné pour qu'il te porte bonheur !

Drôle de bonheur, pensa Will.

– Je l'ai prêté à une femme qui travaillait pour l'hôtel, elle rédigeait le bulletin intérieur. Elle voulait le photographier et publier la photo dans le numéro consacré au Bal de la Princesse qui a lieu ce week-end. Je le lui ai donné l'autre soir au moment où elle rentrait chez elle. Le lendemain matin, on a trouvé son corps sur la plage et elle avait le lei autour du cou. La police l'a identifié comme le lei royal qui a été volé il y a trente ans.

– Ça alors ! s'écria sa mère.

– Je n'ai dit à personne que ce lei nous appartenait. Je ne veux surtout pas qu'on s'imagine que j'ai quoi que ce soit à voir avec la mort de cette femme. Je ne veux pas non plus qu'on pense que ce sont mes parents qui ont volé le lei pendant leurs vacances à Hawaii.

– Bien sûr que nous ne l'avons pas volé ! protesta sa mère, indignée. Tu n'aurais jamais dû t'en séparer ! C'était un trésor familial !

C'est toi qui n'aurais jamais dû t'en séparer, s'abstint de lui répondre Will.

– Je voulais simplement vous tenir au courant de ce qui se passe. Je voulais aussi savoir dans quelles conditions vous aviez acheté le lei.

– Qu'est-ce qu'a bien pu devenir ce garçon de l'aéroport ? demanda sa mère.

– Bonne question. Ce n'est plus un jeune garçon, aujourd'hui. Peut-être se fait-il opérer les orteils en ce moment même. J'aurai sans doute besoin d'une attestation écrite de vous deux expliquant précisément où et comment vous avez acheté le lei.

– Nous devrions peut-être venir. Qu'en penses-tu, Bingsley ?

– Ce n'est pas nécessaire, maman ! protesta Will.

Les braillements des enfants de Tracy retentirent tout à coup dans l'écouteur.

– Excellente idée, approuva Bingsley avec enthousiasme. Je me mets tout de suite à l'ordinateur, je dénicherai sûrement un vol à tarif réduit. Nous serons avec toi aussi vite que nous pourrons, fiston.

– Oh oui ! brama Almetta. Ce bal sera follement amusant. Peux-tu nous avoir des tickets d'entrée ?

Accablé, Will s'écroula sur son bureau. Sa femme devait arriver ce soir après des semaines d'absence. Quand elle apprendrait que Bingsley et Almetta étaient en route et pour quelle raison...

– Pourquoi moi, Seigneur ? gémit Will. Pourquoi moi ?

21

Lorsque l'avion amorça son approche de la Grande Île, les passagers se collèrent aux hublots. Ils ne voyaient à perte de vue qu'un sol de lave sombre et aride qui aurait pu ressembler à la surface de la lune si celle-ci avait été noire.

– Je ne peux pas croire que nous sommes à Hawaii ! se plaignit une femme assise au premier rang à côté du steward. Je ne vois que de la rocaille. Où est le paradis ? Où sont les palmiers, les ananas ?

– Vous en verrez bientôt, lui assura le steward. Savez-vous que nous allons atterrir sur une île où se trouve le plus grand volcan du monde encore en activité ? Cette partie paraît désertique, mais vous verrez un peu plus loin de superbes plages, d'immenses exploitations agricoles, des chutes d'eau et des plantations d'ananas. D'ailleurs, la Grande Île s'agrandit toujours davantage.

– Comment cela ?

– Les éruptions du volcan ont augmenté sa surface de milliers d'hectares depuis 1983. Une partie de l'aéroport est construite sur une coulée de lave.

– Ça alors !

– Vous adorerez l'île, je vous le garantis. Vous voudrez bientôt ne plus la quitter et y finir vos jours.

Gert et Ev n'avaient pas perdu un mot de ce dialogue.

— Dans tous les groupes, il faut toujours qu'il y ait un rabat-joie, dit Gert.

— C'est bien vrai, hélas ! approuva Ev. Nous en avons même deux dans le nôtre. As-tu vu la manière dont Bob et Betsy étaient assis comme des statues à la table du petit déjeuner ? Et ils sont censés écrire sur les joies de la vie conjugale ! Comme si toi et moi devions écrire sur la vie excitante d'un top model.

— Et cette Joy, quelle petite enquiquineuse ! renchérit Gert. Cela nous en fait trois. Elle a même eu le culot de demander si nous donnions de l'argent de poche aux membres du groupe ! Elle devrait bénir sa chance d'être venue à Hawaii. Tu te rappelles ce que nous faisions quand nous avions son âge ?

— Bien sûr. L'unique fois où nous sommes sorties de Hudville, c'était pour aller à la foire du comté. Youpi !

— Nous nous rattrapons maintenant, sœurette.

— C'est vrai. Et tout cela parce que nous avons été gentilles avec notre voisin.

— Une chance qu'il se soit installé à côté de chez nous.

— Une chance surtout que sa femme soit morte avant lui.

L'avion se posa sur la piste en tanguant un peu avant de rouler jusqu'à l'aérogare. Les passagers descendirent de la passerelle sur le tarmac. Les palmiers ondulaient sous la brise, la salle des bagages n'était qu'à quelques pas. Des guides accueillirent les touristes avec des leis de bienvenue. Gert et Ev fendirent la foule pour se diriger vers la route où les attendait un jeune homme au volant d'un 4 × 4.

Carla et Jason coururent les rejoindre.

– Mesdames ! les héla Carla alors que Gert ouvrait la portière.

Gert se retourna, agacée.

– Oui ? dit-elle en s'efforçant de rester polie.

– J'ai entendu dire que vous dirigiez un groupe qui réside à l'hôtel. Nous nous demandions si vous pouviez nous recommander un bon endroit où nous pourrions aller déjeuner. Pour nous, c'est une journée très particulière, nous nous sommes fiancés hier soir.

Carla exhiba fièrement la bague qui scintillait à son doigt. Gert y jeta un bref coup d'œil sans manifester d'admiration.

– Nous ne connaissons aucun restaurant ici, répondit-elle sèchement. Nous venons rendre visite à des amis.

– Bon, bon, dit Carla, dépitée.

Elle jaugea d'un regard le conducteur de la voiture. Il n'avait pas du tout l'air d'être leur genre d'ami. Il était jeune, portait des vieux vêtements de travail. Les jumelles étaient déjà montées à bord et claquaient les portières. La voiture démarra aussitôt.

– Je n'ai pas l'impression qu'elles vont à un banquet chez des amis, commenta Carla.

– Moi non plus, approuva Jason. Laisse tomber, allons louer une voiture.

Carla lui emboîta le pas en se demandant où pouvaient bien aller les jumelles. Leur comportement lui paraissait suspect. Pourquoi n'avaient-elles pas tout simplement demandé à leur « ami » l'adresse d'un bon restaurant ? On ne se fiançait pas tous les jours, que diable ! Ces deux-là mijotaient quelque chose et elles n'étaient pas sympathiques du tout. Elles étaient même grossières. Pire encore, elles ne lui avaient pas fait le moindre compliment sur la superbe bague que Jason lui avait offerte ! Cette femme avait même considéré comme quantité négligeable le seul bijou que Carla avait attendu et espéré toute sa vie et que Jason avait choisi avec tant de soin. C'est une insulte caractérisée ! se dit Carla dont le sang commençait à bouillir.

Si quelqu'un lui marchait sur les pieds, Carla n'était pas du genre à l'oublier. Jamais ! Ah, mais non ! Elle aurait pu prendre Rancune comme deuxième prénom.

Il contempla la photo de Dorinda Dawes, lut l'article qui relatait sa mort. Il n'avait rien oublié de la nuit où il s'était introduit dans le musée et avait volé tous ces coquillages. Il avait le lei autour du cou quand la police l'avait pris en chasse. Cela avait failli être sa fin. Mais quand Dorinda Dawes avait mis le lei à son cou, pour elle ç'avait été la fin.

Par miracle, il n'avait pas été attrapé cette nuit-là, trente ans plus tôt. Il s'en était sorti de justesse. Pourquoi je ne peux jamais résister à un défi ? se demanda-t-il pour la énième fois.

Il regrettait parfois de ne pas être né doté d'une plus grande capacité de supporter l'ennui. Il enviait même les gens capables de se contenter de faire la même chose toute leur vie.

« Jusqu'à mon dernier souffle, disait sa grand-mère, je ferai la cuisine et le ménage. Et je suis toujours heureuse que Dieu m'ait donné une bonne paire de mains. »

Quel personnage, ma grand-mère ! pensa-t-il en riant intérieurement. Il ne l'avait pas vue très souvent pendant son enfance, parce que son père était militaire. La famille devait tout le temps déménager et il n'arrivait pas à se faire des amis parce qu'il ne restait jamais longtemps au même endroit. Et puis, il suffisait que les autres gamins voient ses doigts de pieds pour qu'ils se moquent de lui. Il réagissait en se rendant insupportable et en se donnant l'allure d'un dur. Il avait huit ans quand il avait commencé à leur chiper leurs déjeuners.

Sa famille avait passé un an à Hawaii, l'année de ses seize ans. Quelle année ! Son père était en poste au fort de Russy, pratiquement sur la plage de Waikiki. Il avait été inscrit à la high-school locale, bien entendu, mais il passait le plus clair de son temps à surfer et à rôder sur les plages des hôtels en volant aux touristes négligents tout ce qui lui tombait sous la main.

Comment, se demanda-t-il, ce lei que j'ai vendu à des touristes sur le point de prendre leur avion pour le continent a-t-il pu reparaître ici au cou de Dorinda Dawes ?

Il faut que je revoie ce lei, se dit-il. Maintenant qu'il est revenu au musée, je devrais retourner sur le lieu du crime. Heureusement qu'il n'y avait pas de logiciels de reconnaissance des visages il y a trente ans. Il faut dire que je m'étais masqué avec un bas nylon. Et il tourna la page du journal en fredonnant gaiement.

Je meurs d'envie de revoir ce lei, de me le remettre au cou, pensa-t-il encore. De revivre ces instants exaltants où j'ai réussi à semer les flics. L'idée de le voler de nouveau me paraît de plus en plus irrésistible. Ils font toute une histoire de la vente de l'autre lei au Bal de la Princesse. Si celui de la reine disparaissait encore, ce serait vraiment sensationnel !

Il se demanda si le musée des coquillages avait amélioré son système d'alarme. Ce n'était pas comme au Louvre, bien sûr, mais ils tenaient à leurs coquillages comme à la prunelle de leurs yeux.

Je ne peux décidément pas me passer d'avoir des problèmes, pensa-t-il. Et je suis comme cela depuis que je suis tout petit. Il se rappela, amusé, la fois où il avait préparé un milk-shake pour une amie de sa sœur. Il avait mis dans le mixer une crème à récurer et le milk-shake qui en était sorti était si mousseux et si appétissant que la fille en avait avalé une grande gorgée. La tête qu'elle avait fait en se précipitant au jardin pour vomir sur les fleurs ! Il n'avait jamais autant ri de sa vie. De plus, pendant qu'elle était dehors, il en avait profité pour lui chiper de l'argent dans son sac.

C'est de là que datent mes problèmes, se dit-il. À partir de ce jour-là, voler ou faire des mauvais tours aux autres lui avait tellement plu qu'il n'avait jamais pu s'arrêter. Pourquoi je ne peux pas me contenter de rire aux plaisanteries idiotes et aux films comiques que le reste du monde trouve hilarants ? Il m'en faut toujours plus pour m'exciter. Je ne peux jamais rester longtemps en place. C'est peut-être pour cela que je m'exerce comme un obsédé, conclut-il en tournant une page du journal.

Le minibus s'arrêta devant une superbe plage. Francie lui tapa sur l'épaule.

– Ned ! Regardez ces vagues ! Elles sont monstrueuses !

– Je vous l'avais bien dit, répondit-il en souriant.

– Mais elles ont l'air dangereuses ! Vous voulez vraiment surfer à cet endroit ?

– Vous n'avez pas encore compris, Francie ? C'est le danger qui rend le surf aussi amusant.

23

En arrivant à l'hôtel, Regan se rendit directement au bureau de Will. Janet, sa secrétaire que Regan avait déjà surnommée Cerbère, était au téléphone. Les lunettes sur le bout du nez, elle affichait l'autorité sereine d'une personne pour qui le doute est une tare inconnue. Elle doit avoir une cinquantaine d'années, estima Regan.

– Est-ce que Will est là ? demanda-t-elle avec une discrétion dont elle se rendit vite compte qu'elle était inutile.

– Non, il était un peu stressé, il est sorti il y a un moment, répondit Janet d'une voix de stentor. Écoute, enchaîna-t-elle dans le téléphone, il faut que je te quitte.

Sur quoi, elle raccrocha brutalement le combiné et leva les yeux vers Regan.

– Je sais que Will vous a demandé de mener une enquête, déclara-t-elle d'un ton à peine moins toni-truant.

– Il vous l'a dit ?

– Bien entendu. Si on ne peut pas faire confiance à sa secrétaire... Entre ce qui est arrivé à Dorinda et tous les problèmes qui se sont accumulés, Will a plus que sa part de soucis. Le pauvre est dans un état pitoyable, vous pouvez me croire. Tenez, poursuivit-elle en tendant à Regan une grande enveloppe posée sur son bureau, voilà les bulletins écrits par Dorinda, les articles du magazine et la liste des problèmes et des plaintes depuis la rénovation.

– Merci.

– Excusez-moi, Janet, dit une voix masculine.

Regan se retourna. C'était un jeune groom en uniforme.

– Will est là ? demanda-t-il.

– Il doit revenir dans un petit moment, répondit Janet.

– Je le verrai plus tard alors, dit-il en se retirant.

– Will est son mentor, dit Janet quand il eut refermé la porte. Will a démarré ici comme groom et il apprend à ce petit toutes les ficelles du métier. Il croit qu'il gravira lui aussi tous les échelons. Vous ne pouvez pas savoir quelle matinée nous avons, Regan ! Les gens n'ont pas arrêté d'appeler. Avec toute la publicité autour de la découverte du lei royal au cou de Dorinda et la vente de l'autre, la moitié d'Honolulu veut venir au Bal de la Princesse. Nous installons autant de tables que nous pouvons dans la grande salle de bal, mais nous sommes maintenant obligés de refuser du monde. Dorinda nous fait faire des affaires finalement.

– Oui, se borna à dire Regan en levant les sourcils.

– Ne le prenez pas mal, se hâta d'enchaîner Janet. Sa mort me fait de la peine. À l'achèvement des travaux de rénovation, elle a été engagée pour mettre de l'animation avec la publication de son bulletin. Tout ce qu'elle a réussi, c'est à agacer tout le monde. Il faut quand même dire que sa mort a épicé la vie de l'hôtel. Maintenant, tout Honolulu veut venir au bal et acheter le lei. On veut aussi savoir ce que va devenir celui que

Dorinda avait au cou. Si vous voulez mon avis, les gens regardent trop les séries policières à la télévision.

– Je reviens du musée. Le propriétaire n'a pas encore décidé s'il mettra ce lei en vente.

– Il devrait, déclara Janet en passant une main dans ses courts cheveux roux. Il y aura sûrement un malade qui voudra engloutir une petite fortune pour l'avoir. Cet argent ira au moins à une bonne cause.

– Il m'a dit qu'il se déciderait le soir du bal en fonction du montant des enchères obtenu par l'autre.

– Un peu plus de suspense, quoi ! Qui sait ? Sa décision de dernière minute chauffera l'ambiance. Celui qui conduira les enchères s'arrangera pour en tirer un maximum. Finalement, tout en revient toujours à l'argent.

– Dans beaucoup de cas, oui, approuva Regan. Personne n'a vu Dorinda avec ce lei avant sa mort, n'est-ce pas ?

– Non, personne. Des tas de gens sont passés par mon bureau, que je devrais surnommer la gare de triage, pour me parler de Dorinda. Ils se souvenaient des leis floraux qu'elle portait d'habitude, avec les mêmes fleurs que celles qu'elle se mettait dans les cheveux. Elle devait se prendre pour Carmen Miranda... À mon avis, elle en faisait un peu trop. Elle s'attifait de tenues soi-disant tropicales, elle se donnait en spectacle. J'avais souvent envie de lui dire de se calmer, de se laisser vivre – on est à Hawaii, après tout.

Elle est calme maintenant, pensa Regan. Mais je doute que la pauvre Dorinda repose vraiment en paix. Sa mort n'a pas l'air de bouleverser grand monde.

– Elle n'était pourtant pas ici depuis longtemps.

– Assez longtemps, en tout cas, pour laisser sa

trace. Elle a commencé à la mi-octobre, juste après la fin des travaux et l'ouverture de la salle de bal. Will pensait que la publication d'un bulletin intérieur plairait aux clients. Dorinda s'est présentée et la suite, comme on dit, est du domaine de l'Histoire.

— Vous avez dit qu'elle agaçait beaucoup de gens. Pouvez-vous m'en donner un exemple ?

— Bien sûr, à commencer par moi. Prenez donc une chaise.

— Volontiers, merci.

Regan tira une chaise près du bureau de Janet, s'assit et sortit de son sac un bloc et un stylo.

— Vous allez prendre des notes ?

— Oui, si cela ne vous ennuie pas.

— Pas du tout, allez-y.

— Merci. Donc, vous disiez ?...

— Oui, Dorinda. C'était un drôle de numéro. Des vendeuses des boutiques de mode sont passées me voir ce matin. Comprenez bien, si personne ne se réjouit de sa mort, personne ne la pleure non plus. Par exemple, elle arrivait ici en terrain conquis pour voir Will et elle me traitait comme si j'étais une petite dactylo. Je suis une employée de la maison, c'est vrai, mais elle aussi. Pour qui elle se prenait, hein ?

Regan fit signe qu'elle comprenait.

— On se demande d'où elle tenait ses mines supérieures. Les vendeuses de ce matin me disaient qu'au début Dorinda était tout sucre et tout miel, posait des tas de questions. Elle déjeunait même de temps en temps avec elles ou buvait un verre le soir. Et puis, elle s'est mise à se décommander à la dernière minute, à ne pas les rappeler au téléphone, comme si elle s'était rendu compte qu'elles ne lui servaient à rien. Elle s'est conduite comme cela avec tous les gens qui travaillent ici. Elle les faisait parler tant qu'ils avaient quelque chose à dire sur les potins et la vie quotidienne et elle les laissait tomber quand elle les avait bien pressés comme des citrons.

— Vous avez une idée de sa vie privée ?

— Elle était ici tous les soirs pour couvrir les réunions privées, prendre des photos. Je sais qu'elle s'arrangeait pour se faire inviter partout en ville, mais je ne crois pas qu'elle ait eu un bon ami.

— Une serveuse d'un des cafés m'a dit qu'elle était très dragueuse.

— Ça oui ! Je voyais comment elle se conduisait avec Will. Elle passait devant moi comme si je n'existais pas et entrait dans son bureau avec des grands sourires. Je ne crois pas qu'il s'y soit laissé prendre, mais il était coincé. Il lui avait signé un contrat de six mois et il voulait au moins que ça marche jusqu'à la fin.

— Will a-t-il jamais parlé de la renvoyer ?

— Non. Mais je le connais bien. Les réactions des gens à propos de Dorinda n'étaient pas pour lui plaire. Il voulait que le bulletin contribue à rapprocher les clients, pas à les agacer. Je ne devrais pas parler de Will, mais c'est vrai que Dorinda flirtait avec tous les hommes. Et elle avait du charme.

Intéressant, pensa Regan. J'ai toujours eu le sentiment que Will ne me dit pas tout ce qu'il sait.

— Avez-vous lu ses articles dans le magazine ?

— Non. Ce qui me rappelle qu'il faut trouver quelqu'un pour prendre des photos au bal, dit-elle en le notant aussitôt sur un Post-it.

Elle ne perd pas le nord, mais c'est le rôle d'une bonne secrétaire, se dit Regan.

– Il paraît que Dorinda rentrait tous les soirs chez elle à pied. Vous le saviez ?

– Oui. Son appartement n'était pas très loin de l'hôtel et elle passait le long de la plage. Quand il pleuvait, elle essayait toujours de se faire raccompagner en voiture. Je l'ai fait une fois, elle m'a à peine remerciée. Pourtant, j'habite dans la direction opposée.

– Que va devenir son appartement, maintenant ?

– Son cousin doit venir récupérer ses affaires.

– Ah oui ? Son cousin vient ici ?

– Oui. Il a téléphoné tout à l'heure.

– Où habite-t-il ?

– À Venice, en Californie.

– Vraiment ? Moi, j'habite dans les collines de Hollywood.

– Il est peut-être déjà dans l'avion. Les parents de Will doivent arriver demain matin.

– Les parents de Will ? Il m'avait dit qu'il attendait sa femme ce week-end.

– En effet, et c'est là le problème. Elle était partie avant Noël et quand elle arrivera ce soir, elle apprendra toutes les bonnes nouvelles. Comme de se retrouver le lendemain avec sa belle-mère sur le dos. Non que la mère de Will ne soit pas gentille, mais...

– Je comprends, se hâta de dire Regan.

– Je suis contente que quelqu'un le comprenne, parce que je ne crois pas que la femme de Will le comprendra, elle. Pauvre garçon ! dit Janet en riant. Tout lui tombe dessus en même temps ! Le bal, ses parents qu'il va loger à l'hôtel...

– Cela me semble pourtant une bonne idée, commenta Regan.

– Vous n'avez pas idée comme elle est bonne !

Cela veut dire que je vais subir Maman Brown et travailler en même temps pour le bal.

— Ça fait beaucoup, en effet.

— Plutôt, oui.

— Dites-moi, Janet, avez-vous jamais entendu dire que Dorinda avait peur de l'océan ?

— Non. Mais comme on l'a raconté aux nouvelles, elle aimait s'asseoir sur la jetée le soir quand elle rentrait chez elle. C'est très beau et paisible au clair de lune. Je lui ai souvent conseillé d'être prudente quand elle était seule, mais elle ne m'écoutait pas. Cela la calmait, disait-elle, à la fin d'une journée énervante. Les courants sont traîtres à cet endroit-là. Peut-être a-t-elle glissé et elle est tombée à l'eau.

— Peut-être, admit Regan. Vous êtes au courant de tout ce qui se passe ici, n'est-ce pas, Janet ?

— J'entends aussi beaucoup de choses. J'ai l'impression d'être le chef du service des réclamations.

— Savez-vous si quelqu'un aurait voulu se venger de Dorinda ?

— Beaucoup de gens avaient envie de l'étrangler, mais pas au point de la tuer. Vous voyez ce que je veux dire.

— Oui, je crois. Dorinda a commencé à travailler ici juste après la rénovation et Will m'a dit que les problèmes ont commencé eux aussi à ce moment-là. Dorinda n'est pas ici pour se défendre, je sais, mais serait-il possible qu'elle ait eu quelque chose à voir avec ces incidents ?

— Difficile à dire. Nous avons aussi engagé beaucoup de nouveaux employés à ce moment-là.

— Pourrais-je en avoir la liste ?

— Bien sûr, je vous la préparerai tout à l'heure. Je ne crois pas que Dorinda ait été derrière ces incidents.

Elle aurait dû se cacher alors qu'elle ne pouvait pas s'empêcher de se faire remarquer partout où elle allait. Quand elle entrait dans une pièce, on ne pouvait pas l'ignorer. Certains des problèmes sont partis des cuisines, d'autres se sont produits dans les toilettes publiques, d'autres dans des chambres. Celui ou celle qui a fait cela devait avoir un passe. Dorinda aurait pu s'en procurer un, bien sûr. Ce sera intéressant de voir si les incidents continuent à se produire maintenant qu'elle n'est plus là.

Le téléphone sonna. Janet leva les yeux au ciel.

– Je parie que c'est encore pour le bal ! soupira-t-elle.

– Bon, je vous laisse travailler, s'empressa de dire Regan en refermant son bloc. Je vais lire tout ce que vous avez mis dans l'enveloppe.

– Je ne bougerai pas d'ici de la journée. Venez ou appelez-moi si vous avez besoin de quoi que ce soit.

– Merci mille fois.

Regan quitta le bureau pour le grand hall de la réception. Une affiche du Bal de la Princesse, posée sur un chevalet à côté du comptoir du concierge, était barrée par de grosses capitales : COMPLET. NOUS ACCEPTONS CEPENDANT DE NOTER DES NOMS SUR UNE LISTE D'ATTENTE.

Ah, Dorinda ! pensa Regan. Ce n'était sans doute pas de la manière que vous auriez voulu, mais pour ce qui est de laisser votre marque, vous avez parfaitement réussi.

Bob et Betsy, un pot de café à portée de main, étaient assis devant leur ordinateur portable posé sur le petit bureau de leur chambre. Des notes manuscrites étaient éparpillées sur le lit. Bob venait de suggérer un angle de recherche à propos des méthodes inédites supposées ranimer les plaisirs de la vie conjugale.

— Je ne sais pas, dit Betsy d'un ton sceptique. Je ne trouve pas très excitant de jouer les Bonnie et Clyde.

— Tu ne trouves pas ?

— Non, pas du tout.

Bob enleva ses lunettes qu'il essuya avec le bord de son T-shirt, geste qu'il répétait plusieurs fois par jour, moins pour nettoyer les verres que par habitude.

— Moi, je crois que cela ferait du bien à notre couple.

— Qu'est-ce qu'il a notre couple ? voulut savoir Betsy, effarée.

— Rien, rien, marmonna Bob. Rien, en tout cas, qui ne puisse s'arranger avec des activités un peu excitantes.

— Tu veux dire, en nous conduisant comme des criminels ?

— Oui. Si nous voulons écrire sur le sujet, nous devons présenter un assortiment d'idées pour ranimer la flamme chez les vieux couples. Prétendre être des méchants en est une.

– Halloween est fait pour ça, répliqua Betsy d'un air pincé.

Elle commençait à croire que quelque chose ne tournait plus rond du tout chez son mari. Dès l'instant où il avait rencontré cet éditeur qui passait par Hudville et lui avait parlé de ce projet de livre, Bob avait commencé à se conduire bizarrement. L'éditeur parcourait la région à la recherche de couples de différents milieux et de diverses origines voulant partager avec les lecteurs leur point de vue sur la question. Bob avait sauté sur l'occasion de représenter avec Betsy le pays de la pluie. Le seul problème, c'est qu'il n'avait rien du tout d'excitant. Elle non plus, mais c'était sa faute à lui. Il l'avait éteinte et rendue ennuyeuse comme la pluie, justement.

Les yeux baissés sur ses mains jointes, Betsy se remémora avec nostalgie son condisciple Roger. Qu'était-il devenu ? Si seulement ils avaient fini ensemble... Si seulement il n'avait pas rencontré cette fille qui lui avait mis le grappin dessus... Cela s'était passé pendant une classe de mer, à laquelle Betsy n'avait pas pu participer parce qu'elle était sujette au mal de mer. Roger lui avait dit qu'il avait assez navigué pour ne plus vouloir remettre les pieds sur un bateau. Si seulement elle y était allée en prenant des médicaments !... Sa mère avait beau essayer de la consoler, elle ne faisait qu'aggraver son chagrin. Le pire survint quand elle apprit que son Roger et l'infâme Nancy s'étaient mariés sur un bateau !

Si j'avais épousé Roger, pensait-elle, je ne vivrais pas dans ce trou déprimant de Hudville. Si je passais des vacances avec Roger à Hawaii, nous serions sur la plage en buvant des *mai-tai* au lieu de rester claque-murés dans une chambre d'hôtel en imaginant des méthodes ridicules pour épicer la vie d'inconnus. Roger et moi aurions payé nous-mêmes notre voyage au lieu de devoir le gagner à une loterie. Si seulement...

Comment avait-elle pu passer trente ans à subir ce raseur de Bob ? C'était incroyable ! Il avait toujours le même job minable dans la même boutique de quincaillerie. Évidemment, les ventes de pompes et de tuyaux marchaient très fort à Hudville. C'est en passant devant le magasin que l'éditeur s'était arrêté par curiosité. On connaît la suite...

Bob lui posa une main sur la cuisse. Betsy se retint de frémir.

— Betsy ?

— Quoi ?

— Nous devons écrire ce chapitre, c'est important.

— Pourquoi ?

— Ça va transformer notre vie. Quand le livre sera édité, nous voyagerons avec les couples qui auront écrit les autres chapitres. Nous serons célèbres, nous verrons du pays. Ce sera surtout quelque chose de précieux à léguer à nos enfants.

— À nos enfants ? Comment cela pourrait-il être un héritage pour nos enfants ?

— Nos enfants sont très bien, mais ils sont un peu... ternes. Je ne sais pas pourquoi ils le sont devenus, cela me dépasse. Ils auront besoin de ce livre pour les guider. Ils sont mariés tous les deux, Dieu merci, mais s'ils ne se secouent pas un peu, j'ai bien peur que leurs conjoints ne finissent par les quitter.

Ma parole, pensa Betsy, il se drogue, je ne vois pas d'autre explication.

– Jefferson et Celeste sont tous les deux merveilleux ! s'écria-t-elle avec indignation.

– Tu ne les entends jamais dire un mot.

– Peut-être, mais ils ont des pensées profondes.

– Les pensées profondes ne servent à rien si on ne les partage pas, déclara Bob en lui caressant de nouveau la cuisse. J'ai réfléchi. La petite Joy dit qu'il y a des problèmes à l'hôtel. Pourquoi ne pas nous promener un peu partout en faisant comme si nous étions des malfaiteurs ? Nous découvrirons peut-être ce qui ne va pas.

– Nous promener dans l'hôtel ?

– Oui. Si nous pensons en criminels, nous comprendrons mieux ce que pensent les vrais. C'est ce qu'on appelle un jeu de rôles. Qui sait ? Nous serons peut-être considérés comme des héros. Ce n'est qu'un jeu, après tout.

À ce degré de folie, Betsy comprit qu'il serait inutile de protester.

– Bon, admit-elle. Mais à condition de commencer par le bar.

25

En traversant le hall, Regan passa devant un grand portrait de la princesse Kaiulani en vêtements traditionnels qui souriait aux clients. Elle décrocha un téléphone intérieur et composa le numéro de sa chambre. Faute de réponse, elle prit son portable et appela Kit sur le sien. Elle répondit au bout de trois sonneries.

– Je suis sur un bateau, Regan ! s'exclama-t-elle, ravie.

– Où cela ?

– Quelque part au large de l'hôtel. J'ai fait la connaissance de gens sympa au petit déjeuner, ils m'ont invitée à faire un tour sur leur voilier, je rentrerai bientôt. Steve doit venir déjeuner. Retrouvons-nous au bar de la grande piscine à midi.

– D'accord.

Regan sortit du hall pour aller au bord de la plus petite piscine de l'hôtel et s'étendit sur un transat sous un grand parasol. Les haut-parleurs diffusaient la voix d'Elvis Presley qui chantait *Blue Hawaii*. Regan sortit de leur enveloppe les articles que Janet lui avait donnés et reprit son bloc-notes.

Dès les premières lignes, elle comprit que Dorinda Dawes avait le chic de se faire des ennemis. Même sa mère avait dû avoir maille à partir avec sa fille, pensa-t-elle en prenant des notes.

Dorinda avait commencé à travailler au Waikiki Waters à la mi-octobre et les problèmes avaient débuté à peu près au même moment. Dorinda aurait sûrement été ravie de dénoncer le coupable à la une de son bulletin, se dit Regan.

Elle déplia ensuite une feuille de papier sur laquelle étaient énumérés tous les incidents. Fuites de tuyauterie, toilettes bouchées par des objets tels que des tubes neufs de lotion solaire, plats trop salés, plaintes de clients constatant la disparition de menus objets tels que des tubes de pâte dentifrice ou des flacons de lotion corporelle, robinet ouvert dans une chambre inoccupée ayant provoqué une inondation, insectes lâchés dans des chambres. Plusieurs clients s'étaient plaints aussi de la mystérieuse disparition d'une sandale ou d'une chaussure.

Un voleur qui dérobe une seule chaussure ? Regan se demanda ce que cela signifiait ou si même cela avait une quelconque signification. Voleur ou fantôme, le Waikiki Waters était à l'évidence hanté par quelqu'un animé du désir de nuire. Comment ce « quelqu'un » avait-il pu perpétrer ses méfaits trois mois durant sans être démasqué ? Peut-être parce qu'il n'était pas seul. Peut-être y avait-il plusieurs fantômes.

Une jeune serveuse en short, bronzée à ravir, vint lui demander si elle désirait boire quelque chose. Regan lui commanda un thé glacé et se replongea dans ses réflexions.

Dorinda Dawes aurait-elle découvert le pot aux roses ? se demanda-t-elle. Le coupable aurait-il été jusqu'à la tuer pour ne pas être démasqué ? Vu tout ce qu'elle avait appris jusqu'à présent, Regan ne pouvait écarter cette hypothèse.

Le grand Bal de la Princesse avait lieu le lendemain soir. Si on était déterminé à salir la réputation de l'hôtel, ce serait l'occasion idéale. Avec la presse présente en force et plus de cinq cents personnes venues de tout Hawaii, le moindre incident prendrait à coup sûr des proportions démesurées. On écrirait, on en parlerait, on le commenterait, on l'amplifierait pendant des jours, voire des semaines.

Regan prit le bulletin de janvier, le dernier écrit par Dorinda Dawes. Les pages étaient pleines de photos de cocktails et de réunions qui s'étaient déroulés en décembre. Celles des hommes les mettaient presque toujours en valeur alors que les femmes paraissaient sciemment enlaidies – une grimace, une coiffure en désordre, un corsage froissé. Une photo en particulier retint son attention, celle d'une femme qui riait aux éclats, la tête en arrière. L'appareil l'avait prise sous le nez, sous l'angle le moins flatteur. La femme se tenait à côté de Will. La légende indiquait qu'il s'agissait de Kim, la femme de Will. Le bulletin avait été imprimé à la fin de décembre, alors que Will était en vacances. Le reste du numéro ne présentait rien de particulier.

Ah, Dorinda ! pensa Regan. Vous aviez vraiment un don pour agacer les nerfs sensibles – beaucoup de nerfs et les plus sensibles. Mais avez-vous exaspéré quelqu'un au point qu'il veuille vous tuer ? Son instinct la poussait à répondre oui. Mais qui ? Et que signifiait la présence du lei volé au cou de Dorinda ?

26

Jazzy se réveilla à dix heures et demie dans une des chambres d'amis de Steve, avec qui elle était restée bavarder jusqu'à plus de quatre heures du matin. Elle enfila un peignoir en tissu-éponge, alla dans la salle de bains, plus spacieuse que la chambre à coucher de la plupart des gens, se lava les dents avec la brosse qu'elle laissait en permanence chez Steve avec quelques autres affaires, et s'aspergea la figure d'eau froide.

– Ça fait du bien, dit-elle à son reflet dans le miroir.

En s'essuyant, elle étudia une fois de plus son joli visage plus masculin que féminin. Elle savait que son côté garçon manqué mettait les hommes à l'aise parce qu'il ne lançait pas de défi à leur virilité. Cultive-le, mon chou, se dit-elle.

Entendant son téléphone portable sonner dans la chambre, elle courut répondre. Le numéro sur l'écran lui apprit que c'était son patron, Claude Mott.

– Bonjour ! lança-t-elle de son ton le plus enjoué.

Avec sa stature presque frêle, son collier de barbe et sa chevelure poivre et sel qui se raréfiait, Claude ne payait pas de mine. Il avait pourtant une redoutable réputation de repreneur d'entreprises qu'il savait rentabiliser mieux que quiconque avant de les revendre avec un confortable bénéfice. Il voulait maintenant développer l'hémisphère gauche de son cerveau en créant une gamme complète de chemises, de maillots de bain et de paréos hawaiiens. Sa première ligne de produits serait lancée grâce aux paquets-cadeaux offerts aux convives du Bal de la Princesse, que Claude Mott Enterprises Inc. avaient en grande partie financé.

– Où êtes-vous ? demanda-t-il.

– Chez Steve. J'y ai couché cette nuit et je compte aller tout à l'heure au Waikiki Waters préparer les paquets-cadeaux. Comment ça va à San Francisco ?

– J'y suis pour affaires et les affaires sont les affaires. Négocier, décider, acheter, vendre, c'est lassant. C'est pourquoi j'ai cette maison à Hawaii pour me changer les idées et dessiner mes fringues.

– Je sais, Claude, je sais.

– Vous le savez, je le sais, nous le savons. Mais à mesure que nous parlons, il me paraît évident que vous n'avez pas lu les journaux de ce matin.

– Que voulez-vous dire ?

– Je viens de parler à Aaron, qui est à la maison. Il m'a dit qu'il y avait aujourd'hui à propos de la femme qui s'est noyée un article où l'on parle surtout du lei qu'elle avait autour du cou. J'espère que cela ne va pas perturber les gens qui ne voudront plus porter mes vêtements à cause de leur superbe décor de leis en coquillages.

– Cela ne risque pas d'arriver, Claude, affirma Jazzy. Le président du comité d'organisation du bal m'a appelée hier soir, il m'a dit que toute cette publicité a décuplé les ventes de billets d'entrée. Le bal est complet, l'hôtel prend une liste d'attente en cas de désistements de dernière minute.

– Vraiment ?

– Oui.

– Qu'est-ce que vous mettez d'autre dans les paquets ? demanda-t-il d'un ton soupçonneux.

– Quelques babioles sans valeur, afin que vos vêtements soient considérés comme les seuls vrais cadeaux.

– Quel genre de babioles ?

– Une bague avec un palmier en plastique, un savon à l'ananas qui sent l'ammoniaque et un sachet de noix de cajou qui enverront chez le dentiste tous ceux qui voudront les croquer. Croyez-moi, Claude, vos chemises et vos paréos apparaîtront comme des merveilles.

– Bon, tant mieux. Parce que finalement, Jazzy, je suis persuadé que c'est comme cela que s'exprime mon véritable génie.

– Je suis tout à fait d'accord, Claude. Et je fais l'impossible pour que tout le monde à Hawaii admire *Les Chiffons de Claude*. Le lei que vous avez dessiné pour imprimer le tissu est absolument superbe.

– Combien de fois suis-je allé au musée des coquillages étudier le lei royal qu'ils mettent en vente, hein ? Combien de fois ? Croyez-vous que cet imbécile de Jimmy m'aurait fait assez confiance pour me le prêter ? J'aurais au moins pu le recopier à tête reposée. Mais non, rien à faire pour qu'il s'en dessaisisse même cinq minutes.

– Après le vol d'autrefois, il doit avoir peur.

– En tout cas, ce n'est pas un bon homme d'affaires.

– On ne peut pas en dire autant de vous. Le Bal de la Princesse sera pour nous un énorme succès, Claude, déclara Jazzy avec enthousiasme. Vous recevrez toute l'attention que vous méritez.

– Je l'espère. J'arriverai ce soir. Viendrez-vous me chercher à l'aéroport ?

– Bien entendu.

– M'avez-vous retenu une chambre au Waikiki Waters ? Je veux être sur place pour m'assurer que tout se passe bien.

– Je vous ai même retenu une suite.

– Bien. Qu'est-ce que je ferais sans vous, Jazzy ?

– Je n'en sais rien, répondit-elle avec beaucoup d'à-propos.

Après avoir raccroché, Jazzy monta sur la terrasse où Steve lisait la page des sports du journal en buvant un café.

– Où sont les garçons ? demanda-t-elle en s'en versant une tasse.

– Ils sont partis à la plage.

– Pas toi ?

– Non. Je vais passer la journée à l'hôtel avec Kit.

– J'y vais aussi. Tu peux me conduire ?

– Bien sûr. Je dois y être à l'heure du déjeuner.

– Parfait. Nous pourrions déjeuner ensemble ? suggéra Jazzy d'un ton suave.

– Ça devrait pouvoir s'arranger, dit Steve en levant les yeux de son journal.

Du moins, il l'espérait. Kit lui plaisait et il prévoyait de passer la journée seul avec elle. Son amie Regan serait là aussi, mais elle n'était pas du genre à s'imposer. Contrairement à Jazzy...

– Dis donc, reprit Jazzy, elle a l'air de te plaire, cette Kit. Tu devrais peut-être enchérir sur le lei de la princesse pour le lui offrir.

– Je n'en sais rien, dit Steve en lui tendant l'article

152

sur Dorinda. Ces leis doivent porter malheur ou quelque chose de ce genre. On dit que ceux qui ramènent chez eux un morceau de lave de la Grande Île n'ont que des ennuis. J'ai l'impression que c'est pareil pour ces leis. L'un a appartenu à une reine forcée d'abdiquer et l'autre à une princesse morte à vingt ans. Qui en voudrait, dans ces conditions ?

— N'en parle à personne, je t'en prie, répliqua Jazzy plus sèchement qu'elle ne l'aurait voulu. Claude en piquerait une crise. Il veut que tout le monde admire ces leis, ils sont la signature de ses étoffes.

— Nous ne voudrions surtout pas faire de la peine à Claude, commenta Steve d'un ton sarcastique.

— Non, répondit Jazzy en riant. Surtout pas.

27

Kit et Regan se hissèrent sur les tabourets du bar extérieur et commandèrent des jus de fruits. Kit avait tiré ses cheveux encore humides et sentait la lotion solaire.

– Dommage que tu ne sois pas venue avec moi, Regan, c'était très amusant.

– Je le regrette aussi, mais je compte me baigner dans l'après-midi. Avec qui étais-tu ?

– Un groupe de gens avec qui j'ai lié conversation à la fin du petit déjeuner. Ils allaient faire un tour en mer sur le catamaran de l'hôtel, pas sur le leur comme je l'avais d'abord cru.

– À ton âge, commenta Regan en riant, il est dangereux de parler à des étrangers.

– Si je ne parlais pas à des étrangers, répondit Kit en riant à son tour, ma vie sociale serait inexistante. Par contre, ajouta-t-elle en baissant la voix, il y en a deux, là, à qui je n'aurais aucune envie de parler. Ils n'arrêtent pas de nous dévisager.

Regan lança un coup d'œil au couple entre deux âges assis à quelques tabourets des leurs le long du bar. Tous deux maigres et grisonnants, ils se ressemblaient presque, ce qui arrive aux gens vivant ensemble depuis longtemps. Pour accentuer leur ressemblance, ils portaient tous deux des lunettes noires et des chapeaux de brousse. Où diable les ont-ils trouvés ? se demanda Regan au moment où la femme accrocha son regard.

– Cheers ! dit-elle en levant son verre.

– Cheers, répondit poliment Regan.

– D'où êtes-vous, les filles ? demanda l'homme.

– Californie et Connecticut, répondit Regan. Et vous ?

– D'un endroit où il pleut beaucoup, dit-il en riant.

Voilà sans doute la raison des chapeaux, pensa Regan.

– Alors, les filles, vous vous amusez bien ? demanda l'homme.

Regan ne supportait pas qu'on l'appelle « fille ». Elle se força néanmoins à sourire.

– Comment ne pas prendre plaisir à séjourner ici ? Qu'est-ce qui pourrait déplaire ?

– Nous faisons partie d'un groupe, dit la femme en levant les yeux au ciel. Les autres me portent souvent sur les nerfs, c'est pourquoi nous restons seuls la plupart du temps.

Ce disant, elle avala une solide gorgée de son martini-dry. Une boisson plutôt forte à cette heure-ci, pensa Regan. Surtout sous un soleil aussi chaud.

– Je m'appelle Betsy, reprit la femme en reposant son verre. Et lui c'est Bob, mon mari.

Regan ne manqua pas de remarquer le bref coup d'œil agacé que Bob lança à Betsy. Pourquoi cette présentation l'énerve ? s'étonna-t-elle.

– Moi, je suis Regan et mon amie s'appelle Kit.

Elle comprenait que Kit n'avait aucune envie de lier conversation avec ces gens et qu'elle ne pensait qu'à Steve. Elle ne pouvait pas le lui reprocher. Malheureusement, ces deux inconnus paraissaient avoir envie de bavarder.

– Que faites-vous dans la vie ? demanda Bob à Regan.

Question à laquelle elle n'avait pas toujours envie de répondre. Surtout maintenant qu'elle était en mission, elle ne pouvait pas dire la vérité.

– Je suis consultante, répondit-elle. Et vous ?

Le titre, souvent utilisé par les infortunés au chômage, était assez vague pour couvrir un large éventail d'activités et, d'habitude, les gens s'en contentaient.

– Nous écrivons sur les moyens de conserver et de ranimer la flamme dans les relations conjugales, répondit Bob fièrement.

En portant des chapeaux assortis ? s'abstint de demander Regan.

– Très intéressant, se borna-t-elle à commenter.

– Je vois que vous portez une bague de fiançailles, observa Betsy. Où est votre fiancé ?

Seraient-ils des voleurs de bijoux ? se demanda-t-elle, amusée. Le truc classique consistait à aborder quelqu'un dans un bar et à l'enivrer avant de le dépouiller.

– Il est en ce moment à New York. Comptez-vous aller au Bal de la Princesse ? demanda-t-elle pour changer de sujet.

– Les tickets d'entrée coûtent cher, déclara Bob. Je doute que nous y allions. Les guides de notre groupe sont radins et le bal ne fait pas partie du forfait.

– De toute façon, il est complet, les informa Regan.

– Alors, nous n'avons pas le choix, dit Bob en riant.

– Mais ils notent des noms sur une liste d'attente, précisa Regan.

Kit lui lança un coup de coude dans les côtes.

– Steve arrive, lui souffla-t-elle. Et regarde avec qui il est. C'est invraisemblable !

Regan se retourna. Steve et Jazzy se dirigeaient vers elles en contournant la piscine.

– Comment arrive-t-elle à se fourrer partout ? s'étonna-t-elle.

– Si je le savais ! fulmina Kit.

– N'oublie pas, lui dit Regan à mi-voix. Pas un mot sur ce que je fais pour Will.

– Bouche cousue, promit Kit.

Elles se levèrent. Regan se tourna vers les deux autres.

– Enchantée d'avoir fait votre connaissance.

– J'espère que nous vous reverrons bientôt, déclara Betsy en levant son verre déjà vide.

– Salut ! roucoula Jazzy qui s'approchait avec Steve. J'ai des millions de choses à faire aujourd'hui, entre la préparation des paquets-cadeaux, vérifier avec la secrétaire du directeur si tout est en place et Dieu sait quoi encore. Mais Steve m'a invitée à me joindre à vous pour le déjeuner. Cela ne vous ennuie pas ?

– Bien sûr que non, répondit Kit avec un manque évident de conviction.

Ils s'installèrent à une table pour quatre pourvue d'un grand parasol et abritée par un arbre. Des enfants pataugeaient dans la piscine, l'air était saturé d'odeurs de lotions solaires. La plage s'étendait devant eux et le soleil était au zénith. À midi à Hawaii, tout le monde se détendait.

Regan avait peine à s'imaginer la côte Est encore soumise aux rigueurs d'une tempête de neige. Là-bas, les gens étaient emmitouflés dans des épaisseurs de laine alors qu'ici ils étaient en vêtements d'été ou en maillot de bain. Jazzy était vêtue d'une robe à fleurs très décolletée qui ressemblait comme deux gouttes d'eau à celle qu'elle portait la veille. Ce doit être pour elle une sorte d'uniforme, estima Regan.

Elle observa discrètement le séduisant profil de Steve. J'espère qu'il est aussi bien que Kit l'espère, pensa-t-elle, bien que je trouve un peu suspect qu'il paraisse se plaire autant en la compagnie de Jazzy. Il n'avait pas non plus l'air tellement agacé quand cette fille avait essayé de le raccrocher au passage l'autre soir Chez Duke.

Ils commandèrent des sandwiches et à boire à une serveuse en short blanc et chemisette rose, un lei floral autour du cou.

— C'est bon d'être assis ! déclara Jazzy. Je n'en aurai plus beaucoup l'occasion d'ici ce soir.

— Comment vous êtes-vous trouvée impliquée dans l'organisation du bal ? lui demanda Regan.

— Mon patron est un homme généreux. Il participe au financement de ce bal.

— Vraiment ? C'est très généreux, en effet.

— Et il fait cadeau des chemises et des paréos qu'il a créés exprès pour le bal.

— Il est styliste ? demanda Kit.

— Cette gamme de vêtements hawaiiens est sa première collection.

— Viendra-t-il au bal ? s'enquit Regan.

— Évidemment. Je lui ai retenu deux tables.

— Et où vend-il ses productions ?

— Comme je viens de vous le dire, répondit Jazzy d'un ton d'institutrice réprimandant un cancre, il démarre. Il espère que ce bal lancera la publicité pour sa griffe, *Les Chiffons de Claude*. Nous verrons bien, ajouta-t-elle avec un haussement d'épaules fataliste. Comme il réussit dans toutes ses entreprises, si celle-

158

ci ne décolle pas autant qu'il l'aurait voulu, je suis sûre qu'il entreprendra autre chose.

– Je n'en doute pas, dit Regan avec une pointe d'ironie.

La conversation resta assez superficielle pendant le déjeuner. Steve admit qu'il n'avait pas l'intention de prendre une retraite définitive. Il continuait à opérer en Bourse pour son compte et restait à la recherche de nouveaux investissements. Pourquoi pas *Les Chiffons de Claude* ? s'abstint de lui demander Regan. Il dit aussi qu'il comptait passer la moitié de l'année à Hawaii et s'acheter une autre maison ailleurs, il ne savait pas encore où.

Un mode de vie agréable, pensa Regan. Et Jazzy, dans tout cela ? Elle ne se contentera sûrement pas de veiller sur des maisons vides jusqu'à la fin de ses jours, surtout après avoir été avocate à New York.

L'addition arriva enfin, au vif soulagement de Regan qui avait hâte de remonter dans sa chambre passer des coups de téléphone. Steve insista pour payer, ce que Jazzy parut trouver normal. Leur petit groupe se dispersa aussitôt après. Kit et Steve prirent seuls la direction de la plage, Jazzy se précipita vers le bureau de Will. Je n'y mettrai pas les pieds tant qu'elle y sera, décida Regan.

En regagnant sa chambre, elle repéra dans le couloir Bob et Betsy qui sortaient de la lingerie. Qu'est-ce qu'ils mijotent, ces deux-là ? se demanda-t-elle, intriguée.

– Salut, Regan ! dit Bob. Notre chambre est dans le même couloir que vous. Nous avons beau réclamer, on ne nous fournit jamais assez de serviettes. Alors, je me suis dit qu'on n'est jamais si bien servi que par soi-même, dit-il en brandissant une poignée de serviettes.

– On n'en a jamais trop, vous avez raison, dit Regan en se hâtant d'ouvrir sa porte et de la refermer derrière elle.

Quelle matinée ! soupira-t-elle. Elle voulait relire les articles de Dorinda et appeler un des hommes qu'elle avait interviewés. Elle voulait aussi faire un tour complet de l'hôtel et aller voir Will pour lui dire qu'elle aimerait rencontrer le cousin de Dorinda. Peut-être obtiendrait-elle de lui des informations utiles.

Mais commençons par le plus important, se dit-elle en composant le numéro de Jack sur son portable. Elle n'avait pas eu une minute pour lui parler la veille. Ce matin, quand elle l'avait appelé, il était en réunion et elle lui avait dit qu'elle le rappellerait plus tard.

– Enfin ! déclara-t-il en décrochant.

– Bonjour, mon chéri.

– Excuse-moi, je ne pouvais pas te parler ce matin. Comment cela se passe au paradis ?

– Très bien. En fait, j'y gagne ma vie. Des tas de gens rêvent de travailler à Hawaii, tu sais, et moi j'ai trouvé un job sans même le chercher.

– Raconte.

– Je sais que Mike Darnell t'a dit qu'une employée de l'hôtel s'est noyée. Le directeur pense qu'il s'agit d'un crime. Et puis, il se passe dans l'hôtel des choses bizarres et il m'a demandé de mener une enquête discrète.

– Où est Kit ?

– À la plage avec le nouvel élu de son cœur.

– Autrement dit, elle n'a pas besoin de toi.

– Je suis enchantée qu'elle s'amuse, surtout parce que je suis occupée de mon côté.

– As-tu parlé à Mike des soupçons du directeur ?

– Non. Il nous a rejoints hier soir dans un restaurant

et le directeur ne m'en a parlé que lorsque Kit et moi sommes rentrées à l'hôtel et qu'il nous a invitées à boire un verre.

– Comment savait-il que tu étais détective privée ?

– C'est Kit qui le lui a dit au moment de mon arrivée, quand nous l'avons rencontré à la réception.

– Décidément, Kit ne perd pas de temps !

– Pas ces temps-ci, en tout cas, dit Regan en souriant. D'après Mike, la police croit à une noyade accidentelle. Le corps ne portait aucune trace de lutte. Mais attends le plus beau : cette femme venait de New York et elle avait interviewé ma mère il y a des années. Son article l'avait mise dans tous ses états.

– Tu es sûre que ta chère mère ne l'avait pas fait exprès ?

– Très drôle, Jack ! Je le lui répéterai.

– Elle ne m'en voudra pas. Elle est persuadée que je suis le gendre idéal.

– Je sais. Pour elle, tu n'as jamais tort.

– Ta mère a bon goût, dit Jack en riant. Sérieusement, Regan, pourquoi le directeur croit-il qu'elle a été assassinée ? Il doit avoir de bonnes raisons de le penser.

– C'est la question à cent mille dollars. Tout ce qu'il m'a dit, c'est qu'elle lui a déclaré en le quittant l'autre soir qu'elle rentrait directement chez elle.

– Rien de plus ?

– Non, c'est tout.

– Il y a sûrement autre chose là-dessous.

– C'est bien mon avis. Il faut que je le fasse encore parler.

Regan crut l'entendre soupirer avec résignation.

– C'est sans doute pour cela que je t'aime, Regan. Tu t'arranges toujours pour te trouver dans ce genre de situation plus souvent qu'à ton tour. Je te l'ai déjà dit mille fois et je te le redirai certainement plus de mille autres fois, sois prudente ! Tu veux bien ?

Regan pensa à Jimmy qui la dominait ce matin-là de ses cent kilos musclés et à ce couple bizarre en chapeau de brousse qui admirait sa bague de fiançailles.

— Je ne risque rien, Jack, le rassura-t-elle. Et puis, tu sais bien que je n'aime pas rester au soleil toute la journée. Je piquerai une tête dans la piscine tout à l'heure, mais en attendant j'ai de quoi m'occuper.

— Je te préférerais avec un coup de soleil.

Regan rit de sa boutade. Elle devait pourtant admettre que la situation au Waikiki Waters était quelque peu étrange, pour ne pas dire plus. Et qu'elle était probablement destinée à empirer.

28

Malgré la perfection des vagues et la beauté du paysage, où les montagnes servaient de toile de fond au
ciel bleu, à la mer turquoise et au sable d'un blanc
éblouissant, Ned n'arrivait pas à se concentrer. Il avait
emmené Artie surfer dans une petite anse où les
vagues étaient moins hautes et lui avait appris à partir
en franchissant la vague, les mains posées de chaque
côté de la planche, et à sauter pour se dresser debout
une fois au large. Ils avaient commencé à s'exercer
sur le sable jusqu'à ce que Artie soit capable de partir
seul, impatient de s'extasier sur ses propres prouesses.
Pour sa part, Ned était obsédé par le fait que le lei qu'il
avait volé trente ans plus tôt était revenu au musée
des coquillages. Comment était-ce possible ? Qu'était
devenu ce couple de touristes à qui il l'avait vendu à
l'aéroport ?

En pagayant avec les mains pour franchir le rouleau,
il se souvint d'avoir entendu l'histoire d'un gamin qui
avait jeté une bouteille à la mer avec un message
demandant à celui qui le trouverait de prendre contact
avec lui. Il avait fallu une bonne vingtaine d'années
pour que la mer rejette la bouteille sur le rivage. Par
chance, les parents du garçon vivaient encore à
l'adresse indiquée dans la bouteille, pas comme ses

parents à lui qui déménageaient si souvent qu'ils n'avaient pour ainsi dire jamais le temps de déballer leurs caisses avant de devoir partir ailleurs. Quand le père de Ned avait enfin pris sa retraite, ils s'étaient installés dans un appartement en Caroline du Sud et avaient jeté presque tout ce qu'ils avaient trimballé des années durant à travers toute l'Amérique. Ned en avait été malade.

Si un des anciens camarades d'école de Ned essayait aujourd'hui de le retrouver, ce serait une mission impossible. Mais cela ne lui déplaisait pas, au contraire. Il n'avait aucune envie de voir frapper à sa porte qui que ce soit venu de son enfance. Le passé doit rester le passé, pensait-il souvent.

Mais le lei !... Quand il l'avait vendu à ces touristes, à l'aéroport, il était persuadé de ne jamais le revoir, et c'était exactement ce qu'il voulait. Ces gens s'embarquaient pour Dieu savait où, bon vent. Il se souvenait vaguement avoir entendu la femme appeler son mari par un prénom invraisemblable, mais il était incapable de se le rappeler bien qu'il en ait ri sur le moment. Et voilà que le lei revenait à Hawaii au musée des coquillages. À son point de départ après avoir accompagné ces gens, autour du monde peut-être, pendant trente ans ! Après son divorce, Ned avait voulu s'éloigner le plus possible de sa femme. Il avait donc quitté la Pennsylvanie pour venir à Hawaii. Quelle coïncidence que le lei et lui soient de nouveau réunis au paradis ! Cela doit signifier quelque chose, se dit-il. Il faut que je revoie ce lei. Il le faut absolument.

— Hé, Artie ! cria-t-il. C'est la dernière !

Il était stupéfait de le voir debout sur sa planche en train de dévaler le versant de la vague. Il avait l'air enchanté. Sur la plage, Francie le félicitait à grands cris. Ned avait été soulagé qu'elle décide de ne pas surfer. Il était déjà assez difficile d'enseigner le surf à une seule personne à la fois et, depuis qu'il avait lu le journal, il avait la tête ailleurs. Il était quand même content que Francie les ait accompagnés et puisse admirer ses talents sur la planche. Parce qu'il ne se lassait pas d'attirer l'attention. Il aimait qu'on l'écoute. Qu'enfin on ne le considère plus comme un minable.

Artie avait revêtu une combinaison, tenue que Ned dédaignait. Il aimait sentir l'eau de l'océan ruisseler sur lui. En revanche, il portait des chaussures en caoutchouc, parce que, disait-il, les coquillages cassés qu'on heurtait en partant ou sur lesquels on marchait en sortant pouvaient être dangereux et qu'il avait subi de graves coupures aux pieds. Il avait même composé une petite chanson sur le thème des infections provoquées par les débris de coraux. Naturellement, il ne se chaussait que pour dissimuler ses ridicules doigts de pieds.

En y repensant, il avait du mal à se souvenir d'avoir jamais porté des sandales. La dernière fois, en fait, datait de son dernier séjour à Hawaii, trente ans auparavant. D'abord, la femme dont le mari lui avait acheté le lei ne pouvait pas détacher les yeux de ses pieds, comme si elle avait été en état de choc. Ensuite, ce soir-là, il s'était bagarré dans un bar avec un ivrogne qui s'était moqué de ses pieds. Après cela, il s'était juré de ne plus jamais les montrer en public. Rude contrainte pour un athlète comme lui qui adorait les sports aquatiques. Mais il avait fini par s'y habituer.

D'ailleurs, pensait-il, ces chaussures couleur d'algues me vont bien. Tout est une question d'attitude et de point de vue. Il essayait d'inculquer cette philosophie aux jeunes qui travaillaient à l'hôtel, surtout à ceux dépourvus de dispositions naturelles pour le sport. Si je n'étais pas autant attiré par le crime, se disait-il souvent, j'aurais pu être un type très bien.

Il se redressa sur sa planche à l'arrivée du rouleau et éprouva une fois de plus l'exaltation de dominer la nature. Mais cette exaltation n'était pas aussi forte que celle de voler...

Il revint vers la plage en riant. Artie et lui ramenèrent leurs planches sur le sable.

— C'était superbe ! leur cria Francie. Je devrais essayer de m'y remettre un de ces jours.

— Je dois dire que c'était très amusant, admit Artie en reprenant son souffle.

— Je meurs de faim. Si nous rentrions déjeuner à l'hôtel ? suggéra Ned. Il n'est pas encore trop tard.

— Oui, approuva Francie. Et après, nous irons à la plage.

— D'accord, dit Ned.

Mais il n'avait aucune intention d'aller à la plage cet après-midi-là. Il avait beaucoup mieux à faire au musée des coquillages.

29

Sur une plage de sable noir au nord de Kona, Jason et Carla marchaient main dans la main. Ils ne se lâchaient que le temps de ramasser un coquillage dont ils portaient chacun un plein sac. Estimant enfin leur chasse assez fructueuse, ils posèrent leur butin et allèrent au bord de la mer se faire lécher les chevilles par les vagues.

– Serons-nous toujours aussi heureux ? soupira Carla.

– Je l'espère, répondit Jason. Mais les statistiques seraient plutôt contre nous, ajouta-t-il en riant.

Elle lui lança un coup de coude dans les côtes.

– Dis donc, tu n'es pas très romantique !

– Je plaisantais. Et je suis très romantique, puisque j'attendais un clair de lune pour te demander en mariage. Sauf que mes bonnes intentions ne m'ont rapporté que des ennuis.

Carla lui donna aussitôt un baiser.

– C'est incroyable que je sois allée marcher sur cette plage alors que Dorinda Dawes flottait peut-être déjà entre deux eaux.

– Tu m'as fait une peur bleue quand je me suis aperçu à trois heures du matin que tu n'étais pas là.

– Et moi, j'avais peur toute seule à cette heure-là.

Quelque chose m'a frappée, quelque chose que j'ai trouvé bizarre, mais comme j'avais un peu trop bu, je n'arrive pas à me rappeler ce que c'était. Il faudrait pourtant que je m'en souvienne pour aider la gentille Regan.

— Qu'est-ce que tu veux dire par bizarre ?

— Comme si j'avais vu quelque chose qui n'était pas ordinaire ou pas à sa place. Pas une arme ni rien de semblable, non, juste quelque chose de... bizarre, quoi.

— Tu n'oublies pourtant jamais rien, surtout quand tu te mets dans ton tort.

— Je sais, dit Carla en riant, mais nous avions bu des *piñas coladas* tout l'après-midi au bord de la piscine et du vin au dîner. Et puis, avant de sortir, j'avais pris deux canettes de bière dans le minibar. Je m'étonne que tu ne l'aies pas senti à mon haleine.

— Qu'est-ce que tu as fait des bouteilles vides ?

— Je les ai jetées dans l'océan.

— Pollueuse !

— Oui, mais j'ai fait un vœu en les jetant.

— Quel vœu ?

— Le premier s'est déjà réalisé. Tu m'as demandée en mariage.

— Et le deuxième ?

— Qu'il ne pleuve pas le grand jour, sinon mes cheveux friseront et je serai affreuse.

— Beaucoup de gens croient au contraire que la pluie porte bonheur. Tu sais : « Mariage pluvieux, mariage heureux. »

— Avec toi, mon chéri, j'ai tout le bonheur qu'il me faut, répondit-elle avec son plus doux sourire. Je n'en veux pas davantage.

Jason la serra tendrement contre lui. Il préférait ne

pas trop penser au fait que la femme qu'il aimait avait eu la lubie d'aller se promener sur la plage au moment même, peut-être, où un crime avait été commis – et tout cela parce qu'il ne l'avait pas demandée en mariage au jour et à l'heure qu'elle attendait ! Il était maintenant convaincu que Regan Reilly n'avait posé autant de questions que parce qu'il ne s'agissait pas d'une noyade accidentelle.

– Je crois que nous avons assez de coquillages pour écrire un discours, dit-il au bout d'un long silence. Retournons à la voiture et cherchons un bon endroit pour affirmer notre amour éternel à tous ceux qui se donneront la peine de lire les graffitis.

– Tu plaisantes ? Ces graffitis sont une véritable attraction touristique ! Tous les gens qui prennent la route de l'aéroport les lisent. Même ceux qui passent au-dessus en avion regardent en bas et les voient.

– À condition d'être dans un avion qui vole en rase-mottes ou de disposer de jumelles surpuissantes, dit-il en ramassant les deux sacs. Allons-y.

Ils remontèrent vers leur voiture de location garée dans un petit parking en haut de la falaise. Le site était superbe, un vrai paysage de carte postale avec des palmiers et une cascade. Tout aurait été parfait sans les traces de peinture jaune sur une portière arrière de la voiture. L'employé de l'agence de location leur avait remis le véhicule sans rien mentionner. Jason avait aussitôt fait appel à ses talents de négociateur et obtenu une remise de dix pour cent. « Nous dépenserons cet argent pendant notre voyage de noces ! avait commenté Carla, ravie. Tu es un merveilleux homme d'affaires, mon chéri. »

Le soleil avait transformé l'intérieur de la voiture en fournaise. Jason activa la climatisation qui, comme prévu, commença par souffler de l'air encore plus chaud. En sueur, il ouvrit les vitres en attendant qu'il rafraîchisse. Pendant ce temps, Carla baissa le pare-soleil pour se regarder dans le miroir de courtoisie. Elle transpirait à grosses gouttes et son maquillage fondait.

— Après les graffitis, nous irons nous baigner et nous chercherons ensuite un endroit pour déjeuner, décida-t-elle.

— Et si nous déjeunions d'abord ? Il nous faudra des forces pour graver les graffitis.

— Bonne idée, mon chéri.

Ils s'engagèrent sur la route en remontant vers le nord. À leur gauche, l'océan Pacifique s'étendait à perte de vue. À leur droite, les montagnes étaient couvertes de champs de caféiers.

— C'est splendide ! s'écria Carla au bout d'un moment. J'ai lu quelque part que les îles Hawaii sont l'archipel le plus isolé du monde.

— Moi aussi, dans le magazine qui est dans notre chambre. J'ai lu aussi que la Grande Île a la surface du Connecticut. Dommage que nous n'ayons pas le temps d'aller jusqu'aux grands volcans.

— Les plus actifs du monde, précisa Carla.

— Je sais. Je t'ai déjà dit que j'avais lu la même chose.

— Quand cela ?

— Hier soir, pendant que tu te séchais les cheveux.

— Tu sais, nous devrions peut-être faire notre voyage de noces sur la Grande Île. Elle est à la fois rurale et romantique. Il y a encore des forêts vierges à explorer. Nous pourrions aussi monter à cheval, faire du kayak, des randonnées, de la plongée sous-marine...

— Peut-être, l'interrompit Jason d'un air sceptique en allumant la radio.

170

La musique faisait justement place à de la publicité : « Vous venez d'entendre une belle chanson pour les amoureux. Et vous, les amoureux sur notre belle île, avez-vous goûté la cuisine du Shanty Shanty Shack ? Il est sur la plage de Kona, les pieds dans l'eau. Pas de meilleur endroit pour vous regarder dans les yeux au petit déjeuner, au déjeuner et au dîner. Prenez la route numéro... »

– Oh, regarde ! s'écria Carla. Justement une pancarte de ce restaurant, à deux cents mètres devant. Essayons-le, mon chéri !

– Pourquoi pas ? approuva Jason.

Il mit son clignotant et tourna sous la pancarte, en fait une grosse flèche pointée vers la plage. Ils descendirent un chemin cahoteux qui contournait un bosquet de bananiers et arrivèrent dans une petite anse où était aménagé un parking. Le restaurant lui-même avait littéralement les pieds dans l'eau, car il était construit sur pilotis et relié par une passerelle à un petit hôtel. Il n'y avait que quelques voitures garées dans le parking.

– Ça, c'est une découverte ! s'exclama Carla. On se sent vraiment à Hawaii, ici ! Je serais ravie de descendre à cet hôtel, il est si proche de la nature !

– Allons d'abord voir si la cuisine est bonne, commenta Jason, jamais dépourvu de sens pratique.

Ils descendirent de voiture, s'engagèrent sur la terrasse en bois qui entourait le restaurant. Les vagues clapotaient juste au-dessous.

– Respire cet air salé, il sent merveilleusement bon ! Mais il sent aussi les fleurs ! Tu sens ?

– Oui, je sens, bougonna Jason. Viens, je meurs de faim.

– Oh, regarde ! s'écria encore une fois Carla.

Elle montra, non loin de là, une cabane perchée

dans un arbre. Une pancarte proclamait en grosses lettres jaune vif : PROPRIÉTÉ PRIVÉE ENTRÉE STRICTEMENT INTERDITE.

– Ce que ce serait amusant de rencontrer la personne qui vit là-dedans ! dit Carla en riant.

– Elle me donne l'impression de n'avoir aucune envie de te rencontrer, ni personne d'autre d'ailleurs. Viens donc.

Il ouvrit la porte, s'effaça pour la laisser passer. Les parois de bois sombre, les grands vases de fleurs tropicales provenant visiblement du jardin luxuriant à flanc de coteau, la fraîcheur qui régnait à l'intérieur devaient avoir pour effet d'apaiser les clients – non que beaucoup de monde ait besoin d'être apaisé à Hawaii, mais nombre de touristes qui passaient par là n'avaient pas encore eu le temps d'adopter les habitudes insouciantes du pays. Il était déjà tard pour le déjeuner et il n'y avait que trois personnes à une table d'angle.

La belle humeur de Carla s'évapora d'un coup.

– J'en étais sûre ! souffla-t-elle à l'oreille de Jason. Regarde, ces deux affreuses bonnes femmes ne déjeunent pas chez des amis. Elles nous ont menti.

Gert et Ev levèrent les yeux de leur salade de fruits de mer. Ev ne put retenir un soupir de surprise en reconnaissant le jeune couple qu'elles avaient sommairement éconduit à l'aéroport. Gert ne perdit pas son sang-froid et posa une main sur celle de sa sœur.

– Cet hôtel me plaît beaucoup, dit-elle à haute et intelligible voix, mais il n'offre pas assez d'activités pour nos groupes.

Ev se força à sourire. Les deux tourtereaux ne pouvaient pas avoir entendu ce qu'elles se disaient, ils n'étaient arrivés que depuis quelques secondes.

– Tu as raison, Gert. Nous n'amènerons pas nos

172

groupes ici. Je dois cependant reconnaître que leur salade de fruits de mer est excellente.

Le jeune homme assis à leur table les regarda avec étonnement, mais il avait appris à ne pas poser de questions. Vivement que cette affaire se termine, se borna-t-il à penser.

30

Après avoir parlé à Jack, Regan relut rapidement les bulletins intérieurs de l'hôtel. Il y en avait dix. Le dernier, daté d'une semaine plus tôt, exhibait les mauvaises photos des femmes, mais à part cela, pensa Regan, je ne vois rien dans les autres qui ait pu pousser quelqu'un à vouloir tuer Dorinda Dawes. Certains, les stars de Hollywood en particulier, peuvent considérer qu'une mauvaise photo est de nature à donner des envies de meurtre, bien sûr. Mais aucune star ne figurait dans ces bulletins. S'il y en avait eu à l'hôtel, d'ailleurs, elles auraient évité les appareils photo et les journalistes trop curieux.

Regan étudia de nouveau la photo de Will et de Kim, sa femme. Avec ses longs cheveux bruns qui lui descendaient presque à la taille et ses grands yeux noirs, elle était jolie. Peut-être est-elle hawaiienne, pensa Regan. Elle se demanda aussi si elle avait déjà vu cette photo, prise sous un angle qui lui déformait volontairement les traits. Sans doute pas, puisqu'elle était absente depuis plusieurs semaines. Et maintenant, Kim revenait pour trouver sa belle-mère qu'elle n'avait sans doute aucune envie de revoir, une ridicule photo d'elle dans le bulletin de l'hôtel où travaillait son mari et ledit mari menacé de perdre son emploi. Le rêve, quoi ! Bon retour, pauvre Kim.

Il faut que je parle à Will, décida Regan, mais pas tant que Jazzy sera dans les parages. En attendant, elle reprit le magazine *Les Esprits du Paradis* qu'elle avait à peine eu le temps de feuilleter avant le déjeuner. Dorinda y avait consacré un long article à un certain Boone Kettle, un cow-boy du Montana âgé de cinquante-deux ans, installé à Hawaii depuis un an. Regan le lut avec attention. Une photo de Boone, bel homme robuste fièrement perché sur son cheval, couvrait presque toute la première page.

Au fil des pages suivantes, Boone disait comment les hivers du Montana avaient fini par le démoraliser, au point que, venu en vacances à Hawaii, il avait décidé d'y rester jusqu'à la fin de ses jours. Un tel déracinement à son âge n'était pas facile, bien sûr, mais il avait réussi à trouver un emploi dans un ranch d'élevage et fêtait maintenant sans regret le premier anniversaire de son arrivée. Pour lui, le plus dur avait été de se séparer de sa jument Misty, mais son neveu l'avait recueillie dans son ranch et Boone comptait aller la voir au moins une fois par an.

Regan prit l'annuaire téléphonique dans le tiroir de la table, y trouva le numéro du ranch où Boone travaillait et l'appela sur son portable en espérant pouvoir le joindre. La fille qui répondit lui apprit que Boone était justement de retour. Regan dut écarter en hâte l'appareil de son oreille en entendant la fille hurler à pleins poumons : « Boooooone ! Téléphoooooone ! »

Sa crainte de l'entendre à nouveau pousser son hurlement, qui aurait mis en péril l'intégrité de ses tympans, s'apaisa en entendant, après un vague bruit de paroles à l'arrière-plan, la fille dire d'un ton normal : « Non, je ne sais pas qui c'est. » Quelques secondes plus tard, une voix masculine et rocailleuse fit vibrer l'écouteur :

– Aloha. Boone Kettle à l'appareil.

Regan se dit qu'il était pour le moins inhabituel d'entendre Aloha dans la bouche d'un rude cow-boy du Montana, mais c'était à l'évidence le signe qu'il s'était acclimaté.

– Bonjour, Boone. Je suis Regan Reilly et je travaille pour l'hôtel Waikiki Waters où Dorinda Dawes écrivait le...

– C'est malheureux ce qui lui est arrivé, l'interrompit Boone. Je ne pouvais pas y croire quand j'ai lu l'histoire dans le journal, mais elle avait trop le goût du risque. Elle me donnait l'impression d'être un bronco, vous savez, un poney sauvage qui a besoin d'être dressé.

– Que voulez-vous dire ? demanda Regan.

– Comment vous vous appelez, d'abord ?

– Regan Reilly. Je suis détective privée et j'enquête à la demande du directeur du Waikiki Waters. La police pense que Dorinda s'est noyée accidentellement alors que lui n'en est pas sûr. Je voulais vous demander s'il était arrivé à Dorinda de vous parler de sa vie personnelle et...

– Je vois, l'interrompit-il de nouveau. Vous voulez savoir si elle m'avait dit quelque chose pouvant indiquer qu'on aurait eu envie de se débarrasser d'elle.

– C'est à peu près ça, oui. Qu'est-ce qui vous amène à croire qu'elle avait trop le goût du risque ?

– Elle m'avait dit qu'elle se sentait frustrée. Quand elle avait été engagée par l'hôtel, elle croyait que c'était pour y secouer un peu le train-train. Et puis elle s'était rendu compte que quand on écrit le bulletin intérieur d'un hôtel et qu'on y parle des clients, il faut

176

que tout soit bien gentil pour tout le monde. La direction ne veut pas de potins désobligeants sur les clients et les clients encore moins. Dorinda avait donc les mains liées et elle s'ennuyait ferme. Elle était même inquiète à l'idée qu'on ne lui renouvelle pas son contrat, parce qu'elle voulait gagner assez d'argent pour continuer à vivre à Oahu. Elle m'a dit qu'elle avait décroché un petit contrat avec un magazine pour écrire un article par mois, mais elle voulait surtout lancer son propre journal où Oahu aurait figuré dans le titre. Ce qu'elle voulait surtout, en réalité, c'était quelque chose de plus juteux.

– Juteux ? répéta Regan.

– Oui, un peu scandaleux, si vous préférez. Elle voulait découvrir ce qui se cachait derrière les façades des hôtels de luxe et des villas des gens riches. Ce qu'elle mettait dans son bulletin, pour elle, c'était de la gnognote. Mais ce qu'elle a écrit sur moi, je dois dire que c'était du beau travail. Vous l'avez lu ?

– Oui. J'ai trouvé cet article excellent.

– Un bon portrait, hein ?

– Un très bon portrait. Dites-moi, Boone, avez-vous souvent vu Dorinda ? Avez-vous passé beaucoup de temps avec elle ?

– Elle est venue me voir ici trois fois et je l'ai emmenée faire une randonnée à cheval. Un sacré numéro, Dorinda ! Elle voulait prendre les pistes les plus difficiles. Ma foi, je ne lui ai pas dit non. Nous nous sommes bien amusés ce jour-là et, après, nous avons dîné ensemble.

– De quoi vous a-t-elle parlé pendant ce dîner ?

– Vous savez, je crois qu'elle souffrait de la solitude parce qu'elle n'a pas arrêté de parler d'elle. Peut-être aussi parce qu'on n'avait parlé que de moi pendant la journée. Elle m'a un peu raconté la vie qu'elle avait menée à New York. Ah oui, je me souviens aussi d'une chose qui pourrait peut-être vous intéresser. Elle m'a dit qu'elle cherchait son prochain sujet et qu'un type la harcelait pour que ce soit lui alors qu'elle n'en avait pas tellement envie.

– Qu'est-ce qu'il faisait ?

– Des vêtements hawaiiens ou quelque chose comme cela.

– Des vêtements hawaiiens ? répéta Regan.

– Il ne les fabriquait pas lui-même, je crois, il les dessinait. Mais Dorinda le jugeait trop capitaliste, si vous voyez ce que je veux dire. Il était déjà plein de fric en arrivant, il n'était donc pas de ceux qui veulent réussir à Hawaii en se lançant dans une nouvelle carrière. Pour elle, ce n'était donc pas un bon sujet pour le magazine. Le rédacteur en chef pensait la même chose, d'ailleurs. Mais le cher vieux Boone leur avait plu autant à l'un qu'à l'autre.

Regan était interloquée. Pourrait-il s'agir de l'excentrique et richissime patron de Jazzy ?

– Dorinda vous a vraiment fait ses confidences, commenta-t-elle.

– Je sais écouter. Cela me vient sans doute des années passées assis autour d'un feu de camp.

Regan promit à Boone de venir le voir au ranch quand elle se rendrait dans la Grande Île et nota son numéro de téléphone personnel. Elle appela ensuite Will sur sa ligne directe.

– Est-ce que Jazzy est encore là ? demanda-t-elle.

– Non.

– Alors, j'arrive. Il faut vraiment que je vous parle.

– Je vous attends, répondit Will avec lassitude. Moi aussi, il faut absolument que je vous parle.

31

Joy avait loué un transat puis, généreusement tarti-née de lotion solaire, s'était installée sur la plage pas trop loin de la cabane du maître nageur, pas trop près non plus. Elle lançait de fréquents coups d'œil en coin en direction de Zeke, car elle savait que s'il surveillait la foule des baigneurs, comme il en avait le devoir, il l'observait elle aussi. C'est pourquoi elle feignait d'être absorbée par la lecture de son magazine.

J'ai hâte d'être à ce soir, pensait-elle. Peut-être que cela marchera entre nous et qu'il me demandera de vivre avec lui. Dans ce cas, adieu Hudville. Mainte-nant que j'ai gagné ces vacances, il ne me reste plus rien à espérer là-bas, rien qui vaille la peine de retour-ner m'enterrer dans ce trou boueux et froid. Et puis-qu'on ne peut gagner qu'une seule fois, plus de raison d'aller non plus à ces grotesques réunions du Club Vive la Pluie. Joy s'étonnait souvent que ses parents puissent vivre dans un lieu pareil. Peut-être parce que sa mère croyait sincèrement que le climat de Hudville était idéal pour sa peau sèche. Mais Joy avait d'autres ambitions.

En pantalon et chapeau de brousse, Bob et Betsy passèrent devant elle en se dirigeant vers la mer. Quelles espèces de cinglés ces deux-là ! se dit-elle. Et qu'est-ce qu'ils font ici ? Ils avaient dit qu'ils passe-raient la journée à écrire leur bouquin ridicule.

Quel groupe ! soupira-t-elle. C'est incroyable ! À part venir de Hudville, nous n'avons rien en commun. Penser que Gert et Ev nous chaperonnent, Artie, Fran-cie, Bob, Betsy et moi ! Les jumelles sont les seules à pouvoir revenir à Hawaii tous les trois mois. C'est lamentable ! Elles ne savent profiter de rien de ce qu'offre Hawaii. Tout ce qu'elles font, c'est parader toute la journée dans leurs paréos et nous servir de chaperons pendant les repas. Ce soir, je vais dîner avec les autres puisque c'est la seule manière de manger gratuitement, mais après, bonsoir ! Elles sont de plus en plus radines, ces temps-ci. Elles nous dissuadent même de manger des amuse-gueule avec l'apéritif. L'autre soir, elles sont allées jusqu'à nous inviter dans leur chambre et nous faire avaler des vulgaires crac-kers de supermarché avec un pinard infect pour ne pas avoir à payer les cocktails servis dans les bars. Ce n'est sûrement pas ce que voulait notre bienfaiteur.

Et cette Francie ! Elle m'exaspère à me poser tous les soirs des questions sur ma vie privée ! Je n'ai pas du tout l'intention d'en parler, surtout à elle, elle est plus vieille que ma mère. Elle m'a avoué l'autre soir qu'elle avait le béguin pour Ned. Au moins, ils ont à peu près le même âge.

Tout en agitant ces pensées, Joy regardait Bob et Betsy se lancer de l'eau à coups de pied. Bob avait même l'air de se piquer au jeu et d'y prendre un malin plaisir. Je lui souhaite de tomber sur les fesses, pensa-t-elle en lançant un coup d'œil à Zeke. Il lui avait dit la veille qu'il était sociable de nature. Je devrais peut-être aller parler à Bob et Betsy pour lui montrer que je suis sociable moi aussi.

Elle se leva donc de son transat et, sachant que Zeke n'en perdait pas une miette, marcha vers l'eau de sa démarche la plus sexy. Bob et Betsy lui tournaient le dos sans se rendre compte qu'elle était derrière eux. Joy entendit quelques bribes de ce qu'ils se disaient. Ils se prennent vraiment pour Bonnie et Clyde ? se demanda-t-elle, effarée. Ils sont décidément ailleurs, pas dans un monde normal.

— Salut ! leur lança-t-elle pour annoncer sa présence.

Ils se retournèrent en sursautant.

— Joy ? Qu'est-ce que vous faites ici ?

— J'étais sur la plage et je vous ai vus passer. Qu'est-ce que vous faites ici vous-mêmes ? Vous n'êtes pas vraiment habillés comme il faut pour vous baigner.

— Nous nous accordons une récréation, expliqua Bob. Nous étions tellement concentrés que nous avons eu besoin de prendre l'air.

— C'est malheureux de devoir travailler quand on est en vacances, commenta Joy.

Tu ne crois pas si bien dire, ma petite, pensa Betsy.

— Notre livre rendra service à des tas de gens, déclara Bob. Vous êtes jeune, vous. Vous ne pouvez pas imaginer qu'une vie de couple puisse perdre son attrait au bout de quelques années. Pourtant, croyez-moi, cela arrive. Nous avons tous besoin d'aide dans ce domaine.

Joy lança un discret coup d'œil à Zeke qui trônait, beau comme un dieu grec, sur sa grande échelle. Avec lui, se dit-elle, la vie ne risque pas de devenir ennuyeuse.

— Oui, renchérit Betsy avec conviction, la vie peut

devenir monotone et ennuyeuse. Avez-vous eu l'occasion de parler à votre mère depuis votre arrivée ?

— Oui.

— Comment va-t-elle ?

— Bien. Elle m'a dit qu'il pleuvait.

— Quoi de neuf, à part cela ? soupira Betsy.

Pas question de rester coincée à Hudville pour finir comme ces deux-là, pensa Joy. La pluie leur a ramolli le cerveau.

— Rien de neuf, répondit-elle. Bon, je vais retourner me détendre sur mon transat. À ce soir.

— Allons-nous encore prendre l'apéritif dans la chambre de Gert et d'Ev ? s'enquit Bob.

— J'espère bien que non ! s'exclama Joy.

— Il ne nous reste que deux jours à passer ici. Je crois les avoir entendues dire qu'il fallait liquider le vin qu'elles avaient acheté.

— La bonbonne est si grosse qu'on n'en viendra jamais à bout. C'est le vin le moins cher qu'on puisse trouver. Si vous voulez mon avis, elles trichent et font des économies sur notre dos.

— Vous croyez ? demandèrent en chœur Bob et Betsy.

— Oui. Une de mes amies qui a gagné le voyage il y a trois ans m'a dit qu'elle recevait de l'argent de poche et que les membres du groupe étaient libres de faire ce qu'ils voulaient, sauf pour les petits déjeuners et quelques dîners. Nous autres, si nous ne mangeons pas à tous les repas avec les jumelles et si nous ne voulons pas payer nos repas, nous n'avons que le droit de mourir de faim.

— Cela ne vous plaît pas de manger avec le groupe ? s'étonna Bob d'un ton ulcéré.

— Ce n'est pas le bagne, admit Joy. J'aurais quand

même préféré avoir un peu d'argent pour faire de temps en temps ce qui me plaît. Mais, comme je viens de finir mes études, je n'ai rien pu mettre de côté.

Sous le regard horrifié de Betsy, Bob sortit son portefeuille et y prit trois billets de vingt dollars qu'il tendit à Joy.

— Tenez, allez vous amuser ce soir.

— Mais non, voyons ! Merci mille fois, mais ce n'est pas possible.

— J'insiste.

Joy hésita – pas longtemps.

— Dans ce cas... eh bien, merci beaucoup.

Sur quoi, elle prit les billets et alla rejoindre le maître nageur.

— Salut ! l'accueillit Zeke en faisant tourner son sifflet autour de son index avec une virtuosité due à une longue pratique.

— Dis donc, roucoula Joy, c'est moi qui paie à boire ce soir.

— Ce type bizarre t'a donné de l'argent ?

— Oui, il est de Hudville, lui aussi. C'est un vieux, mais il aime bien flirter. Il m'a donné de l'argent parce que nos guides sont radines comme c'est pas permis.

— Quelqu'un du dernier groupe de Hudville m'a dit la même chose.

— Ah oui ? Qui ça ? demanda Joy, inquiète de savoir s'il s'agissait d'une fille.

— Un type sympa avec qui j'étais devenu copain quand on est allés surfer tous ensemble. Il m'a dit que c'était super de gagner le voyage, mais qu'ils avaient surnommé ces deux bonnes femmes les Jumelles Pingres.

— C'est vrai ? Pourquoi tu ne m'en as pas parlé hier soir ?

— Parce qu'hier soir, je ne pensais pas à elles mais à toi, répondit Zeke. Allez, à tout à l'heure.

Et il se retourna vers la mer qu'il scruta de son regard le plus professionnel.

Joy marchait sur un nuage en regagnant son transat. Zeke avait vraiment l'air de tenir à elle. Une fois étendue, les yeux clos, elle prit une décision. Elle allait réunir le groupe pour une petite fête, sans Gert et Ev bien entendu. C'était franchement infect qu'ils ne puissent pas profiter du voyage comme ils y avaient droit. Le vieux qui avait légué de l'argent voulait que tout le monde prenne du bon temps et ramène le soleil à Hudville, comme il disait. Qui serait capable de ramener le soleil quand on a l'impression d'être enfermé dans un camp militaire ?

Pendant ses dernières années à l'école, Joy avait participé à un atelier psychologique destiné à s'affirmer pour se rendre utile à des causes valables. Eh bien, celle-ci sera ma première bonne cause. Révoltons-nous contre les Jumelles Pingres.

Comment se serait-elle doutée qu'il était périlleux pour un membre du groupe de se dresser contre l'autorité impérieuse de ce duo ?

32

– Alors, Will, attaqua Regan, pourquoi ne me racontez-vous pas ce qui se passe réellement ?

– Je ne sais pas par où commencer.

– Pourquoi pas par le commencement ? Vous connaissez le proverbe : « La vérité libère. »

– Je voudrais bien que ce soit vrai.

– Essayez.

Ils étaient dans le bureau de Will dont la porte était close. Une fois de plus, Janet avait l'ordre de bloquer tous les appels. La mine encore plus défaite que deux heures auparavant, Will joignait les mains comme s'il priait. Regan en déduisit qu'il allait se confesser.

– Je n'ai rien fait de mal, commença-t-il. Mais certaines coïncidences pourraient paraître suspectes.

Regan se retint de ne pas se boucher les oreilles.

– Le soir de la mort de Dorinda, poursuivit-il en hésitant, elle est venue dans mon bureau juste avant de partir. Il était tard, parce qu'elle avait pris beaucoup de photos dans les restaurants, les bars et les réunions privées, et que j'avais moi aussi du travail. À cause du bal, tout le monde ne parlait que du lei qui allait être vendu aux enchères. Je lui ai dit que j'avais chez moi un lei exceptionnel que mes parents avaient acheté à Hawaii des années auparavant. Elle m'a demandé si elle pouvait le photographier pour le numéro du bulletin où elle parlerait du bal. J'ai donc apporté le lei ici et je le lui ai confié avant qu'elle s'en aille. C'est la dernière fois que je l'ai vue en vie.

– Le lei qu'elle portait quand elle a été retrouvée était donc à vous ? demanda Regan, stupéfaite.

– Oui.

– Vos parents l'avaient acheté il y a combien de temps ?

– Trente ans.

– Il avait été volé il y a trente ans !

– Je le sais maintenant, mais je vous jure que je n'en avais pas la moindre idée jusqu'à ce matin.

– Où vos parents l'avaient-ils acheté ?

– À l'aéroport, à un gamin qui avait les doigts de pieds trop longs.

– Je vous demande pardon ?

– J'ai eu ma mère au téléphone ce matin. Elle m'a dit que ce garçon portait des sandales et qu'elle avait été fascinée par la longueur de ses orteils.

– Beaucoup de gens ont des pieds plus ou moins difformes, commenta Regan. Ce n'est pas ce qu'il y a de pire au monde. Il vaut mieux avoir les pieds d'une forme inhabituelle que des cors ou des durillons. C'est beaucoup plus douloureux.

– Je sais, mais ma mère a trouvé la longueur de ses doigts de pieds exceptionnelle.

– S'il est encore en vie, ce garçon a trente ans de plus. Se souvient-elle d'autre chose à son sujet ?

– Non. Il n'a sûrement plus la même allure, mais je suis prêt à parier n'importe quoi que ses pieds doivent être encore identifiables.

– Ce gamin serait donc le voleur du lei ?

Will poussa un profond soupir.

– Oui. Comprenez-vous, Regan ? Je ne peux dire à personne que ce lei était dans ma famille ces trente dernières années, cela me rendrait au moins suspect pour un tas de raisons.

– C'est vrai.

– N'en rajoutez pas, de grâce !

– Excusez-moi, Will. Bien qu'il puisse en effet paraître suspect que vos parents aient possédé un lei volé dans un musée, je suis certaine qu'ils ne s'en doutaient pas quand ils l'ont acheté.

– Bien sûr qu'ils n'en savaient rien ! Ils l'ont payé au gamin, ils sont montés dans l'avion et n'y ont plus jamais repensé. Ma mère le portait dans les grandes occasions. Elle disait que ce lei lui donnait l'impression d'être une reine.

– Elle doit avoir un sixième sens.

– Elle a quelque chose, en tout cas, soupira Will. Mais vous rendez-vous compte, Regan, à quel point ma réputation est en jeu ? Quand elle est morte, Dorinda portait mon lei, un lei volé de grande valeur. Cela suffit à me rendre suspect de l'avoir tuée.

– La police a adopté la thèse de la noyade accidentelle. Que Dorinda ait ou non porté votre lei, ils ne croient pas au crime. Pourtant, Will, c'est vous qui m'avez demandé d'enquêter parce que vous y croyez. Pourquoi ? Si vous craignez d'être soupçonné, pourquoi ne pas avoir tout simplement laissé la police classer le dossier ?

De plus en plus mal à l'aise, Will poussa un soupir à fendre l'âme.

– Quand j'ai confié le lei à Dorinda, j'ai eu un mauvais pressentiment. Ma mère y tenait beaucoup et je n'avais pas le droit de le prêter. Dorinda m'a dit qu'elle rentrait directement chez elle, je lui ai donc demandé si elle pouvait prendre tout de suite la photo et que je passerais chercher le lei en rentrant chez moi un peu plus tard, parce que je devais rester terminer mon travail.

— Alors, qu'a-t-elle dit ?

— Qu'une fois chez elle, elle disposerait le lei sur un morceau de velours noir, réglerait les éclairages et prendrait la photo. Elle m'a proposé de boire un verre chez elle. Je n'y tenais absolument pas, c'était scabreux en l'absence de ma femme. Mais je ne voulais pas laisser le lei chez elle jusqu'au lendemain, et le lui redemander alors que je venais à peine de lui remettre aurait été ridicule. Alors, j'ai accepté, mais juste pour un verre. Je tenais absolument à récupérer le lei, sinon je n'aurais pas pu dormir. Ma femme ne pouvait pas sentir Dorinda, ajouta Will.

Décidément, pensa Regan, ce n'est pas simple.

— Votre femme a-t-elle vu le numéro du bulletin avec sa photo ?

— Pas encore. Bref, mon travail fini, je suis allé à l'appartement de Dorinda, j'ai sonné à la porte et elle n'a pas répondu. J'ai attendu dans ma voiture en l'appelant de temps en temps sur mon portable, mais elle ne répondait pas non plus au téléphone. Finalement, de guerre lasse, je suis rentré chez moi. Le lendemain matin en arrivant, j'ai appris que son corps avait été rejeté sur la plage par les vagues et qu'elle portait le lei autour du cou. Là, ça m'a vraiment fait un coup. Je lui avais remis le lei dans un sachet de daim en lui recommandant d'en prendre le plus grand soin. À mon avis, elle se l'est mis au cou à peine sortie de mon bureau. Seulement, Regan, Dorinda avait l'intention de rentrer directement chez elle. Elle m'aimait bien et elle savait que je passerais chez elle. Elle ne s'est donc sûrement pas arrêtée sur la jetée ce soir-là. Et depuis, je ne cesse de penser que quelqu'un a dû me voir dans ma voiture devant son appartement le soir même de sa mort.

Regan garda le silence quelques instants pour réfléchir.

– D'après tout ce que j'ai entendu dire sur Dorinda, elle était impulsive. Peut-être a-t-elle décidé à la dernière minute de s'asseoir sur la jetée comme elle le faisait d'habitude.

– Non, je n'y crois pas, répondit Will avec conviction. Quelqu'un a dû l'attirer vers l'eau.

– Si elle portait le lei, elle a peut-être voulu l'exhiber devant quelqu'un qu'elle aurait rencontré sur la plage.

– Ce n'est pas impossible. Mais qui ? Ce quelqu'un l'a-t-il volontairement frappée ou même tuée ? Fera-t-il encore d'autres victimes ? Comprenez-moi bien, Regan, je ne veux à aucun prix qu'on découvre mon implication dans cette malheureuse affaire, mais je suis persuadé qu'on a tué Dorinda et que le coupable doit payer pour son crime.

– Vous savez, Will, Dorinda a blessé beaucoup de gens depuis des années. Ma propre mère l'a été par un de ses articles. Il peut donc s'agir d'une personne à qui elle a causé du tort ou qu'elle avait l'intention de ridiculiser, voire pire. Il peut aussi s'agir tout simplement d'un inconnu qu'elle aurait croisé en rentrant chez elle.

– Je voudrais bien le savoir.

– J'ai aussi appris qu'elle était harcelée par un type qui voulait qu'elle l'interviewe. Il crée des vêtements hawaiiens, paraît-il. Savez-vous s'il pourrait être le patron de Jazzy ?

– Oui, Claude Mott. Il veut lancer sa gamme de produits et il insistait auprès de Dorinda pour qu'elle parle de lui, mais elle a refusé.

– Il finance le bal, m'a-t-on dit.

– En effet. Mais je ne pouvais pas intervenir pour dire à Dorinda qui elle devait interviewer pour un magazine n'ayant rien à voir avec l'hôtel.

– Jazzy n'y a fait aucune allusion quand elle m'a dit tout le mal qu'elle pensait de Dorinda.

– C'est bien du Jazzy.

– Il va falloir que je lui parle. J'aimerais aussi rencontrer ce Claude Mott.

– Il arrive ce soir. Il occupera une de nos plus belles suites.

– Bien. Autre chose : j'ai rencontré ce matin au bar un couple qui fait partie d'un groupe venu d'un endroit où il pleut beaucoup.

– Ah oui, le groupe du Club Vive la Pluie.

– Comment dites-vous ?

– Ils descendent ici depuis trois ans, conclut Will après avoir raconté à Regan l'histoire du club.

– Je vais garder un œil sur ce couple, il m'a paru bizarre. Je les ai surpris qui sortaient de la lingerie à mon étage. L'homme a prétendu qu'il voulait simplement prendre quelques serviettes. Mais avec ce que vous m'avez dit sur ce qui se passe à l'hôtel, j'ai des doutes.

– Ces gens-là viennent ici pour la première fois. Ils vous paraissent peut-être bizarres, mais ils n'ont sans doute rien à voir avec nos problèmes qui ont commencé depuis longtemps. Je serai quand même content qu'ils s'en aillent. Les deux femmes qui dirigent le groupe n'ont pas arrêté d'être sur mon dos pour que je baisse nos tarifs, ce que j'ai déjà accepté

190

plusieurs fois. Maintenant, j'ai décidé de ne plus traiter avec elles. Si elles veulent revenir, elles paieront le prix normal. Je leur ai accordé trop d'attention et trop d'avantages, elles n'en valent pas la peine.

— Surtout si les membres de leur groupe volent vos serviettes, dit Regan en souriant.

Will se détendit un peu et sourit à son tour.

— Quand vos parents doivent-ils arriver ? demanda Regan.

— Demain.

— Et votre femme ?

— Ce soir, Dieu merci. Cela me laissera le temps de lui faire accepter l'arrivée de ses beaux-parents. Sans compter l'histoire du lei...

Regan se leva.

— Je vais voir si je peux trouver Jazzy et je ferai une ronde d'inspection dans l'hôtel. Je crois savoir que le cousin de Dorinda doit arriver aujourd'hui ou demain. Pouvez-vous me prévenir quand il sera là ? J'aimerais lui parler. Je lui demanderai aussi de jeter un coup d'œil à l'appartement de Dorinda, j'y trouverai peut-être quelque chose qui pourrait nous être utile.

— D'accord.

— Et cessez de vous inquiéter, Will, vous faites exactement ce qu'il faut. J'aimerais surtout retrouver ce garçon qui a vendu le lei à vos parents.

— Ils seront ici demain. Ma mère sera enchantée de vous décrire ses orteils, j'en suis sûr.

— J'ai hâte de faire sa connaissance, dit Regan en souriant.

— Elle a dû me léguer son sixième sens, dit Will en redevenant sérieux. Cela paraît absurde, je sais, mais j'ai l'intime conviction que l'assassin de Dorinda et le voleur du lei sont parmi nous.

– Je ferai tout ce que je pourrai pour les retrouver, le rassura Regan avant de se retirer.

J'aurais probablement eu moins de mal à affronter le blizzard du siècle à New York, pensa-t-elle en refermant la porte.

33

Pendant qu'il reprenait le chemin de l'hôtel avec Artie et Francie, Ned se sentait poussé par une force irrésistible vers le musée des coquillages. Le besoin de revoir ce lei, qu'il avait si brièvement possédé trente ans auparavant, l'obsédait. Le voler à nouveau lui conférerait un sentiment de puissance dont il se grisait à l'avance. Il savait aussi que ce qu'il éprouvait était pire que malsain, lamentable – ses dix ans de psychothérapie avaient laissé des traces –, mais il s'en moquait.

Le minibus les déposa devant l'hôtel à trois heures.

– On mange quelque chose avant d'aller à la plage comme convenu ? demanda Francie.

– Désolé, je ne peux pas, s'empressa de répondre Ned.

– Vous aviez dit que vous aviez faim ! protesta Francie.

– Oui, mais je n'aurai pas le temps de manger. Il faut que j'aille voir le patron. Il vous aime bien, mais il me reproche de trop m'occuper de votre groupe et pas assez des autres clients. Je prendrai un verre avec vous tout à l'heure.

– Dans ce cas, dit Francie avec une moue de dépit,

j'irai au spa voir si je peux avoir un massage et un bain d'algues.

— J'en ai déjà pris un, grommela Artie. Quand j'ai été renversé par les vagues, j'avais l'impression de me fondre dans l'océan.

— Mais ça vous a plu ? voulut savoir Ned.

— Mmouais, admit Artie sans conviction.

Ils regagnèrent ensemble leur chambre. Ned se précipita sous la douche, Artie prit une bouteille d'eau minérale dans le minibar et sortit sur le balcon. La vue sur la plage incitait à se relaxer tandis que la chaleur et l'intensité du soleil commençaient à décroître, comme si le monde se laissait aller à la douceur de l'heure.

Pas dans la douche, en tout cas. Ned se savonna à une vitesse record, se rinça au même rythme et se sécha en se frottant avec une serviette comme s'il étrillait un cheval. Toujours courant, il alla dans la chambre, s'habilla en un tournemain et chaussa une paire de mocassins en jetant un regard aux sandales qu'il s'était achetées sur un coup de cœur dans une des boutiques de l'hôtel. Je devrais les mettre, hésita-t-il. Je me fiche de ce que les gens pensent de mes pieds, après tout. Non, pas maintenant. Je ne veux pas penser à mes pieds en ce moment, même si les sandales conviendraient mieux à ce que je vais faire. Je portais des sandales quand j'ai volé le lei, elles me porteraient peut-être chance aujourd'hui, hésita-t-il encore. Et puis, non.

La perspective de revoir le lei lui donnait des ailes. Avant de partir, il prit quand même le temps de s'arrêter à l'entrée du balcon.

— À tout à l'heure ! lança-t-il à Artie.

194

– Venez à la plage quand vous aurez fini. Francie doit m'y rejoindre après sa séance au spa.

– D'accord.

En hâte, il empoigna dans le placard une casquette de base-ball et un sac à dos et sortit avant qu'Artie lui parle encore de ses projets. Artie était plus que bizarre, pensa-t-il une fois de plus. Ses sorties nocturnes sur la plage, la manière dont il pliait et dépliait constamment les doigts, son manque total de savoir-faire avec les femmes. Ned l'avait vu un soir au bar essayer de draguer deux filles qui ne lui avaient même pas accordé un regard. Même Dorinda Dawes, qui flirtait à tout bout de champ avec tous les hommes, l'avait éconduit presque grossièrement quand il lui avait fait timidement des avances après qu'elle l'eut photographié. Pauvre Dorinda ! Dire qu'ils avaient commencé à travailler à l'hôtel presque en même temps.

Une fois dehors, Ned appela les renseignements sur son portable pour demander l'adresse du musée – il n'était pas allé dans les parages depuis trop longtemps pour s'en souvenir. Il acheta ensuite un plan au stand qui vendait des journaux et des cartes postales afin de repérer exactement l'endroit.

Il sauta dans un taxi devant l'hôtel, donna par précaution une adresse éloignée de sa destination, pour que le chauffeur ne se rappelle pas avoir chargé au Waikiki Waters un client qui se rendait au musée. Quelques kilomètres plus loin, il fit arrêter le taxi sur une section de route déserte qui longeait la plage.

– C'est vraiment ici que vous voulez que je vous dépose ? s'étonna le chauffeur.

– Oui.

– Mais il n'y a rien dans le coin.

– J'aime marcher dans des endroits tranquilles.

Après un quart d'heure de marche, Ned arriva en vue du musée. Le cœur battant, il se remémora les sentiments qu'il avait éprouvés trente ans plus tôt. Il n'était qu'un gamin à l'époque, aujourd'hui il était un homme dans la force de l'âge, mais l'exaltation était identique. Tout était calme, il n'y avait personne sur la plage, le musée se dressait seul, à l'écart. En s'approchant des marches menant au musée, il découvrit une table de pique-nique. Un personnage drapé dans une sorte de toge était assis, le dos à la table, tourné vers le soleil qui amorçait sa descente sur l'horizon. Les yeux clos, les paumes des mains tournées vers le ciel, il paraissait plongé dans la méditation. Est-ce le même que celui qui avait fait un scandale après le vol il y a trente ans ? se demanda Ned. Il l'avait vu le lendemain à la télévision. S'il avait changé, il portait toujours la même tenue.

En s'approchant lentement, Ned s'aperçut avec stupeur que les deux célèbres leis étaient posés sur la table. Là, à quelques pas de lui ! J'y vais, j'y vais pas ? se demanda-t-il, hésitant un bref instant. Bien sûr que oui ! décida-t-il. Comment résister ? Ils sont là, à portée de main. Si le type ouvre les yeux et me demande ce que je fais, je pourrai toujours répondre que je voulais juste regarder.

Sans bruit, Ned s'approcha, tendit le bras. Il soulevait les deux leis du bout de l'index quand le personnage méditatif rouvrit les yeux avec un sourire de contentement et commença à se retourner. Avant d'avoir eu le temps de comprendre ce qui lui arrivait, Jimmy se sentit poussé avec violence et tomba à la renverse, heurtant de la tête le ciment de la première marche.

La douleur qu'il ressentit était épouvantable. Mais ce n'est qu'après s'être relevé péniblement et avoir constaté que les leis avaient disparu qu'il se mit à hurler. Et ses clameurs à faire dresser les cheveux sur la tête s'entendirent à des kilomètres à la ronde.

34

Après sa conversation avec Will, Regan repéra Jazzy assise devant une liasse de papiers dans le café où elle avait pris son petit déjeuner le matin. C'était l'occasion de bavarder avec la reine des paquets-cadeaux.

– Je peux vous tenir compagnie ?

Jazzy leva les yeux. Ses lunettes perchées au bout du nez lui donnaient une allure studieuse et efficace. Elle rejeta en arrière sa toison blonde et fit signe à Regan de s'asseoir.

– Les préparatifs du bal deviennent frénétiques, dit-elle. Nous ne nous attendions pas à un tel succès.

Regan approuva d'un signe et commanda du thé à la serveuse qui était déjà en poste le matin.

– Vous êtes toujours là ? lui demanda-t-elle.

– Encore un jeune qui s'est fait porter malade, répondit la serveuse. Les vagues doivent être bonnes aujourd'hui. Tant que mes jambes tiennent le coup, pas de problème. Ça arrondira ma retraite.

Regan lui sourit avant de se tourner vers Jazzy.

– Un succès inespéré, en effet. Il paraît qu'il n'y a déjà plus une table libre.

– C'est même un peu morbide, si vous voulez mon avis. Les gens ont d'abord été attirés par la vente du lei. Mais les articles sur la mort de Dorinda et l'autre lei ancien qu'elle portait ont décuplé l'intérêt du public pour ce bal.

La serveuse revint et posa le plateau devant Regan qui la remercia.

– Pourquoi n'êtes-vous pas à la plage ? demanda Jazzy. Vous êtes en vacances. Steve et Kit seraient sûrement contents que vous alliez les rejoindre.

– Je sais. Steve a l'air d'un garçon bien.

– *C'est* un garçon bien. Quoique, pour ma part, je m'ennuierais si je prenais ma retraite aussi jeune.

Elle plaisante ? se demanda Regan. Garder une maison vide sur la Grande Île pour un millionnaire ne constitue pas une activité professionnelle particulièrement stimulante.

Jazzy dut lire dans ses pensées, car elle enchaîna aussitôt :

– Je ne suis plus avocate dans une grande métropole, je sais, mais je ne m'en plains pas. J'aime bien travailler pour Claude, c'est beaucoup moins stressant que dans un cabinet d'avocats. Et il est très important pour nous de bien lancer sa ligne de vêtements hawaiiens.

Regan ne put s'empêcher de se demander qui englobait ce « nous ». Cela expliquerait peut-être pourquoi Jazzy n'avait pas essayé de mettre le grappin sur Steve, car les scrupules ne l'étouffaient pas.

– Cette affaire de Dorinda est de plus en plus énigmatique, dit-elle pour relancer la conversation. J'ai eu hier au téléphone une personne qu'elle avait interviewée il y a des années et qui n'a pas oublié le tour pendable qu'elle lui avait joué.

– Votre mère, n'est-ce pas ? demanda Jazzy.

– Ma mère ?

– Vous vous appelez Regan Reilly, elle Nora Regan Reilly et vous lui ressemblez beaucoup bien que vous soyez brune.

– Vous êtes digne de Sherlock Holmes, commenta Regan.

– Vous aussi.

Adieu ma couverture, pensa Regan.

– Dorinda avait interviewé ma mère, c'est exact. Elle n'avait pas particulièrement attiré sa sympathie, mais ma mère avait eu plus envie de la plaindre que de lui en vouloir.

– Dorinda avait parfaitement rodé son numéro de journaliste, répondit Jazzy en agitant la main comme pour chasser une mouche. C'était une manipulatrice, croyez-moi. Par exemple, elle a contacté Claude pour une interview dans son magazine, et puis elle s'est dédite avant de faire une nouvelle volte-face et de finir par déclarer qu'il était trop riche pour avoir besoin d'une seconde carrière et que, de toute façon, il avait de quoi vivre jusqu'à la fin de ses jours, même s'il échouait. Elle voulait, disait-elle, faire le portrait de gens poussés par l'ambition ou la nécessité, des gens qui avaient le courage d'abandonner leur job sur le continent pour réussir à Hawaii. Elle nous prenait pour des naïfs ! Claude aurait fait un excellent sujet parce que, lui, il a réellement eu le courage de se lancer dans une activité complètement différente. Sa réussite précédente n'est pas un handicap, au contraire. Et Claude n'a aucune envie de ternir sa réputation par un échec. Les gens adorent voir quelqu'un se casser la figure, c'est dans la nature humaine.

Pas toujours, s'abstint de commenter Regan qui laissa passer un bref silence en buvant son thé. Cela dit, pensa-t-elle, elle a répondu aux questions que je me posais sur son patron et j'ai tout lieu de croire que leurs rapports sont plus étroits que ceux de gens qui travaillent simplement ensemble.

– Dorinda a-t-elle souvent rencontré Claude ? demanda-t-elle en reposant sa tasse.

– Bien sûr. Nous l'avions invitée à une garden-party un peu avant Noël, quand elle prétendait brûler d'envie d'interviewer Claude. Elle a été d'une indiscrétion à peine croyable ! Elle fourrait son nez partout dans la maison. J'avais mis des billes de verre dans l'armoire à pharmacie de Claude parce que je savais de quoi sont capables les gens comme elle. Eh bien, je l'aurais parié, Dorinda s'est introduite dans la salle de bains, elle a ouvert l'armoire, les billes ont dégringolé et se sont brisées sur le carrelage. Je n'étais pas loin, je suis arrivée tout de suite avec un balai. Elle a prétendu chercher de l'aspirine parce qu'elle avait la migraine.

Dorinda et Jazzy appartiennent à la même engeance, pensa Regan.

– Pour moi, c'était la preuve que Dorinda était une enquiquineuse de première et qu'elle pouvait être dangereuse, poursuivit Jazzy. Vous savez que la première impression que l'on a d'une personne est souvent la bonne.

– Je sais, oui, approuva Regan.

Et ma première réaction en ce qui vous concerne n'était pas tellement favorable, s'abstint-elle de préciser. Comment juger quelqu'un qui piège une armoire à pharmacie avec des billes de verre au risque d'humilier une invitée ? De la même manière, sans doute, qu'une journaliste qui se fait une spécialité d'écrire des médisances, sinon des calomnies, sur les gens qu'elle interviewe.

— Et puis, reprit Jazzy, elle portait un lei volé quand elle est morte. Qu'est-ce que cela révèle sur sa personnalité ?

— Il pourrait y avoir plusieurs explications, répondit Regan avec diplomatie.

— Des explications que nous n'obtiendrons jamais, elle les a emportées dans sa tombe. Kit et vous viendrez au bal, n'est-ce pas ? demanda-t-elle.

— Bien sûr.

— J'ai dit à Steve qu'il devrait enchérir sur le lei de la princesse pour l'offrir à Kit. Ce serait romantique au possible.

— Sans doute.

— Kit a vraiment l'air de lui plaire, dit Jazzy en se penchant vers Regan comme pour lui révéler un secret. Laissez-moi quand même vous dire une chose. Il y a beaucoup de femmes dans cette île qui lui tournent autour. Steve est le Parti Rêvé avec un grand P et un grand R. Celle qui l'attrapera aura la chance de sa vie.

— Et s'il attrape Kit, répondit Regan en souriant, il aura aussi la chance de sa vie.

— Vous avez raison, répondit Jazzy en riant. Allons, nous nous amuserons bien demain soir. J'ai hâte de voir jusqu'où montera le prix de ce lei ! Et s'ils mettent les deux en vente, ce sera de la folie !

— Intéressant, en tout cas, approuva Regan.

Quelqu'un aura-t-il l'idée de proposer une minute de silence en mémoire de Dorinda ? se demanda-t-elle. C'est peu probable. Elle le mériterait pourtant.

35

Ned partit en courant de toutes ses forces pour s'éloigner le plus possible du musée des coquillages. Tout s'était passé trop vite. Il ne s'était évidemment pas attendu à voir les deux leis sur la table et, à peine les avait-il vus, qu'il avait compris qu'il n'y avait pas à hésiter. Les leis étaient maintenant au fond de son sac à dos de nylon jaune. Il serait toujours temps d'aviser.

Il héla un taxi et se fit conduire dans le quartier commerçant de Waikiki. Il n'était pas question, à l'aller comme au retour, de laisser sa trace près de l'hôtel. Heureusement, le chauffeur ne fit même pas attention à lui. Il écoutait de la musique dans les écouteurs de son baladeur et répondit par un vague grognement qu'il avait compris la destination indiquée par son client. Sur la banquette arrière, Ned sentait son cœur battre à un rythme accéléré. Sans réfléchir, il avait repoussé le gros type quand il s'était retourné. Ned n'avait pas non plus prévu qu'il pousserait aussi vite des hurlements aussi assourdissants. S'il venait de méditer, on pouvait penser qu'il lui aurait fallu un peu plus de temps pour réagir de cette manière.

Ned descendit du taxi au centre commercial de l'avenue Kalakaua et se mêla sans difficulté à la foule des touristes japonais et américains qui entraient et sortaient des élégantes boutiques. Il était quatre heures de l'après-midi. Que vais-je faire des leis ? se demandait-il en réfléchissant le plus vite possible. Les emporter dans la chambre ? Et si Artie les voyait ? Il faut donc les cacher jusqu'au départ du groupe. Je trouverai ensuite un endroit sûr.

Il entra dans une papeterie, acheta une boîte en carton, du papier d'emballage de cadeaux décoré de danseuses sexy, du ruban adhésif et une petite paire de ciseaux. Il marcha ensuite jusqu'à ce qu'il trouve une ruelle déserte où il s'accroupit pour préparer son paquet.

— C'est gentil ce que vous faites, dit un vieil homme qui passait.

— Vous n'avez pas idée, marmonna Ned en finissant de coller le ruban adhésif.

Il mit la boîte dans le sac en papier de la boutique, se releva, prit son sac à dos et s'aperçut qu'il était sale et graisseux, car il l'avait posé sur une flaque d'huile de voiture invisible dans l'ombre. Ned le rejeta par terre et, son sac en papier à la main, reprit le chemin de l'hôtel.

Tout en marchant dans la rue, il regrettait de ne pas avoir le temps d'admirer les leis jusqu'au départ d'Artie. Il serait trop dangereux de les sortir de la boîte dans la chambre. Après, se dit-il, je trouverai sûrement un amateur disposé à les acheter un bon prix.

Quand il arriva dans le hall de réception, clients et employés de l'hôtel discutaient avec animation des dernières nouvelles.

— Hé, Ned ! le héla un jeune groom. Vous savez ce qui vient d'arriver ?

Glenn travaillait à l'hôtel depuis deux ans. Il arborait un sourire permanent et un air toujours un peu ahuri. Derrière son dos, les autres le surnommaient « le chouchou », parce que Will l'avait pris sous son aile et le préparait à gravir comme lui les échelons de la hiérarchie.

– Non, répondit Ned. Quoi donc ?

– Les deux leis royaux ont été volés au musée des coquillages. On ne parle que de cela à la radio. Il n'y aura plus rien à vendre aux enchères demain soir au bal.

– Pas possible ! s'exclama Ned. Pauvre Will, lui qui comptait tant sur la réussite de ce bal !

– Il n'est pas heureux, vous pouvez me croire. Beau papier d'emballage, ajouta Glenn en regardant le contenu du sac en papier que portait Ned.

– Hein ? Ah oui, ajouta Ned en baissant les yeux. Ce truc-là.

– Qu'est-ce que vous avez, là-dedans ?

– Un cadeau marrant qu'une de mes amies m'a demandé d'acheter pour une soirée où elle doit aller. Je lui ai dit que je le laisserais au comptoir des grooms, elle doit passer le chercher tout à l'heure. Vous pouvez le déposer en passant ?

– Bien sûr. Comment elle s'appelle ?

– Donna Legatte, improvisa Ned.

– J'adore les cadeaux gags. Qu'est-ce que vous lui avez trouvé ?

Pourquoi faut-il que cet imbécile soit aussi curieux à un moment pareil ? se demanda Ned, agacé.

– Des jouets, vous savez, des trucs idiots pour les petites filles. L'amie chez qui elle va enterre sa vie de jeune fille.

Il faudrait quand même que je fasse attention à ce que je dis, pensa Ned, exaspéré.

Avec un sourire entendu, Glenn lui donna une tape sur l'épaule.

– Soyez tranquille, je prendrai bien soin de votre précieux paquet. Vous ne voudriez surtout pas l'égarer, hein ? Oh, un client !

Il prit le sac de la main de Ned et se précipita ouvrir la portière d'un taxi d'où descendit un couple décoré de leis floraux.

– Bienvenue au Waikiki Waters, les salua Glenn. Nous sommes enchantés de vous accueillir.

Ned tourna les talons et traversa le hall en se demandant s'il avait pris la bonne décision. Il aurait peut-être mieux valu risquer d'emporter les leis dans la chambre.

– Ned ! le héla une réceptionniste. Will veut vous parler.

– Tout de suite ?

– Oui.

– Bon, j'y vais.

Il contourna le comptoir et ouvrit la porte du bureau.

– Il est là, dit Janet en lui montrant la porte de Will.

Ned frappa et entra. Will lui fit signe de s'asseoir.

– Nous avons de gros ennuis, Ned, dit-il après avoir raccroché le téléphone.

– Je viens d'apprendre que les leis ont été volés.

– Il y a pire. Mes parents arrivent demain.

Soulagé de constater qu'il ne serait pas question du contenu de son paquet, désormais mêlé aux bagages de clients tout juste arrivés ou en instance de départ, Ned ne put s'empêcher d'éclater d'un rire sans doute contagieux parce que Will lui fit écho. Évacuer au moins une petite partie de sa tension nerveuse lui fit du bien. De plus, Ned lui était sympathique. Le genre de type solide et sans problèmes qu'un homme peut avoir pour ami.

— Je ne devrais pas trouver cela drôle, s'excusa-t-il. La disparition des leis nous plonge dans le chaos. En plus, comme je vous le disais, mes parents arrivent demain matin. Ils seront fatigués mais, tels que je les connais, ils ne voudront pas rester se reposer dans leur chambre. Il faudra que je trouve un moyen de les occuper, sinon ma mère rendra la vie impossible à tout le monde. Pourrez-vous les emmener passer deux ou trois heures à la plage ? Ou même leur faire faire une promenade en bateau demain après-midi ?

— Bien sûr, Will. Pas de problème.

— Comment ça se passe avec le groupe des Sept Veinards ?

— Pas trop mal. J'en ai emmené deux faire du surf ce matin. Vous savez peut-être déjà que Gert et Ev font la tournée des hôtels pour trouver des conditions plus avantageuses.

— Ces deux-là me cassent les pieds depuis un an pour que je leur consente des remises, répondit Will d'un air dégoûté. J'ai même été obligé de vous loger dans une de leurs chambres pour leur faire faire des économies. J'en ai plus qu'assez.

— Je sais et je vous comprends.

— Vous êtes un brave type, Ned, je ne vous imposerai plus jamais ça. Qu'elles aillent ailleurs. Les premières fois, elles dépensaient de l'argent et tout le monde s'amusait. Maintenant, ces deux bonnes femmes sont d'une avarice sordide. Leur groupe doit partir lundi et ce ne sera pas trop tôt.

— Celui avec qui je partage la chambre est un drôle de pistolet, vous savez ? Par moments, il m'inquiète.

— À ce point ?

– Oui. Quant au couple censé écrire sur les joies de la vie conjugale, ils sont invraisemblables. Plus rasants qu'eux, ce n'est pas concevable. En plus, la plus jeune a parlé au petit déjeuner de ce qui se passe à l'hôtel.

– Qu'est-ce qu'elle a dit ?

– Elle avait entendu dire Dieu sait où que l'hôtel était dangereux et que Dorinda a peut-être été assassinée.

– Des rumeurs de ce genre peuvent nous causer un tort considérable. Nous avons eu quelques petits problèmes, je sais, mais nous faisons en sorte qu'ils ne se reproduisent plus. Quant à Dorinda, la police estime qu'elle s'est noyée accidentellement. Alors...

Will ne termina pas sa phrase et se leva. Ned fit de même.

– Vous n'avez pas l'air de prendre le vol des leis trop au tragique, observa Ned.

– Bien au contraire, Ned. Si jamais je mets la main sur celui qui l'a fait, je l'étranglerai avec plaisir.

– Je ne vous le reprocherais pas, approuva Ned. Mais qui sait ? Ils reparaîtront peut-être aussi mystérieusement d'ici demain soir. Je serai ravi de faire la connaissance de vos parents, M. et Mme Brown.

– À leur âge, ils préfèrent qu'on les appelle par leurs prénoms. Ils croient que cela les rajeunit.

– Ma foi, s'ils y tiennent. Comment s'appellent-ils ?

– Bingsley et Almetta. Des prénoms inoubliables, n'est-ce pas ?

Ned faillit s'étrangler.

– Oui, p... plutôt, bafouilla-t-il. Ils sont déjà venus à Hawaii ?

– Souvent depuis que je m'y suis installé. Ils étaient tombés amoureux du pays il y a trente ans, lors de leur premier voyage à Oahu. Ils s'y étaient tellement plus qu'ils y sont toujours revenus.

— Ils ont bien raison, opina Ned. Je ferai de mon mieux pour les distraire, soyez tranquille.

— Je vous préviens, Ned, ce ne sera pas une sinécure. Ma mère est du genre envahissant.

Des représentants de la presse locale et nationale s'étaient rassemblés au musée des coquillages pour interviewer Jimmy. Il était dans le hall d'entrée, une poche à glace sur la tête, cerné par une forêt de caméras et de micros.

— Jimmy tuera de ses mains celui qui a volé mes leis, déclara-t-il. Je le tuerai.

— Que faisiez-vous assis dehors avec les leis ? s'enquit un reporter.

— Je remerciais Dieu d'avoir rendu à Jimmy le lei de la reine. Et maintenant, ils sont tous les deux envolés !

— Avez-vous une idée de qui s'est glissé traîtreusement derrière vous et vous a fait tomber ?

— Non. Si Jimmy le savait, il serait déjà lancé à ses trousses. Mais ce misérable malfaiteur était fort. Il faut une force herculéenne pour faire tomber Jimmy comme il l'a fait.

— Vous ne pouvez pas l'identifier d'une manière ou d'une autre ?

— Jimmy se concentre avec intensité. Il se souvient d'avoir vu un éclair jaune passer devant ses yeux.

— Un quoi jaune ? cria un journaliste du fond de la salle.

– Un quelque-chose jaune. Quand Jimmy est tombé, il a aperçu une chose jaune passer devant lui à la vitesse d'un éclair.

– Vous ne vous rappelez rien d'autre ?

– Qu'exigez-vous en plus de Jimmy ? Jimmy aurait pu se faire tuer ! C'est quelque chose, non ? La police devrait savoir quoi faire.

– Auriez-vous autre chose à nous dire, Jimmy ?

Jimmy se tourna face à une caméra en regardant directement l'objectif.

– Celui qui a commis ce crime aura de grands malheurs, surtout si je lui mets la main dessus. Ces deux leis royaux ont été volés à la femme qui les avait fabriqués juste avant qu'elle les remette à la reine et à la princesse à qui ils étaient destinés. Les hommes de la reine ont retrouvé le voleur et l'ont poursuivi jusqu'à ce qu'il se noie dans l'océan. Hier, on a retrouvé le lei royal qui avait été volé au musée il y a trente ans. Il était au cou de la femme qui s'était noyée devant l'hôtel Waikiki Waters. J'espère que l'océan engloutira celui qui a volé mes deux leis. Un mauvais sort est sur ces leis ! Jimmy a besoin d'une aspirine, ajouta-t-il après avoir marqué une pause.

Les journalistes refermèrent leurs blocs-notes, les cameramen éteignirent leurs appareils.

– Un éclair jaune, dit un reporter à son voisin. Le type devrait être facile à retrouver.

Jason et Carla étaient à une table près de la fenêtre. Carla ne pouvait pas s'empêcher de lancer toutes les deux minutes un regard dans la direction des jumelles, à l'autre bout de la salle.

— Relaxe-toi et mange, lui dit Jason pour la énième fois.

— Je ne peux pas, je suis trop furieuse. Elles nous ont snobés à l'aéroport et n'ont pas même regardé ma belle bague.

— N'y pense plus.

Carla essaya de manger son *ahi* grillé, mais elle n'avait pas faim. Qu'est-ce qu'elles ont de différent aujourd'hui, ces deux-là ? se demandait-elle sans arrêt. Elle leur lança un nouveau coup d'œil. Elles étaient toutes les deux habillées de la même manière, pantalon et chemise beiges à manches longues. Carla se rappela alors les avoir vues plusieurs fois à l'hôtel en paréo à fleurs.

Une serveuse vint remplir leurs verres, Carla ne s'en aperçut même pas.

— Tu me négliges, ma chérie, lui reprocha Jason.

— Ça y est, j'y suis ! lui chuchota-t-elle. Je me souviens maintenant de ce que j'ai vu sur la plage l'autre nuit.

– Quoi donc ?

– Les paréos de ces deux sorcières étaient en train de sécher sur la balustrade de leur balcon, qui est juste au-dessus de la plage. Je me rappelle m'être dit à ce moment-là que l'hôtel ne veut pas que les clients mettent du linge à sécher sur les balcons parce que ça fait mauvais genre. Les paréos étaient trempés.

– Et alors ?

– Alors, c'était la nuit où Dorinda Dawes s'est noyée. C'est peut-être elles qui l'ont tuée. Comment peut-on tremper des paréos à ce point si on ne va pas dans l'eau avec ?

– Comment sais-tu que ces paréos étaient les leurs, Carla ?

– Parce qu'ils étaient affreux. Je suis sûre qu'ils étaient à elles. J'étais un peu pompette, d'accord, mais pas au point de ne pas me rappeler les avoir déjà vus. L'un d'eux avait un fond rose, l'autre violine, à part cela ils étaient identiques. Ils brillaient dans l'obscurité presque comme s'ils étaient phosphorescents.

De leur côté, les jumelles demandaient l'addition.

– Demande l'addition, ordonna Carla.

– Pourquoi ? Je n'ai pas fini ! protesta Jason.

– Je veux les suivre, voir ce qu'elles font.

– Quoi ? Les suivre ?

– Il le faut. Si ce sont des criminelles, c'est notre devoir de citoyen.

Jason leva les yeux au ciel.

– Tu es timbrée, grommela-t-il en faisant signe à la serveuse. Il n'y a pas de loi qui interdise de faire sécher des paréos sur un balcon.

213

– Non, admit Carla. Mais je persiste à croire que ces deux femmes sont plus que louches.

– Eh bien, nous nous en rendrons compte d'une manière ou d'une autre.

Ils n'allaient pas tarder, en effet, à s'en rendre compte.

38

Après avoir quitté Jazzy, Regan descendit à la plage. Elle repéra Kit et Steve sous un grand parasol au bord de l'océan.

– Nous vous attendions, Regan, dit Steve en se levant. Nous vous avions même réservé un transat.

– Merci, c'est gentil.

Regan s'étendit, ôta ses sandales et plongea avec délices les pieds dans le sable tiède. Kit et Steve étaient en maillot de bain et avaient les cheveux encore humides. Il n'était que quatre heures de l'après-midi, mais beaucoup de baigneurs désertaient déjà la plage.

– Tout va bien ? demanda Kit.

– Très bien.

– Vous n'avez pas l'air d'aimer beaucoup la plage, dit Steve.

– J'adore nager, mais je ne peux pas rester long-temps au soleil. J'ai beau mettre n'importe quoi sur ma peau, je grille.

– Il y a mille et une manières de griller, dit Steve en riant.

– Sans doute.

Regan croisa son regard, mais il détourna aussitôt le sien. C'est curieux, se dit-elle. Il me paraît d'un seul coup avoir plus de trente-cinq ans alors qu'il me donnait hier soir l'impression d'être plus... comment dire ? sain. En ce moment, il a l'air à la fois fuyant et usé.

— Kit m'a dit que votre fiancé est chef de la brigade spéciale de New York.

— En effet.

— Et que vous êtes détective privée.

— Exact.

— Quelqu'un qui a quelque chose à se reprocher n'a aucune chance de vous échapper si vous vous y mettez tous les deux, dit Steve en souriant.

— J'ai hâte de voir à quoi ressembleront leurs enfants, intervint Kit. Je serai la marraine du premier, Regan, ne l'oublie surtout pas.

— Alors, je serai le parrain, déclara Steve.

Kit le regarda d'un air extasié. Allons, Kit ! pensa Regan. Tu ne vois pas qu'il en fait trop ? Qu'il est du genre à offrir la lune sans aucune intention de la décrocher ? Il lui a déjà sorti le vieux truc des « tas de points communs » et elle y a cru ! Regan se força cependant à ne pas réagir comme celles qui ont la chance d'avoir rencontré l'homme idéal et, du même coup, deviennent aveugles et sourdes aux problèmes ou aux désirs de leurs amies.

— Voyons d'abord si nous avons la chance d'avoir des enfants, se borna-t-elle à répondre.

— Moi, j'en veux une maison pleine ! affirma Steve.

Je ne demanderais pas mieux que de vous croire, Steve, mais vous me compliquez la tâche, pensa Regan. Tout ce que vous faites miroiter à Kit ne sont que des lieux communs éculés. Elle les avait elle-même trop souvent entendus et, à son grand regret, y avait trop facilement cru. Je devrais remercier Dieu tous les jours de m'avoir permis de rencontrer Jack.

216

Elle vit Steve caresser le genou de Kit, Kit lui prendre la main en souriant et Steve se pencher pour y déposer un petit baiser. S'il continue, il va me donner envie de vomir, pensa Regan. On dirait qu'il fait exprès de se rendre écœurant... Elle en était à se demander si elle allait subir plus longtemps les simagrées de Steve quand son portable sonna. Sauvée par le gong ! se dit-elle avec soulagement en décrochant.

– Regan ? Janet. Nous avons un problème. Les leis ont été volés au musée et le cousin de Dorinda arrive de l'aéroport. Il sera ici dans un quart d'heure.

– Merci de me prévenir, répondit Regan en se levant. Je vous rappelle tout de suite. Je vous quitte, poursuivit-elle à l'adresse de Kit et de Steve. Je dois m'occuper de quelque chose d'urgent.

– Je vous invite à dîner ce soir à la maison, annonça Steve. Poissons grillés, salade italienne. Le même groupe qu'hier soir. Ce sera très sympa.

Je préférerais attraper un virus, s'abstint de répondre Regan.

– Sûrement, dit-elle en souriant. Kit, je te retrouverai tout à l'heure dans notre chambre.

– Je vais bientôt aller faire les courses, dit Steve. Si cela ne vous ennuie pas d'aller chez moi en taxi vous deux, je vous raccompagnerai après le dîner.

– As-tu besoin d'aide ? proposa Kit.

– Pas la peine. Il faut vous réserver un peu de temps pour être ensemble, les filles, se hâta-t-il d'enchaîner en voyant la mine déçue de Kit. Mes copains seront rentrés, ils me donneront un coup de main pour préparer le dîner.

– Excusez-moi, il faut que je rappelle mon correspondant, dit Regan. Kit, je te rejoindrai au plus tard à six heures.

Stupéfaite par la nouvelle du vol des deux leis et impatiente d'en apprendre davantage, Regan prit en hâte la direction de l'hôtel. Janet était assise derrière son bureau, les lunettes au bout du nez et le téléphone à l'oreille. Un petit téléviseur portable rediffusait la conférence de presse de Jimmy. Regan arriva au moment où il menaçait le voleur de le tuer de ses mains.

— Vous vous rendez compte ? dit Janet en raccrochant.

— Non. Comment cela a-t-il pu arriver aussi vite ?

— Je n'en sais rien. Mais laissez-moi vous dire une chose : je crois que Jimmy a raison, il doit y avoir un sort sur ces leis. En tout cas, ils mettent un sacré bazar dans notre bal.

— Quelqu'un est arrivé derrière Jimmy et a pris les leis ? C'est aussi simple que cela ?

— Exactement, confirma Janet.

— Et le fait que le voleur avait ou portait quelque chose de jaune constitue le seul indice ?

— C'est tout ce dont se souvient Jimmy.

— Will est là ?

— Il est avec quelqu'un, mais il devrait avoir bientôt fini.

Janet avait à peine terminé sa phrase quand la porte du bureau s'ouvrit.

— Salut, Regan, dit Will. Je vous présente Ned. Il travaille à l'hôtel, il aide les clients à garder la forme.

— Un peu d'exercice ne me ferait pas de mal, admit Regan en lui tendant la main.

Ned la serra si vigoureusement que Regan résista à grand-peine au besoin de la masser. Un type aussi athlétique ne doit pas se rendre compte de sa force, pensa-t-elle. Mais il a l'air nerveux.

– Enchanté d'avoir fait votre connaissance, dit Ned. À tout à l'heure, Will.

– Ned me rend de grands services, dit Will en refermant la porte. Je lui ai imposé de s'occuper de ce groupe dont nous parlions plus tôt, il a été parfait avec eux. Je dois dire qu'il est très patient.

Il ne m'en a pourtant pas donné l'impression, pensa Regan en s'asseyant.

– Alors, Will, qu'est-il arrivé à ces leis ?

– Janet vous a dit qu'ils ont été volés ?

– Oui. J'ai même vu la fin de la conférence de presse de Jimmy. C'est invraisemblable ! Ces leis vont, viennent, disparaissent, reparaissent. On croirait qu'ils mènent leur propre vie.

– Et cela se passe juste avant l'arrivée de mes parents. Avec ma veine, je parie qu'on essaiera de les vendre encore une fois à ma mère.

– Quelles conséquences leur vol va avoir sur le bal ?

– Difficile à dire. Le comité essaie de trouver autre chose à mettre en vente pour raviver l'intérêt du public. Les gens ont déjà payé leur entrée. Nous devons tout faire pour éviter les annulations et les demandes de remboursement.

– N'importe comment, cela vous fait une énorme publicité.

– Je m'en serais bien passé ! Si je survis jusqu'à la fin du week-end, ce sera un miracle.

Le vibreur de l'interphone résonna. Janet informa Will que le cousin de Dorinda venait d'arriver.

– Voilà qui devrait être intéressant, commenta Will en se levant pour aller ouvrir sa porte.

Regan se retourna et n'en crut pas ses yeux. Peut-être parce qu'il vivait en Californie et habitait la plage de Venice, elle s'attendait à voir un homme jeune, bronzé, musclé. Le cousin de Dorinda avait au moins soixante-dix ans et les cheveux d'une teinte de cirage marronnasse. Il portait une chemise hawaiienne aux couleurs criardes, un pantalon beige retenu par une ceinture de cuir blanc et des chaussures également blanches. La nuance de ses épais sourcils et de ses favoris ne correspondait pas à celle de ses cheveux. De taille moyenne, il avait un ventre rebondi comme une bouée de sauvetage. Il avait toutefois un abord courtois.

– Enchanté de faire votre connaissance, dit-il à Will après avoir posé son sac de voyage. Je suis le cousin.

Will fit les présentations.

– Bonjour, Regan, dit le cousin. Les voyages sont de plus en plus pénibles de nos jours, croyez-moi. Les files d'attente aux aéroports sont tuantes, littéralement. Il faut que je m'asseye.

– Faites, je vous en prie, s'empressa de répondre Will en lui indiquant l'autre fauteuil libre. Ainsi, vous êtes monsieur... ?

– Ah oui, Dawes. Je suis un Dawes. Le père de Dorinda était le frère du mien. Il s'est marié beaucoup plus tard que mon père. La famille croyait qu'oncle Gaggy ne se déciderait jamais à sauter le pas, mais il a fini par le faire. Voilà pourquoi il y a une légère différence d'âge entre Dorie et moi.

Une *légère* différence ? Si ce n'est pas un euphémisme, je voudrais bien savoir ce que c'est, pensa Regan. Vous êtes un Dawes, soit, mais vous devez avoir un prénom. Lequel ?

Une fois assis, le cousin croisa les jambes en étendant celle de gauche, ce qui mit le bout pointu de sa

220

chaussure dangereusement proche de la cuisse de Regan.

– Puis-je vous offrir quelque chose ? proposa Will.

– Un cocktail bien fort ne me ferait pas de mal. Mais dans l'immédiat, je me contenterai d'une tasse de ce café, dit-il en montrant la cafetière. Je suppose qu'il s'agit de ce délicieux café hawaiien dont Dorinda se délectait. Elle avait très bon goût.

– Dorinda l'aimait beaucoup, en effet, approuva Will en remplissant une tasse.

Le cousin le remercia, ajouta trois sucres qu'il tourna longuement et s'éclaircit la voix.

– Comme je vous le disais, oncle Gaggy s'est marié sur le tard. La mère de Dorinda n'était pas non plus un petit poulet de printemps, à vrai dire. Ils n'ont eu qu'une seule fille, Dorinda. Ses parents sont morts il y a une dizaine d'années. J'étais fils unique moi aussi, mais nous avons grandi ensemble. Mes parents sont partis à leur tour, je suis donc le seul proche de Dorie, mais elle n'a jamais manifesté beaucoup d'intérêt à ce que nous nous rapprochions. Nous nous parlions quand même de temps en temps, dit-il en buvant une gorgée de café.

Je n'ai jamais rencontré Dorinda, pensa Regan, mais d'après ce que je sais, vous ne deviez pas du tout être son genre. Seul proche parent ou pas, elle ne vous aurait jamais présenté à ses amis, elle voulait donner d'elle une image sensiblement plus raffinée.

Elle allait lui poser une question quand le cousin reprit la parole :

– Excellent, ce café. Hawaii produit du bon café, tout le monde le sait. Mais je ne vous ai toujours pas dit mon nom. Je m'appelle Gus Dawes.

– Je suis heureuse de l'apprendre enfin, Gus, dit Regan en souriant.

Il s'essuya les lèvres avec la serviette en papier que Will lui avait offerte.

– Je ne voudrais pas paraître discourtois, mais qui êtes-vous ?

Regan consulta Will du regard et décida de le laisser répondre. Elle ne savait pas jusqu'à quel point il voulait dévoiler au cousin ses soupçons sur la mort de Dorinda. Son doute fut de courte durée.

– Regan est détective privée et réside à l'hôtel. Je lui ai demandé d'enquêter sur les circonstances de la mort de Dorinda. La police croit qu'elle s'est noyée accidentellement, mais je n'en suis pas si sûr.

Au grand soulagement de Regan, Gus décroisa les jambes.

– Vous ne m'étonnez pas. Avec sa plume trempée dans le vitriol, elle a dû donner à beaucoup de gens l'envie de la tuer, déclara-t-il en riant. Même enfant, elle était déjà un poison. Je me souviens qu'à une réunion de famille où elle avait un petit appareil photo, elle s'est amusée à photographier le derrière de tout le monde.

Il éclata de rire, eut une quinte de toux et finit par se ressaisir.

– Elle adorait faire passer les gens pour des imbéciles, conclut-il en guise d'éloge funèbre.

Ce n'est visiblement pas le chagrin qui l'étouffe, se dit Regan. De son côté, Will avait l'air horrifié. Il doit se mordre les doigts de l'avoir engagée, pensa-t-elle.

– Je crois que c'est une bonne idée d'enquêter sur sa mort, reprit Gus. J'ai aussi pensé à ce lei qu'elle avait autour du cou. Elle s'arrangeait toujours pour se mettre dans des situations impossibles.

– Le lei a de nouveau été volé, l'informa Will avant de lui préciser les détails de l'événement.

Gus assena une claque sonore sur le bureau de Will.

– Pas possible ! brama-t-il. C'est sérieux ? Ça alors !

– Quand avez-vous vu Dorinda pour la dernière fois ? lui demanda Regan.

– Il y a trois ou quatre ans.

– Vous vivez en Californie, je crois ?

– Oui, j'aime le soleil. Il me fait du bien.

– Vous n'avez pas d'autre famille ?

– Quelques cousins éloignés du côté de ma mère, mais nous ne nous fréquentons pas.

– Combien de temps comptez-vous rester à Hawaii ? demanda Will.

– Je me suis dit que quitte à faire le voyage et puisque j'ai où me loger, autant en profiter. Disons, une dizaine de jours. Je voudrais visiter les plantations de fruits et faire un peu de tourisme. Dites donc, poursuivit-il, j'ai entendu dire il y a quelques mois que plusieurs milliers de tonnes de bananes avaient été volées dans une plantation au nord de l'île. J'espère pour les voleurs qu'ils ont pu les revendre vite, parce qu'au bout de deux jours qu'est-ce qu'ils en auraient fait, hein ? Elles commencent à sentir mauvais et attirent les mouches.

Sur quoi, il fut en proie à une nouvelle crise d'hilarité. Will se força à faire un sourire poli.

– Vous emporterez donc les affaires de Dorinda quand vous quitterez l'appartement, n'est-ce pas ?

– Bien sûr. J'ai parlé à la femme qui occupe l'appartement de Dorinda à New York, elle doit y rester encore trois ou quatre mois. Quand elle s'en ira, j'irai là-bas remettre tout en ordre. Heureusement que j'aime voyager ! Et puis, qui sait ? Je resterai peut-être à New York jusqu'à l'expiration du bail de Dorinda.

— Gus, intervint Regan, je me demandais si je pouvais aller avec vous visiter l'appartement. Je voudrais voir s'il y reste quelque chose pouvant nous mettre éventuellement sur la piste d'une personne qui aurait voulu du mal à Dorinda.

— Pas de problème. Je dois demander la clef au gardien de l'immeuble. Voulez-vous m'y accompagner tout de suite ? Parce que je dois vous dire qu'une fois au lit, je m'endormirai en trente secondes et j'en aurai pour une bonne douzaine d'heures. Demain, par contre, je serai prêt à tout. Il paraît que vous avez un grand bal demain soir ? ajouta-t-il en se tournant vers Will. Y a-t-il une chance d'avoir un billet d'entrée ? J'adore les fêtes et j'adore danser. Au fond, je suis resté très jeune de cœur.

— Soyez tranquille, je m'en occuperai, promit Will.

— Parfait ! Eh bien, Regan, allons-y. J'ai hâte de me déshabiller.

Will fit à Regan un sourire entendu auquel elle répondit par un clin d'œil.

— Je suis prête, dit-elle en se levant.

Quand Jack saura tout ça ! pensa-t-elle en se retenant de pouffer de rire.

39

Ned regagna sa chambre, encore secoué d'avoir appris que les gens auxquels il avait vendu le lei trente ans plus tôt n'étaient autres que les parents de Will. C'est impossible ! pensait-il. Pourtant, combien existe-t-il sur terre de gens affublés de prénoms comme Bingsley et Almetta ? Malgré le passage du temps, il se souvenait encore de son étonnement en les entendant. Il n'avait pas oublié non plus la manière dont Almetta avait regardé ses pieds. Peut-être avait-elle oublié... Ma foi, c'était sans importance, il n'avait aucune intention de les leur montrer, même si Will lui avait demandé de les emmener se baigner et se promener en bateau.

En arrivant à la chambre, soulagé de constater l'absence d'Artie, il alluma la télévision. Un journaliste parlait du vol des leis : « En plein jour, avec une audace insensée, le voleur s'est emparé des deux leis posés sur une table de pique-nique à l'extérieur du musée des coquillages, non sans avoir brutalement agressé le propriétaire... »

– Je ne l'ai pas poussé si fort que ça ! protesta Ned.

« ... qui n'a pas eu le temps de voir son agresseur. Il ne se souvient que d'avoir aperçu une sorte d'éclair jaune. Comme indice, c'est maigre, mais la police est déterminée à trouver la piste de ce lâche individu et à le mettre pour longtemps derrière les barreaux. »

Ned devint livide. *Mon sac à dos jaune que j'ai laissé dans la ruelle ! Ai-je oublié à l'intérieur quelque chose permettant de m'identifier ?*

Il sortit de la chambre en courant et, trop impatient pour attendre l'ascenseur, dévala l'escalier. Dehors, il sauta encore une fois dans un taxi. *Je ne peux pas me laisser prendre !* se répéta-t-il pendant le trajet. *Quoi qu'il arrive, je ne me laisserai pas prendre.*

40

Will fit conduire Regan et Gus chez Dorinda par une voiture de l'hôtel. L'appartement se trouvait dans un petit immeuble rose de deux étages à quelques rues de là, en retrait de la plage.

– Ce n'est pas le grand luxe, déclara Gus en mettant pied à terre, mais le prix me convient.

Lui, il est vraiment classe, pensa Regan. Il va entrer dans l'appartement où sa défunte cousine a vécu ses derniers jours et il ne pense qu'au fait de l'occuper gratuitement.

Gus sonna chez le gardien, se présenta une fois encore comme « le cousin », puis, muni des clefs, s'engagea dans l'escalier avec Regan.

– Nous y voilà ! annonça-t-il joyeusement devant la porte de l'appartement 2B.

Il ouvrit, alluma la lumière et ils entrèrent dans un living petit mais plaisant. En face de la porte, une table ronde couverte de papiers était poussée contre une fenêtre. Appuyé à une cloison, un petit bureau croulait lui aussi sous un fouillis de papiers. Du matériel photographique était disséminé dans toute la pièce.

– De l'extérieur, déclara Gus, je m'attendais à pire. Cet endroit a un certain charme.

– En effet, approuva Regan en regardant autour d'elle.

Le canapé bleu, les tapis multicolores, les gros fauteuils de velours beige et les photos de coucher de soleil encadrées sur les murs créaient une ambiance accueillante. La chambre était exiguë, mais le lit était fait et, à part des vêtements entassés sur une chaise, tout était en ordre. Dans la salle de bains, tubes et flacons encombraient les moindres surfaces. La petite cuisine était propre, mais il y régnait le même désordre que dans les autres pièces. À l'évidence, Dorinda avait laissé sa marque.

Gus faisait lui aussi le tour de l'appartement.

– C'est quand même un peu triste de penser que Dorinda est morte. En voyant ses affaires, je regrette que nous ne nous soyons pas rencontrés plus souvent.

– Je vous comprends, dit Regan. C'est triste, en effet.

Elle s'approcha du bureau et commença à regarder les photos étalées dessus. L'une d'elles avait été prise au cours d'une soirée. Dans un groupe, Dorinda levait un regard adorateur vers un grand et bel homme en smoking. En regardant de plus près, Regan fut stupéfaite de reconnaître Steve. C'est incroyable ! se dit-elle. On dirait qu'elle est follement amoureuse de lui.

– Aucune photo de famille, constata Gus qui continuait à regarder un peu partout. Il faut dire qu'à part moi, ils sont tous morts et que Dorinda n'était pas particulièrement sentimentale.

– Vous permettez que je regarde ses papiers ? demanda Regan.

– Tant que vous voulez. Je vais défaire mes bagages et commencer à m'installer. Je voudrais me coucher le plus vite possible.

– Je n'en aurai pas pour longtemps.

– Prenez votre temps, répondit Gus en se mouchant avec un bruit de trompette. J'ai toujours le nez qui se bouche quand je prends l'avion, expliqua-t-il.

Regan se retourna vers le bureau et reprit la photo où figuraient Steve et Dorinda. Manifestement, il la connaissait alors qu'il n'en avait presque rien dit, s'étonna Regan en fouillant dans les piles de papiers. Elle ne trouva que des notes griffonnées rappelant des courses à faire, des photos à prendre. Elle ouvrit le tiroir où, compte tenu du reste, elle s'attendait à découvrir un nouveau fouillis de crayons et de trombones. Au contraire, le tiroir était presque vide et ne contenait qu'un dossier intitulé : *Scandales à creuser*. Regan sentit son cœur s'accélérer en l'ouvrant. La première chose qu'elle y vit était une photocopie du testament d'un certain Sal Hawkins. Qu'est-ce que ça peut être ? se demanda-t-elle en commençant à lire : « Moi, Sal Hawkins, étant sain de corps et d'esprit, lègue par la présente la totalité de mes biens, y compris l'argent liquide et le produit de la vente de ma maison, au Club Vive la Pluie pour financer les dépenses de futurs voyages à Hawaii... »

C'est le groupe qui est en ce moment à l'hôtel, se dit Regan en poursuivant sa lecture. Le testateur confiait les fonds aux jumelles et leur donnait ses instructions sur la manière dont elles devaient emmener les groupes à Hawaii tous les trois mois. La succession de Sal Hawkins se montait à près de dix millions de dollars, de quoi couvrir bon nombre de voyages, calcula Regan. Le testament datait de quatre ans. Si le généreux donateur était mort peu de temps après, cette somme pouvait durer des années, même à l'économie. Or Will lui avait dit que les sœurs qui dirigeaient les groupes étaient d'une avarice sordide. Il y a là quelque chose de bizarre, pensa-t-elle.

Regan trouva une feuille de papier vierge et prit quelques notes. Elle regarda ensuite le reste du dossier et découvrit une autre photo de Steve, seul cette fois. Qu'est-ce que ça peut signifier ? se demanda-t-elle, de plus en plus étonnée. Steve était accoudé à un bar, un de ceux du Waikiki Waters ou peut-être un autre en ville, et souriait à l'objectif. Quel scandale Dorinda avait-elle subodoré à son sujet ? se demanda Regan en découvrant une coupure de presse concernant Claude Mott. L'article, d'un seul paragraphe, se bornait à dire que Claude Mott s'apprêtait à lancer une gamme de vêtements. Une photo de Jazzy était agrafée à l'article.

Elle les avait dans son collimateur, pensa Regan. Mais pourquoi ? Parce que Steve aurait repoussé ses avances ? Quant à Jazzy et elle, elles se ressemblaient trop pour pouvoir s'entendre. Et que cherchait-elle à prouver à propos de ce groupe de touristes ?

— Comment ça se passe, Regan ? s'enquit Gus, qui revenait dans la pièce en s'essuyant la figure avec une serviette. Cela fait du bien de se rafraîchir ! J'ai hâte d'être demain pour me baigner dans la mer, rien de tel pour se remettre d'aplomb.

— J'ai trouvé deux ou trois choses, Gus. Cela vous ennuierait que j'emporte ce dossier ?

— Prenez tout ce que vous voudrez. J'ai peur que ce ne soit pas de tout repos de trier les affaires de Dorie. Je serai sans doute obligé d'en donner la plus grande partie à l'Armée du Salut.

— Je sais que vous avez besoin de vous reposer, je vous laisse. Si vous le voulez bien, je vous passerai un coup de fil demain.

– J'en serai ravi. Et je vous reverrai sans doute au bal demain soir, n'est-ce pas ?

– Sans doute.

– Parfait ! Voulez-vous que j'appelle un taxi ?

– Inutile, je vais marcher un peu, j'ai besoin d'exercice. Et j'en trouverai sûrement un en chemin.

– Soyez prudente, Regan. Ce quartier ne me paraît pas un des mieux fréquentés de la ville.

– Soyez tranquille, je ne risque rien.

Regan sortit de l'immeuble deux minutes plus tard. Arrivée le long de la plage, elle décida de rentrer à l'hôtel par le chemin que Dorinda avait l'habitude de prendre. Celui qu'elle était censée avoir suivi la nuit où elle n'était jamais revenue chez elle.

Tout en marchant, Regan se demanda à quel niveau Dorinda s'était écartée du sentier côtier. En arrivant près de la jetée, elle s'arrêta et regarda les rochers. Un couple, main dans la main, sortit de sous la jetée, presque dans l'eau, et remonta vers la plage. Est-ce ici, Dorinda, que vous avez rencontré votre destin ? murmura-t-elle. Malheureusement, nous ne le saurons jamais.

41

— Je viens de mettre fin à une liaison, déclara Francie à Artie avec qui elle marchait le long de la plage. Il me gardait en coulisse et je ne me considère pas comme un décor à garder en coulisse, vous savez ?

— Bien sûr, approuva distraitement Artie.

Il pensait à la précipitation avec laquelle Ned avait quitté leur chambre au retour de la séance de surf. Il lui avait paru soudain préoccupé par quelque chose d'important. Quoi donc ?

— Je voudrais rencontrer enfin un homme valable, poursuivit Francie. J'en ai plus qu'assez de ceux qui ne cherchent qu'à s'amuser un moment. Croiriez-vous que ce raseur de Bob a essayé de me faire du charme l'autre soir ? Sa femme était montée se coucher et il est censé écrire sur les manières de resserrer les liens des couples ! Si sa femme le surprend, je ne donne pas cher de leurs liens ! Elle commencera par lui casser un vase sur la tête.

— Bob vous a draguée ? demanda Artie, effaré.

— Oui. Il m'a dit que sa femme était ennuyeuse comme la pluie et qu'il voulait s'amuser un peu à Hawaii.

— Et qu'avez-vous répondu ?

— Dorinda Dawes est arrivée derrière nous et nous

a pris en photo. Bob n'était pas content. La conversation en est restée là.

– Et maintenant, Dorinda est morte.

Francie s'arrêta pile et empoigna Artie par le bras.

– Vous croyez qu'il y a un rapport ? demanda-t-elle, haletante.

– On ne sait jamais, répondit évasivement Artie.

– Ce serait un coup terrible pour notre groupe.

Artie ramassa un galet qu'il lança dans l'eau pour faire des ricochets, mais le galet sombra corps et biens.

– Qu'est-ce que ça peut faire ? Gert et Ev sont devenues radines comme ce n'est pas permis. Ce n'est pas drôle d'être ici avec elles. Et elles me forcent à partager une chambre avec Ned !

– Il a pourtant l'air gentil, observa Francie avec coquetterie.

– Il vous plaît, n'est-ce pas ?

– Au moins, il a l'âge qu'il faut. Mais peu importe, puisque nous partons dans deux jours.

Joy s'approchait en faisant son jogging.

– Tiens, grommela Artie, voilà Miss maître nageur.

– Ce n'est qu'une gamine, dit Francie. Je voudrais bien avoir encore son âge. Enfin, pas toujours.

Joy s'arrêta devant eux et reprit laborieusement haleine.

– Gert et Ev m'ont appelée sur mon portable, annonça-t-elle. Elles ne pourront pas revenir avant l'apéritif et le dîner.

– Vraiment ? s'étonna Francie. Combien d'hôtels peuvent-elles bien visiter ?

– Je n'en sais rien, elles ne me laissent jamais leur poser une question, dit Joy en s'épongeant le front d'un revers de main. Elles m'ont dit que nous allions dîner tous les cinq dans un des restaurants de l'hôtel et signer l'addition sous le numéro de leur chambre.

– Dans ce cas, suggéra Artie, commandons du caviar et du champagne et ensuite des langoustes et des côtes de bœuf.

– Vous avez prévenu Bob et Betsy ?

– J'ai appelé leur chambre, mais ils n'ont pas répondu. Je leur ai laissé un message.

– C'est tellement rare de ne pas avoir Gert et Ev sur le dos, commenta Artie. Je me demande ce qu'elles mijotent.

– Profitons-en ! s'exclama joyeusement Francie. Nous ferons un festin et nous dépenserons de l'argent.

– Quand nos intrépides jumelles comptent-elles être de retour ? demanda Artie.

– Tard ce soir. Elles seront là pour la promenade sur la plage demain matin.

– Vous savez, dit Francie, tout le monde ira au bal sauf nous. Nous devrions acheter des billets et les mettre aussi sur leur compte.

– C'est complet, répondit Joy. De toute façon, je n'ai pas envie d'y aller.

– Moi si, déclara Francie. Il y aura deux orchestres, un souper, on dansera. Je n'ai pas envie de subir encore un dîner avec notre groupe, c'est trop barbant. Je me prendrais pour Cendrillon. Qu'en dites-vous, Artie ?

– Si je ne suis pas obligé de payer, je veux bien y aller.

– Vous ne paierez pas, affirma Francie. Sal Hawkins aurait voulu que nous nous amusions, j'en suis sûre. Allons demander au directeur si nous pouvons encore acheter des billets. Vous êtes sûre que vous ne voulez pas y aller vous aussi, Joy ?

– Certaine.

– Et notre captivant vieux couple ? demanda Artie.

– Qu'ils se débrouillent. Nous prendrons des billets juste pour vous et moi.

– J'ai hâte de voir la tête que feront Gert et Ev en découvrant que ces coûteux billets ont été mis sur leur compte, dit Joy avec une joie mauvaise.

– Je m'en moque, déclara Francie. Venez, Artie. Joy, retrouvons-nous à sept heures à la piscine pour les cocktails avant d'aller dîner.

– D'accord.

– Où peuvent bien être Gert et Ev ? demanda Artie pendant que Francie et lui se dirigeaient vers le bureau de Will.

– Elles ont peut-être eu un coup de chance, dit Francie en riant.

42

– Pourquoi nous avez-vous suivies ? demanda Ev. Pourquoi ? Vous auriez dû vous douter que ce n'était pas une bonne idée.

Jason et Carla étaient saucissonnés dans la cave de la maison presque terminée que Gert et Ev faisaient construire sur la Grande Île. Perchée dans la montagne, à quatre cents mètres au-dessus du niveau de la mer, elle se trouvait dans une partie rurale et boisée où les jumelles comptaient trouver la tranquillité – le plus proche voisin n'était accessible que par un sentier à travers bois. Elles avaient l'intention de s'y installer dès la fin des travaux, au début de l'été. De leur terrasse, elles voyaient l'océan Pacifique à perte de vue. Elles disposaient d'une piscine pour se rafraîchir et d'une autre chauffée pour les matins frais de l'altitude. C'était la maison de leurs rêves, acquise avec l'argent que Sal Hawkins avait destiné au bonheur de ses concitoyens.

– Vous ne pouviez pas vous mêler de vos affaires ? dit Gert. Vous imaginiez peut-être que nous ne nous apercevrions pas que vous nous suiviez en sortant du restaurant ? Vous n'êtes pas arrivés ici par hasard, notre allée sinueuse n'est pas précisément une route nationale.

– Vous avez été odieuses avec nous à l'aéroport, riposta Carla.

– Depuis quand est-ce un crime d'être désagréable ? ricana Ev. Gert, tu savais que c'était un crime d'être impolie ?

– Non, ma sœur, je n'en savais rien.

– Quel crime avez-vous commis, alors ? voulut savoir Carla en affectant un air de bravade. Vous n'avez pas le droit de nous séquestrer parce que nous sommes passés par votre chemin soi-disant privé. Vous auriez pu vous contenter de nous dire de partir.

– Vous vous mêlez de nos affaires qui ne vous regardent pas. Et maintenant, vous nous faites manquer notre avion de retour à Oahu. Cela ne nous plaît pas davantage.

– J'ai horreur de devoir sauter un repas, dit Gert en soufflant dans le canon du pistolet qu'elle tenait.

Seule, la vue de l'arme avait convaincu Jason d'obéir.

– Laissez-nous partir, plaida-t-il. Faisons comme si nous ne vous avions jamais rencontrées.

– Il n'en est pas question, déclara Ev. Vous n'auriez rien de plus pressé que d'aller parler à tout le monde de notre petite retraite. Ai-je raison, Gert ?

– Entièrement, Ev.

– Qu'allez-vous faire de nous, alors ? se lamenta Carla.

– Nous allons y réfléchir. Mais ne vous attendez pas à un dénouement plaisant. Ma sœur et moi ne pouvons admettre que quiconque compromette nos projets d'avenir.

– Nous non plus ! s'écria Carla. Nous venions de nous fiancer. Je veux me marier.

– Gert vous mariera. Elle est pasteur sur Internet.

– Je préférerais mourir ! riposta Carla.

– C'est peut-être ce qui vous arrivera, ma petite. Allons-nous-en, Gert. Il faut attraper le dernier vol pour Oahu. Si nous n'y sommes pas très tôt demain matin, le groupe se posera des questions.

– Vous allez nous laisser ici ? demanda Jason, incrédule.

Ev lui avait lié les mains derrière le dos en serrant si fort que son sang circulait mal.

– Nous reviendrons nous occuper de vous demain soir, quand il fera noir et qu'il n'y aura personne aux alentours. Mais, avant de vous quitter, nous devons d'abord nous assurer que vous ne ferez pas trop de tapage, dit Ev en sortant des vieux draps d'un sac posé à terre. Tiens, Gert, chacune le nôtre.

Elles eurent vite fait de bâillonner Carla et Jason.

– N'essayez pas de faire des bêtises, dit Gert en braquant son pistolet sur eux. Vous le regretteriez amèrement.

Sur quoi, les jumelles tournèrent les talons, disparurent dans l'escalier et éteignirent la lumière.

43

Peu après que Ned lui eut confié son pseudo-cadeau, Glenn le groom-bagagiste s'enferma dans le petit local des toilettes contigu à la salle des bagages. C'est là qu'étaient entreposés les paquets, valises, planches de surf ou clubs de golf des clients tout juste débarqués ou en instance de départ. Le vendredi après-midi, les arrivées et les départs atteignaient toujours un niveau record et les bagagistes couraient dans toutes les directions. Glenn savait que sa brève absence passerait inaperçue. En outre, ces toilettes avaient échappé pour une raison inconnue aux travaux de rénovation et étaient dans un tel état de crasse que celles d'une station-service auraient, par comparaison, fait figure de palace de l'hygiène. Les femmes n'y mettaient jamais les pieds et, sauf en cas d'urgence absolue, le personnel masculin préférait user d'autres toilettes plus décentes à leur disposition. Glenn avait donc choisi cet endroit délaissé où il était sûr de ne pas être dérangé.

Sa conversation avec Ned avait piqué sa curiosité. Il lui avait paru nerveux. Qu'y avait-il dans cette boîte ? De quel genre de « jouets pour les filles » parlait-il ? L'emballage n'avait rien de soigné ni de professionnel. Avec un peu de chance et de doigté, il pourrait jeter un coup d'œil à l'intérieur, refermer le paquet et le déposer au bureau avant que l'amie de Ned vienne le chercher.

La porte verrouillée, il ferma l'abattant, s'assit et sortit la boîte du sac. Les danseuses du papier d'emballage lui souriaient d'un air complice comme si elles savaient ce qu'il avait derrière la tête. Glenn secoua la boîte, dont s'échappa une sorte de bruit de crécelle. Un morceau de ruban adhésif se décolla, un côté du papier d'emballage se déplia. Il pouffa de rire.

— C'est trop facile ! dit-il à mi-voix.

Glenn était devenu expert dans l'art de fouiner dans les bagages, de se glisser dans les chambres et de rôder partout dans l'hôtel sans se faire remarquer. Si quelqu'un le voyait, il disait qu'il faisait quelque chose sur ordre de Will. Il avait habilement réussi à gagner sa confiance, d'ailleurs, et à se servir de son impunité à son avantage. Will se prenait pour son mentor. Tu parles ! ricanait-il souvent. C'est lui qui aurait pu apprendre à Will des ficelles du métier dont il ne soupçonnait même pas l'existence.

La boîte sur les genoux, Glenn décolla soigneusement un autre morceau de ruban, déplia encore un peu le papier en faisant bien attention de ne pas déchirer l'image d'une danseuse. Cela fait, il fit glisser la boîte du papier, posa celui-ci dans le sac et souleva le couvercle. Ce qu'il découvrit lui fit écarquiller les yeux. Il lui fallut un moment pour croire à la réalité de ce qu'il voyait.

Il n'y avait pas de jouets dans la boîte, mais les deux leis royaux que Glenn souleva du bout des doigts en étouffant un juron.

— Les leis volés ! Je n'aurais jamais cru Ned aussi menteur.

Il décrocha son téléphone portable de sa ceinture, composa un numéro.

– Tu ne croiras jamais ce que j'ai dans la main, commença-t-il avant de décrire brièvement sa découverte. Oui, reprit-il après avoir écouté la réponse. Excellente idée. C'est encore mieux que tout ce que nous avons fait jusqu'à présent... Ne t'inquiète pas, je m'en occupe.

Son téléphone refermé et raccroché à sa ceinture, il replaça la boîte vide dans son emballage et mit les leis au fond du sac en papier. Il alla ensuite dans la salle des bagages, trouva un autre sac en papier vide, y transféra les deux leis, courut au garage et enferma les deux sacs dans le coffre de sa Honda. Ceci fait, il se rendit dans une des boutiques de l'hôtel qui vendait des journaux, des magazines et des leis bon marché aux touristes. Il en acheta deux, retourna à sa voiture, mit les deux faux leis dans la boîte dont il recolla l'emballage et laissa les deux vrais dans son coffre. Il alla alors déposer la boîte, toujours dans le sac de Ned, au bureau du concierge en disant qu'une amie de Ned passerait la chercher dans la soirée.

Glenn attendit avec impatience l'heure de la pause-dîner qui, heureusement, ne tarderait pas. Il aurait enfin l'occasion de s'amuser ! Que Will essaie donc d'expliquer ce coup-là, pensa-t-il en jubilant intérieurement. Le Waikiki Waters offre décidément plein de possibilités à qui sait les saisir.

44

Arrivée près de l'hôtel, Regan décida de passer quelques minutes sur la plage avant de regagner sa chambre. Elle s'assit sur le sable, prit son portable dans son sac et appela Jack, à qui elle raconta brièvement sa visite de l'appartement de Dorinda et le vol des deux leis royaux.

– Encore ? s'étonna Jack. Qu'est-ce qui se passe là-bas, Regan ?

– C'est ce que j'essaie de comprendre. Il faut aussi que je te dise que le type qui a tapé dans l'œil de Kit pourrait poser un problème. Que sa photo figure dans le dossier *Scandales à creuser* de Dorinda me paraît même inquiétant.

– Tu connais son nom ?

– Steve Yardley.

– Je lancerai une recherche dans nos fichiers. Si tu le juges réellement inquiétant, essaie de recueillir ses empreintes digitales.

– Kit en a un peu partout sur elle.

– Il lui joue le grand jeu, si je comprends bien ?

– J'en ai peur, et Kit prend tout ce qu'il dit pour argent comptant. Il n'a peut-être rien à se reprocher, mais il ne m'inspire quand même pas confiance. Nous allons dîner chez lui ce soir. Tu ne crois pas que prendre ses empreintes digitales serait un peu... excessif ?

– Non, on ne sait jamais. Essaie de chiper un petit objet qu'il aura touché, je demanderai à Mike Darnell de le traiter. S'il a un casier judiciaire, cela accélérera les recherches.

– J'ai des remords, tu sais ? Kit a l'air de tenir à ce Steve. Il est peut-être blanc comme neige, je ne sais pas pourquoi je m'en méfie, mais je ne le *sens* pas, si tu vois ce que je veux dire. Je suis peut-être paranoïaque, mais l'avoir trouvé dans le dossier de Dorinda...

– Tu te souviens du dernier soupirant de Kit ? l'interrompit Jack. Ce n'était pas un criminel, mais un fieffé menteur. Tu n'avais pas écouté ton instinct parce que Kit est ton amie et que tu ne voulais pas lui faire de la peine. Il n'empêche qu'elle en a eu une beaucoup plus grave. En tout cas, ne lui parle pas de tes soupçons. Si ce type est aussi bien qu'elle le croit, tant mieux. Nous serons soulagés et Kit ne se sera doutée de rien.

– D'accord. Si Steve n'avait pas figuré dans les archives de Dorinda, j'aurais déjà laissé tomber, mais le fait est qu'il y est avec d'autres personnages douteux. J'appellerai Mike tout à l'heure pour lui demander s'ils ont une piste au sujet du vol des leis. En principe le problème ne me concerne pas, mais Will, le directeur de l'hôtel, s'inquiète qu'il n'y ait plus rien à vendre au bal de demain. Sans une attraction spectaculaire, le public risque de s'en désintéresser.

– Comme tu dis, ce n'est pas ton problème et j'ai hâte que tu reviennes. Et je te préviens, pas d'enquête pendant notre voyage de noces ! C'est formellement interdit.

– C'est ce que nous verrons, répondit Regan en riant. Écoute, je serai contente d'avoir rendu service à Will. Sa carrière dépend beaucoup de la réussite du bal. Et si je peux découvrir ne serait-ce qu'un début de piste pour savoir comment Dorinda a fini noyée, ce sera encore mieux. Sauf que je ne vois pas comment je pourrais y arriver et trouver le responsable des problèmes de l'hôtel en deux jours. C'est le seul point qui me tracasse.

– Inutile de te faire du mauvais sang, la rassura Jack. Quels que soient les résultats que tu obtiendras, tu auras rendu service à Will. Il doit déjà se sentir mieux de te savoir là, j'en suis sûr.

– Et moi, je me sentirais beaucoup mieux si tu étais là aussi. Oh, Jack ! Si tu voyais le cousin de Dorinda, tu aurais du mal à garder ton sérieux. Quel numéro ! Malgré sa réputation déplorable, elle n'a jamais dû s'inquiéter de faire honte à sa famille.

– Veux-tu l'inviter à notre mariage ? demanda Jack en riant.

– Surtout pas !

– Tu dois le revoir ?

– Oui, il a réussi à se faire inviter gratuitement au bal.

– Toi, en tout cas, ne joue pas trop la princesse. Je ne tiens pas du tout à ce qu'un prince charmant décide de t'enlever.

– S'il n'y a qu'une seule chose dont je sois absolument certaine, c'est que cela n'a aucune chance de se produire, dit Regan en riant.

Après avoir refermé son portable, elle resta quelques minutes de plus sur le sable. Il était cinq heures et quart, la plage était calme, presque déserte déjà. Le soleil baissait sur l'horizon, la brise de l'océan adoucissait la chaleur. J'ai le temps d'aller rendre une petite visite à Will avant de sortir dîner chez Steve avec Kit, décida-t-elle.

Curieusement, elle n'avait absolument pas faim.

Au même moment, Glenn quitta son service pour sa pause-dîner. En sortant du hall de réception, il vit que Will avait une conversation animée avec le concierge. Il faut faire vite, pensa Glenn en se hâtant d'aller au garage. Il prit dans le coffre de sa voiture le sac contenant les leis royaux et rentra dans l'hôtel en longeant l'allée semi-circulaire par laquelle arrivaient et repartaient les voitures.

Sa destination n'était autre que le bureau de Will, auquel il comptait accéder par la baie coulissante donnant sur le petit jardin intérieur. On ne parvenait à ce secteur isolé que par l'allée qu'empruntaient parfois les clients des boutiques. Le mur aveugle de la boutique de mode faisait face à la palissade du jardin que Glenn franchit sans encombre. En se collant au mur pour éviter d'être vu du haut d'une fenêtre, il arriva à la baie vitrée du bureau de Will, s'accroupit derrière un buisson et regarda à l'intérieur. Il ne vit personne, pas même Janet. La porte de communication entre le bureau et celui de la secrétaire était fermée. Glenn s'avança, fit glisser sans peine un panneau de la baie restée entrouverte. Sans même entrer dans le bureau, il sortit les leis du sac en papier et les posa sur la moquette, bien en vue. Une seconde plus tard, il reprit le même chemin en sens inverse et s'éloigna sans avoir été remarqué par quiconque. Une fois à l'écart, il prit son téléphone portable et donna le feu vert à son correspondant.

Trois minutes plus tard, la police apprenait par un appel anonyme que les leis royaux volés au musée des coquillages se trouvaient dans le bureau de Will Brown, directeur du Waikiki Waters Resort.

46

– Ah ! Vous voilà Will, dit Regan en le voyant devant le bureau du concierge.

– Bonjour, Regan. Je vous présente Otis, notre concierge. Il m'apprend que beaucoup de gens essayent encore d'acheter des billets d'entrée pour le bal.

– Bonne nouvelle. Enchantée, Otis, ajouta-t-elle.

Otis arborait une fine moustache, un évident contentement de soi et irradiait d'efficacité.

– De même, répondit-il à Regan sans même lui accorder un regard. Je fais de mon mieux pour satisfaire tout le monde, monsieur Brown, mais deux personnes de ce groupe de Hudville me harcèlent depuis tout à l'heure pour que je leur vende des billets. Je leur ai dit qu'elles auraient dû les réserver depuis plusieurs jours et que je les inscrirai sur la liste d'attente après vous avoir consulté.

– Elles veulent acheter des billets pour le bal ? C'est étonnant, dit Will. Ces gens-là ne dépensent jamais d'argent. Est-ce que ce sont les jumelles qui le demandent ?

– Non, monsieur, un homme et une femme. J'ignore leurs noms, précisa Otis d'un air outragé.

Décoincez-vous, Otis, avait envie de lui conseiller

Regan. Nous sommes dans le pays d'Aloha. Le Bal de la Princesse n'est pas une soirée officielle à Buckingham Palace.

– Ils comptent payer eux-mêmes ces billets ? voulut encore savoir Will.

– Non, monsieur. Ils m'ont dit que si nous pouvions leur en procurer, le montant devrait être mis sur le compte des jumelles.

Will ne put retenir un sifflement de surprise.

– Voilà qui est nouveau ! Combien en veulent-ils ?

– Deux, peut-être quatre.

– S'ils se décident enfin à faire des dépenses, il faut leur trouver des places. Dites-leur qu'ils auront leurs billets.

– Bien, monsieur.

– J'espère que nous n'aurons pas trop d'annulations d'ici demain, maintenant que les leis ne figurent plus au menu.

– Au contraire, monsieur. Il semblerait que l'intérêt du public s'accroît encore.

– Je suis ravi de l'apprendre.

– Will, intervint Regan, puis-je vous parler une minute dans votre bureau ?

– Bien sûr. Allons-y.

Regan le suivit à travers le grand hall bondé comme à l'accoutumée, passa avec lui derrière le comptoir de la réception et entra enfin dans le saint des saints.

Assise à son bureau, Janet lui tendit une feuille de papier.

– La présidente du comité d'organisation du bal vient d'appeler. Elle veut savoir si vous pouvez lui suggérer ce qui pourrait être mis en vente à la place des leis.

– Pourquoi pas ma tête sur un plateau d'argent ?

grommela Will en prenant le papier sur lequel Janet avait noté le message.

Il ouvrit la porte, entra... et s'arrêta si soudainement que Regan faillit le caramboler.

– Grands dieux ! s'exclama-t-il.

– Qu'est-ce que c'est ?

Regan fit un pas de côté et regarda. Les deux superbes leis qu'elle avait vus le matin même au musée des coquillages étaient posés sur la moquette, devant la baie coulissante à demi ouverte.

Will s'approcha, se pencha, les ramassa.

– Les leis royaux, murmura Regan, stupéfaite.

Will était devenu livide. Il regarda Regan d'un air égaré.

– Qu'est-ce que je vais faire ? bredouilla-t-il.

– Appeler la police.

– Inutile, dit Janet du pas de la porte. Elle est déjà là.

47

Quand le taxi le déposa dans l'avenue Kalakaua, l'artère principale de Waikiki, Ned suait à grosses gouttes. Ce n'est qu'un sac à dos en plastique, essayait-il de se rassurer. Même s'il reste à l'intérieur quelque chose permettant de m'identifier, ce n'est pas une preuve que j'ai volé les leis. La police ne sait même pas s'il s'agissait d'un sac. Le voleur aurait aussi bien pu porter une chemise jaune.

Il se faufila entre les voitures et courut vers la ruelle où il avait préparé son paquet. Elle avait beau être étroite et sombre, Ned vit du premier coup d'œil que le sac avait disparu. Affolé, il courut jusqu'à l'autre bout, revint sur ses pas, regarda dans les poubelles. Rien. Où est-ce qu'il a bien pu passer ? se demandait-il sans cesse. Est-ce qu'il y avait quelque chose de compromettant à l'intérieur ? Une addition de cafétéria ? Un reçu de distributeur automatique ? Il avait beau chercher, il ne se souvenait de rien.

En émergeant de la ruelle, il avisa sur le trottoir un clochard assis sur son sac jaune. Ned était sûr de ne pas se tromper, il avait immédiatement reconnu la tache de graisse sur le côté.

— Excusez-moi, mon vieux, mais vous êtes assis sur mon sac.

Le clochard ne leva même pas les yeux.

– Allons, quoi, rendez-le-moi ! insista-t-il.

Faute de réaction, Ned se pencha et agrippa une bretelle qui dépassait. Il se rendit compte aussitôt qu'il avait commis une erreur de jugement, car le clochard taciturne retrouva sa voix :

– C'est à moi ! hurla-t-il. Foutez le camp ! Au secours !

Ses protestations eurent l'effet escompté. Les badauds s'amassèrent, des murmures commencèrent à s'élever de leur groupe qui grossissait à vue d'œil. Ned comprit qu'il valait mieux filer au plus vite, papier compromettant ou pas. Il prit donc ses jambes à son cou et se fondit bientôt dans la foule du vendredi soir.

C'était la deuxième fois de la journée, pensa-t-il sombrement, qu'il devait prendre la fuite poursuivi par des clameurs. Cette fois, il avait pris un risque inconsidéré. Des témoins l'avaient vu et pourraient le reconnaître. Ce serait le bouquet que je me fasse prendre pour avoir voulu voler un sac jaune à un clochard ! pensa-t-il. Ils auraient de vraies raisons de m'enfermer pour de bon.

Son cœur battait si vite que Ned décida de rentrer à pied à l'hôtel pour se calmer. Dans quel guêpier me suis-je encore fourré ? se répétait-il. Il faut que je récupère le paquet déposé chez le concierge, inutile de le laisser là-bas plus longtemps. Espérons qu'Artie ne sera pas aussi indiscret que je l'étais à son âge, quand je fouillais dans l'armoire de ma mère et que j'ouvrais les cadeaux de Noël pendant la nuit.

Quand il arriva à l'hôtel, il n'y retrouva pas le calme qu'il espérait. Une voiture de police, gyrophare allumé, était arrêtée devant l'entrée. La première personne qu'il vit ne fut autre que l'omniprésent Glenn.

– Qu'est-ce qui se passe ? lui demanda Ned.

– Les leis volés ont été retrouvés dans le bureau de Will. La police a reçu un coup de téléphone anonyme.

Au prix d'un effort surhumain, Ned parvint à ne pas ciller.

– Les leis volés ? répéta-t-il.

– Exact.

– Will doit être content, commenta-t-il avec prudence.

– Je n'en sais trop rien. Ça la fiche plutôt mal que des bijoux volés soient retrouvés dans le bureau du directeur.

– Allons, Glenn, il ne faut pas exagérer ! Will n'a sûrement rien à voir dans cette affaire !

– Je n'ai pas dit qu'il y était pour quelque chose.

En proie au vertige, Ned faisait de son mieux pour ne pas se trahir. Il était plus urgent que jamais de récupérer la boîte enveloppée dans le papier aux danseuses.

– Est-ce que mon amie est déjà passée prendre le paquet ? demanda-t-il.

– Si elle est venue, je ne l'ai pas vue. Mais je vais vérifier, offrit aussitôt l'obligeant Glenn.

Ned resta planté sur place, s'efforçant d'assimiler ce coup de théâtre. Glenn revint deux secondes plus tard.

– Non, Mlle Legatte n'a pas pris son paquet. Il est toujours en sécurité sous le comptoir des grooms.

– Bien. À la réflexion, je crois que je ferais mieux de le lui porter ce soir, puisque nous allons à la même réunion. Pouvez-vous me rapporter le sac ?

– Bien sûr. Dites, c'est une bonne amie pour vous, non ? Vous lui faites ses courses et vous les lui livrez à domicile.

Glenn partit de nouveau et revint avec le sac, qu'il tendit solennellement à Ned.

— Pas question de pourboire entre collègues, plaisanta-t-il avec un grand sourire.

— Merci pour tout, dit Ned.

Une fois hors de vue, il secoua le paquet et entendit avec soulagement le bruit de crécelle. Les coquillages y sont encore, se dit-il. Est-ce que Glenn se paie ma tête ? Il le regrettera, ce petit crétin.

Il arriva à la chambre en priant qu'Artie n'y soit pas. Mais il avait à peine ouvert la porte que son encombrant compagnon le héla de son lit où il se reposait.

— Salut, Ned !

— Bonsoir, Artie, parvint-il à articuler.

— Il est bientôt l'heure d'aller rejoindre les autres pour un cocktail, dit-il en se levant. Vous venez aussi ?

— Dans un petit moment peut-être, répondit Ned en s'asseyant sur son lit.

— Qu'est-ce que vous avez là-dedans ? demanda Artie en baissant les yeux vers le sac.

— Un cadeau pour ma mère.

— Un emballage plutôt sexy pour votre mère, commenta Artie.

— Ma mère a toujours aimé les choses un peu folles.

— Pas la mienne. Avec elle, il faut respecter les convenances. Elle me ferait enfermer dans un asile de fous si je lui offrais un cadeau enveloppé dans du papier comme celui-là.

Ned se retint de hurler. Il ferma les yeux, prit une profonde inspiration et épongea son front couvert de sueur.

— Ça va ? lui demanda Artie avec sollicitude.

— Oui. Pourquoi ?

– Vous avez l'air préoccupé.

– Pas du tout. Je vous retrouverai en bas dans cinq minutes, je dois d'abord téléphoner à ma mère. Elle est un peu souffrante, c'est pour cela que je lui ai acheté un cadeau amusant.

– C'est gentil de votre part. Si la mienne était ici, je lui aurais offert un bon massage. Qu'est-ce que c'est, ce cadeau amusant ?

Ned eut du mal à ne pas s'étrangler. Quand on commence à mentir, pensa-t-il au bord de la crise de nerfs, on est pris dans une toile d'araignée dont on ne peut plus se dépêtrer.

– Deux paréos et un maillot de bain à fleurs.

– Où habite-t-elle ?

– Dans le Maine.

– Je vois ça d'ici, une dame en maillot de bain hawaiien sur la côte rocheuse du Maine ! dit Artie en pouffant de rire.

Cette fois, Ned ne parvint pas à dominer entièrement sa colère.

– Elle passe ses hivers en Floride, répliqua-t-il sèchement. En Floride, les femmes portent souvent des paréos.

– Excusez-moi, Ned. Je trouvais cela amusant, c'est tout. Au fait, les vieilles Gert et Ev ne doivent revenir que tard dans la soirée, paraît-il. Elles ont peut-être fait des conquêtes, ajouta-t-il en riant de plus belle. En tout cas, nous avons décidé, nous cinq, de faire un bon dîner pour changer et de dépenser l'argent du cher vieux Sal Hawkins. Nous allons commencer par les cocktails les plus chers au bar de la piscine et nous nous offrirons le spectacle de danses folkloriques. J'espère que les filles seront aussi sexy que celles de votre paquet. Transmettez à votre mère mes vœux de prompt rétablissement et venez nous rejoindre quand vous aurez fini de lui parler.

Sur quoi, Artie se retira.

Ned resta assis pendant un temps qui lui parut infini pour s'assurer qu'Artie ne reviendrait pas inopinément. Enfin, convaincu qu'il était en train de savourer son premier cocktail de la soirée, il alla par précaution fermer la porte à clef. Le risque demeurait, mais Ned devait le prendre.

Il sortit la boîte du sac, la posa sur le lit. Il remarqua aussitôt, par une légère trace sur le papier, qu'un petit morceau du ruban adhésif semblait avoir été recollé à côté de l'endroit originel. Quelqu'un s'est-il permis de tripoter la boîte ou même de l'ouvrir ? se demandat-il avec inquiétude. Il défit l'emballage, souleva le couvercle... et retint de justesse un cri d'horreur. La boîte contenait deux leis qui, à l'évidence, ne coûtaient pas plus d'un dollar chacun.

– Qui a fait ça ? Cette petite ordure de Glenn ? s'écria-t-il.

Mais que faire ? pensa-t-il, affolé. Que faire ? Lui demander si c'est lui qui a pris les leis et les a mis dans le bureau de Will ? Et si ce n'était pas lui ? Si quelqu'un m'avait suivi et m'avait vu remettre le sac au groom ? Mais comment se serait-il emparé du paquet ? Il a pu se passer n'importe quoi et moi, je ne peux rien faire ! Rien ! Cherche-t-on à me piéger ? Mais qui ? Et pourquoi ?

Ned courut à la salle de bains, s'aspergea le visage d'eau froide, pressa une serviette contre sa peau mouillée comme si elle pouvait repousser son angoisse et les malheurs qui s'abattaient sur lui. Quand il rouvrit les yeux, son image dans le miroir lui parut sinistre.

– Et il faut que j'affronte demain les parents de Will, se rappela-t-il avec un désarroi croissant. Si je me sors de tout ça, je ne dévierai plus jamais du droit chemin. Plus jamais ! Il faut que je m'en sorte. Il le faut à tout prix.

Il se brossa les dents pour chasser de sa bouche le goût amer de la bile et sortit, impatient d'éprouver enfin le soulagement qu'allait lui apporter la première gorgée de son premier double scotch.

48

Les premiers policiers arrivés sur les lieux avaient inspecté le petit jardin devant le bureau de Will sans relever de traces de pas ni d'indices laissés par le ou les malfaiteurs.

– Avez-vous des soupçons sur celui qui aurait fait le coup ? demanda un agent.

– Je voudrais bien en avoir, répondit Will.

Arrivé quelques minutes plus tard, Mike Darnell s'étonna de la présence de Regan.

– Qu'est-ce que vous faites là ? demanda-t-il en souriant.

– J'essaie d'aider Will.

– Drôle d'histoire ! Il y a dehors un tas de journalistes qui meurent d'envie de vous parler, Will.

– Qu'est-ce que je suis censé leur dire ? demanda ce dernier avec lassitude.

– Certaines personnes pensent qu'il s'agit d'un canular publicitaire pour le bal de demain soir.

– C'est ridicule.

– Je suis d'accord, d'autant plus que Jimmy aurait pu se faire tuer. Je viens de lui parler, il est aux anges malgré sa migraine. Il m'a demandé de garder les leis sous clef jusqu'à demain soir.

– Je ne veux plus en être responsable, croyez-moi,

déclara Will. Emportez-les et rapportez-les demain soir dans un fourgon blindé juste avant la vente, vous me simplifierez l'existence.

– Qui a appelé la police, Mike ? demanda Regan.

– Nous n'en savons rien. L'appel provenait d'un de ces nouveaux téléphones portables à carte qu'on jette quand le crédit est épuisé.

– Celui qui a fait le coup l'avait donc prémédité et ne voulait pas laisser de trace de son appel. C'est incroyable !

– Toute l'affaire est incroyable, commenta Mike. Dites-moi, Will, combien de gens portaient un vêtement jaune aujourd'hui dans les parages ?

– Des centaines ! répondit Will en levant les yeux au ciel.

Le téléphone sonna sur son bureau.

– Excusez-moi, dit-il en décrochant. Ce doit être important si Janet me passe une communication.

C'était sa femme, Kim, qui l'appelait de son avion. Pendant que Will était au téléphone, Regan parla à voix basse à Mike Darnell :

– Ce que je vais vous demander n'a rien à voir avec tout ceci, je sais, mais Jack m'a dit que si je pouvais recueillir des empreintes digitales, vous seriez en mesure de...

– Je sais, l'interrompit Mike. Jack m'a appelé après vous avoir parlé. Vous voulez vérifier si le type qui sort avec votre amie est clean ?

– Oui.

– Pas de problème. Si vous me donnez les empreintes demain matin, je ferai tout de suite le nécessaire. Pour en revenir à notre affaire, poursuivit-il en se tournant vers la baie coulissante, celui qui a déposé les leis ici est entré et est reparti sans être vu.

La question qu'on se pose, c'est pourquoi on prendrait le risque de voler ces leis si c'est pour les rendre aussitôt ?

Will avait raccroché et écouté les dernières phrases.

– Quelqu'un s'efforce depuis un moment de nuire à la réputation de l'hôtel. J'ai demandé à Regan d'enquêter pendant ce week-end et de voir si elle pouvait découvrir quelque chose. Les gens qui disent qu'il s'agit d'un coup de publicité ne se rendent pas compte qu'une publicité de ce genre est très mauvaise pour l'hôtel. Sommes-nous satisfaits que les deux leis aient été retrouvés et que l'un d'eux au moins soit vendu aux enchères ? La réponse est oui, évidemment. Mais sachant qu'une employée de l'hôtel morte noyée portait l'autre lei, volé jadis au musée, et qu'il a de nouveau été volé pour reparaître dans mon bureau, je dis que c'est mauvais pour notre réputation. Les clients auront peur de séjourner ici. Ils croiront que le Waikiki Waters est une sorte de maison de fous – ou qu'il porte une malédiction, comme les leis.

– Je vous comprends, le rassura Mike.

– Je dois dire que je suis réellement inquiet de ce qui se passera demain soir. Si quelqu'un s'est donné la peine de nous jouer ce tour pendable avec les leis, qui sait de quoi d'autre il est capable ?

– Je vous enverrai des hommes en civil pour surveiller discrètement les lieux pendant le bal, promit Mike.

– Je vous en remercie d'avance. Je ne respirerai que quand ces leis seront partis pour de bon. Mais, d'ici là, je dois me soucier de la sécurité de nos clients et de nos employés.

– Et vous pensiez venir à Hawaii pour quelques jours de vacances ? dit Mike à Regan en riant.

Elle répondit par un sourire et un geste fataliste.

— Bon, je vous laisse, reprit Mike. Will, n'hésitez pas à m'appeler en cas de besoin. Voulez-vous parler aux journalistes dehors ?

— Croyez-vous vraiment que j'en aie envie ? soupira Will.

— Dans ce cas, je ferai une brève déclaration pour les informer que les leis sont retrouvés, que tout va bien et que la police enquête.

Quand Mike se fut retiré, Will referma la porte, revint s'asseoir à son bureau et se frotta les yeux avec lassitude.

— Vous connaissiez ce policier, Regan ?

— C'est un ami de mon fiancé. J'ai fait sa connaissance hier soir Chez Duke.

— Vous n'allez pas lui dire que c'est moi qui avais confié le lei à Dorinda le soir de sa mort, j'espère ?

— Bien sûr que non, le rassura Regan. Secret professionnel.

— Il faut maintenant que j'aille chercher ma femme à l'aéroport, soupira-t-il. Elle sera sûrement ravie de toutes les bonnes nouvelles que je vais devoir lui apprendre.

— Avant que vous partiez, Will, je voudrais vous dire ce que j'ai trouvé à l'appartement de Dorinda.

— Faut-il que je me bouche les oreilles ?

— Il n'y a rien de mauvais pour vous.

— Les miracles se succèdent ! dit-il en joignant les mains comme pour prier.

— Dorinda avait constitué un dossier que j'ai là, dans mon sac, intitulé *Scandales à creuser*. Il contient quelques photos, des coupures de presse et la photocopie du testament d'un certain Sal Hawkins, qui a légué toute sa fortune à un groupe de touristes du continent pour payer leurs voyages à Hawaii.

– Sal Hawkins ? répéta Will, incrédule.

– Oui.

– Il a légué un million de dollars au Club Vive la Pluie dont je vous avais parlé. Ned, que je vous ai présenté tout à l'heure, a emmené surfer deux de ses membres ce matin. Le groupe est dirigé par deux vieilles filles qui sont jumelles. Vous avez entendu Otis en parler.

– Avez-vous dit un million de dollars ?

– Oui.

Regan prit le dossier, l'ouvrit et le posa devant Will.

– Selon le testament, il s'agit de dix millions de dollars.

– Dix millions ? s'exclama Will, effaré. Dix millions pour payer des voyages à Hawaii ?

– Apparemment.

– Et elles passent leur temps à crier misère !

– Donc, elles mentent aux membres de leur groupe sur la réalité de leurs ressources. Le couple bizarre que j'ai rencontré ce matin au bar les accusait d'être avares. Dorinda avait sûrement découvert quelque chose à leur sujet. Jusqu'à quand restent-elles ici ?

– Lundi.

Regan lui montra ensuite une photo de Steve.

– Ce garçon, expliqua-t-elle, fait la cour à mon amie Kit depuis plusieurs jours. Il ne m'inspirait déjà pas confiance et le fait de le retrouver dans ce dossier ne présage rien de bon. Que savez-vous sur son compte ?

– Peu de chose. Steve Yardley vient de temps en temps à un de nos bars. Tout ce que je sais, c'est qu'il a pris sa retraite très jeune et qu'il dispose d'une coquette fortune.

– Est-il honnête, à votre avis ?

– Je n'en sais rien, Regan. Il fait partie des gens lancés qu'on voit en ville. Il plaît aux femmes et les séduit facilement.

– J'ai vu sur le bureau de Dorinda une photo de groupe où elle était à côté de lui et le regardait avec un sourire extasié.

– Dorinda regardait beaucoup d'hommes avec un sourire extasié. Si elle a déniché quelque chose sur lui, je ne vois pas du tout ce que ça peut être.

– Bien. Et notre chère amie Jazzy ? Il y a dans le dossier une coupure de presse sur la collection de vêtements de son patron.

– Claude Mott cherche toujours à se faire de la publicité. C'est un homme d'affaires plus que prospère qui voudrait maintenant devenir célèbre et se trouver mêlé à tout ce qui se passe. Ce n'est pas un crime, que je sache.

– Non, mais Jazzy travaille pour lui. Et Dieu sait de quoi elle est capable.

– Elle est plus envahissante que la mauvaise herbe, je vous l'ai déjà dit. Attendez de la voir à l'œuvre demain soir. Elle a un succès fou auprès des hommes. Vous ne me croirez peut-être pas, mais je la juge inoffensive. Autre chose, Regan ?

Elle lui tendit quelques coupures de presse sur des ouvertures de restaurants chics et des soirées branchées.

– Y en a-t-il là-dedans qui vous disent quelque chose ?

– Non, rien, répondit Will après les avoir parcourues.

Regan remit le tout dans le dossier qu'elle referma.

— Il faut que je rejoigne Kit pour aller dîner chez ce Steve. Une dernière chose : j'ai parlé hier soir sur la plage à un jeune couple. Elle était sortie se promener très tard la nuit de la mort de Dorinda. Elle croyait avoir remarqué quelque chose d'inhabituel, mais elle n'arrivait pas à s'en souvenir et m'a dit qu'elle me ferait signe aujourd'hui si cela lui revenait. Elle ne m'a pas encore donné de ses nouvelles, mais je voudrais quand même l'appeler et je n'ai pas leur numéro de chambre.

— Comment s'appellent-ils ?

— Carla et Jason. Ils venaient de se fiancer hier soir. Le problème, c'est que je ne connais pas non plus leurs noms de famille. Je sais seulement qu'ils sont dans le bâtiment Coconut.

— Je dirai à la réception de les chercher sur l'ordinateur, ce ne devrait pas être très difficile.

— Parfait, dit Regan en se levant. Irez-vous directement chez vous en rentrant de l'aéroport ?

— Oui, et je ne compte pas revenir ici avant demain matin. Mais vous pourrez toujours me joindre sur mon portable.

— J'espère ne pas en avoir besoin.

— Pas autant que moi, Regan. Pas autant que moi.

49

– Qu'allons-nous faire de ces deux-là ? demanda Gert à Ev.

Elles s'étaient rendues à l'aéroport en taxi et attendaient le départ de leur vol pour Honolulu. En dépit de cette contrariété imprévue, les jumelles savouraient la brise du soir qui rafraîchissait la petite aérogare.

– Nous reviendrons demain pour nous débarrasser d'eux, tu le sais bien.

– Oui, mais comment ? Il n'est pas question de les laisser parler si nous ne voulons pas finir en prison. Je n'aurais jamais cru que nous deviendrions aussi méchantes, commenta Gert avec un ricanement.

– Nous avons bien mérité de mener enfin la belle vie, rétorqua Ev d'un ton de reproche. Nous avons soigné nos parents, nous avons pris soin de Sal Hawkins. Patauger dans les flaques à Hudville, c'est fini. Désormais, sœurette, le temps nous appartient.

– J'ai tellement de chance de t'avoir que j'ai envie de pleurer, dit Gert en reniflant.

– Nous avons autant de chance l'une que l'autre. Nous formons une bonne équipe, toutes les deux.

– Oui, mais je n'imaginais pas que nous serions complices dans le crime.

– Eh bien, il faudra en prendre l'habitude ! dit Ev

en riant. Quand je pense à ces deux imbéciles dans notre cave, je regrette sincèrement pour eux qu'ils se soient mis eux-mêmes dans une pareille situation. En plus, ils vont nous coûter de l'argent à faire tous ces allers et retours, puisque nous allons devoir revenir demain après-midi. Nous louerons une voiture avec un grand coffre. Quand il fera noir, nous les mettrons dedans et nous irons de l'autre côté de l'île. Il y a beaucoup d'endroits où il suffit de pousser quelqu'un pour qu'il tombe du haut d'une falaise et fasse un gros plouf dans l'eau.

— Tu es géniale, Ev.

— Mais non, sœurette, c'est du simple bon sens. Nous avons de la chance que notre mère nous ait inculqué tout ça.

— Elle ne nous a pas appris à tuer les gens ! protesta Gert.

— Parce que personne à Hudville ne valait la peine d'être tué. Mais si l'occasion s'était présentée, elle n'aurait pas hésité une seconde, j'en suis sûre.

— Peut-être bien. Mais comment ferons-nous dimanche matin pour rentrer à Honolulu à temps pour la promenade sur la plage ? Le groupe se doutera vraiment de quelque chose si nous ne sommes pas là à ce moment-là.

— Nous leur dirons que nous avons dû aller à l'église assister à un service spécial qui commence au lever du soleil et dure toute la matinée. Ce sera notre dernier jour, nous prendrons nos repas avec eux et après, bon débarras !

— Je viens de penser à quelque chose.

— Quoi, sœurette ?

— La voiture de ces deux jeunes. Qu'est-ce que nous en ferons ?

266

– Ce sera parfait pour la mise en scène. Demain, tu me suivras avec leur voiture et nous la garerons près de la falaise. Comme cela, tout le monde croira que les amoureux se sont suicidés ensemble pour une raison ou pour une autre.

– Il y a un problème, Ev.

– Lequel ?

– Je ne conduis pas.

– Mais si, tu en es parfaitement capable ! C'est facile. Tu n'as pas passé ton permis parce que tu sais que j'aime conduire et que je prends toujours l'initiative parce que je suis l'aînée.

– Tu ne l'es que de cinq minutes vingt-deux secondes.

Les haut-parleurs annoncèrent à ce moment-là l'embarquement immédiat du vol pour Honolulu. Les jumelles se donnèrent une brève accolade, comme elles le faisaient toujours avant de monter en avion. Le décollage effectué, elles regardèrent par le hublot la Grande Île qui défilait au-dessous d'elles.

– Nous pourrons bientôt dire que nous sommes ici chez nous, dit Gert.

– Notre chez-nous bien à nous, renchérit Ev.

Tout en bas, dans la cave de la maison de rêve des jumelles diaboliques, Jason et Carla s'évertuaient à se libérer de leurs liens. Carla sanglotait, mais plus elle pleurait, plus le bâillon l'étouffait.

– Calme-toi, l'adjura Jason en essayant de se faire entendre à travers le drap qui lui obstruait la bouche. Nous y arriverons, tu verras. Nous y arriverons.

Cette affirmation à laquelle il s'efforçait de croire n'avait pour but que de rassurer celle qui était, il en prenait conscience, la femme de sa vie, la seule, la vraie. Aidez-nous, mon Dieu ! pria-t-il en continuant à se démener pour défaire les liens qui lui sciaient les poignets.

En fermant les yeux, il pensa à Regan Reilly. Elle enquêtait sur la mort de Dorinda Dawes, ce qui confirmait qu'il s'agissait bel et bien d'un crime comme Carla l'avait tout de suite soupçonné. Trouvez-nous, Regan, trouvez-nous avant que ces deux folles criminelles reviennent. Elles sont capables de tout, j'en suis maintenant certain.

50

Kit est sérieusement mordue, constata Regan en entrant dans la chambre : sa garde-robe au complet était étalée sur le lit.

– Je n'arrive pas à décider quoi mettre, expliqua-t-elle. Alors, comment ça se passe de ton côté ?

Regan lui raconta le vol des leis et leur réapparition dans le bureau de Will.

– Une histoire de fous, déclara Kit en tenant un autre corsage devant elle pour en juger l'effet. Il faut que je trouve quelque chose à mettre demain soir au bal. Quand je suis venue ici pour la convention, tu penses bien que je n'ai pas pris de robes à paillettes.

– Il y a un grand centre commercial tout près d'ici avec des tas de belles boutiques, lui rappela Regan.

– Je sais, Steve m'y emmène demain. Il veut m'acheter une robe.

– Tu le laisseras faire ? demanda Regan.

– J'ai d'abord refusé, mais il insiste. Tu n'approuves pas ?

– Euh... C'est un peu rapide, voilà tout.

Elle ne voulait pas doucher l'enthousiasme de son amie. Après tout, Steve était peut-être réellement un type bien.

– Tu crois que c'est idiot, je sais, dit Kit en s'asseyant sur le lit. Mais je pense que cette fois, c'est la bonne.

– Si cela marchait, rien ne me ferait plus plaisir, répondit Regan, s'abstenant d'ajouter qu'une heureuse conclusion lui paraissait assez improbable.

– Tu sais, dit Kit, ce serait merveilleux que je me marie juste après toi. Nous aurions des enfants presque en même temps. Tu te dis que j'ai attrapé un coup de soleil, ajouta-t-elle en riant.

– Pas du tout. Mais parce que je suis ton amie, je te conseille de prendre un peu de temps et de recul. Nous savons l'une et l'autre que les coups de foudre ont tendance à se terminer en cendres.

– Ne t'inquiète pas, Regan. En ce moment, je m'amuse et c'est bien agréable. Et puis, nous devons partir lundi. Le vrai test commencera ensuite. Le Connecticut est loin de Hawaii.

Ces derniers mots rassurèrent un peu Regan.

– Tu as raison, Kit. Alors, amuse-toi bien ce week-end et tu verras après.

Mais cela ne m'empêchera pas de prendre ses empreintes digitales, pensa-t-elle.

– Tu as eu de la chance, toi, d'avoir trouvé Jack. Évidemment, il a fallu que ton père se fasse kidnapper pour en arriver là.

– Mon père est très fier d'avoir été un si bon marieur, dit Regan en souriant à son tour. Il adore raconter l'histoire et je m'attends à ce qu'il monopolise le micro le jour de notre mariage pour être sûr que personne n'en perde une miette.

– Je ne crois pas que mon père accepterait une solution aussi radicale, mais ma grand-mère n'hésiterait pas à se faire enlever, dit Kit en commençant à replier et à ranger ses affaires. C'est invraisemblable, cette histoire de leis. Will a de la chance que tu sois là au bon moment.

— Je n'en suis pas si sûre. J'espère seulement avoir le temps d'ouvrir au moins une ou deux pistes avant lundi.

— Et pour Dorinda, quoi de neuf ?

— Je suis allée à son appartement avec son cousin. C'était intéressant. J'ai trouvé deux ou trois choses que je vais étudier de plus près. Je voudrais aussi parler à la fille que nous avons rencontrée sur la plage hier soir.

— Tu avais l'air certaine qu'elle t'appellerait aujourd'hui.

— Elle peut encore le faire, mais je ne veux pas attendre. Will va me dire quelle chambre elle occupe avec son fiancé pour que je puisse prendre contact avec eux.

— Si elle ne t'a pas encore fait signe, c'est peut-être parce qu'ils n'ont pas fini de célébrer leurs fiançailles.

— C'est très possible. Elle était folle de joie.

— Je le serais aussi après avoir attendu dix ans. Imagine que Steve en fasse autant ! Je frémis rien que d'y penser !

— Eh bien, n'y pense pas.

— Je sais, je sais.

— D'ailleurs, ces deux-là se sont connus sur les bancs de l'école. Ils n'étaient pas légalement en âge de se marier. Je saute dans la douche, ajouta Regan en voyant Kit consulter ostensiblement sa montre. Je n'en aurai pas pour longtemps.

Une demi-heure plus tard, elles montèrent en taxi pour aller chez Steve.

— Tu as pris un bien grand sac, observa Kit.

Regan s'abstint d'expliquer que c'était afin de

mieux y loger un objet avec les empreintes de Steve. Comme un grand couteau de cuisine ou une bouteille vide.

— Tu sais bien que j'ai toujours besoin d'un bloc-notes et de mon portable. Will espère qu'il ne se passera rien ce soir, il va chercher sa femme à l'aéroport et il a grand besoin d'un peu de tranquillité. Mais on ne sait jamais.

— Toi aussi, Regan, tu mérites une soirée de repos. Tu es venue ici en vacances, tu te rappelles ? Amusons-nous et ne pensons à rien.

Regan lui sourit avec affection. Cette soirée sera tout sauf une soirée de repos, pensa-t-elle. J'accomplirai même la mission personnelle la plus importante de ce voyage, se dit-elle en posant une main sur le bras de son amie la plus chère et la plus proche depuis plus de dix ans.

— Reposante ou pas, la soirée sera intéressante, j'en suis sûre.

51

Jazzy et Claude quittèrent l'aéroport dans une longue limousine. Claude aimait paraître sous une certaine lumière, celle que confèrent les voitures de luxe, les vêtements griffés et les lieux hors de portée du commun des mortels. Sa maison de la Grande Île lui inspirait de la fierté, mais elle ne lui suffisait pas. Il voulait se réaliser en devenant styliste et créateur, c'est-à-dire artiste à part entière.

Tandis que la voiture glissait sans bruit sur la route, Jazzy remplit deux flûtes de champagne et trinqua avec Claude. Ils savouraient tous deux la certitude que ceux qui les voyaient passer se demandaient quels étaient les VIP dissimulés derrière les vitres teintées de la limousine – mais refusaient de s'avouer que s'ils baissaient ces écrans, on saurait qu'ils étaient des inconnus et on se désintéresserait aussitôt d'eux.

– Fatigué, Claude ? s'enquit Jazzy avec sollicitude.

– Je travaille comme une bête, je viens d'être enfermé des heures dans un avion. Comment voudriez-vous que je ne sois pas fatigué ?

Après avoir exprimé sa compassion, Jazzy changea de sujet :

– Le bal sera une réussite, j'en suis sûre.

– Bien entendu. Les femmes se jetteront sur nos

paréos, et vous savez pourquoi ? Parce qu'ils sont sexy. Il n'existe que très peu de paréos sexy. Moi, je sais les créer parce que je sais ce que désirent les femmes. Les hommes aussi adoreront mes chemises hawaiiennes. Au fait, des nouvelles de GQ ?

– Non. Pas encore, se hâta-t-elle d'ajouter en voyant Claude froncer les sourcils.

– Qu'ils ne soient pas intéressés serait inimaginable. La nouvelle que Claude Mott va faire de la chemise hawaiienne un vêtement branché, où que l'on soit, aura un impact incalculable dans le monde entier.

– Vous réussirez à l'imposer, Claude, je n'en doute pas.

– Bien entendu. Dieu merci, ces leis ont été retrouvés.

– Oui, un vrai miracle, approuva Jazzy. Tout se passera encore mieux demain soir.

– Je me demande cependant si leur découverte dans le bureau de Will Brown va lui attirer des ennuis avec la police.

– C'est bien possible. Selon les infos que j'ai écoutées en allant à l'aéroport, la police enquête mais n'a aucun suspect. Il y a aussi une détective privée, Regan Reilly, qui séjourne à l'hôtel en ce moment. Elle est brillante. J'ai l'impression qu'elle travaille pour Will.

– Regan Reilly ? répéta-t-il.

– Oui.

– Le nom me dit quelque chose.

– Elle est la fille de la romancière Nora Regan Reilly, qui est très connue.

– Ah, oui ! Une femme assise à côté de moi dans l'avion lisait un de ses romans. Voilà pourquoi j'ai reconnu le nom, dit-il en buvant une gorgée de champagne. Ainsi, Jazzy, vous présenterez demain soir mes paréos sexy.

– J'irai à chaque table et je ferai en sorte que tout le monde puisse les regarder de près.

Pour la première fois depuis plus de trois semaines, un sourire apparut sur les lèvres de Claude.

– Vous savez, Jazzy, j'ai étudié le parcours des stylistes et des couturiers célèbres. Chacun à sa manière a laissé sa trace dans l'histoire. Moi, ce sera en introduisant le lei. Il sera omniprésent dans toutes mes créations. Ils devraient même être portés à la place des bijoux dans les soirées les plus habillées de New York et des grandes métropoles. Toutes les femmes devront en posséder et porter mes créations aussi bien en tenue décontractée qu'en toilette de gala. C'est ainsi que je vois ma mission en ce monde : le lei pour tous.

Jazzy leva sa flûte en souriant.

– Buvons aux leis dans le monde entier !

Sur quoi, ils trinquèrent au dom-pérignon dans la limousine qui les emportait sans bruit ni secousses vers le Waikiki Waters.

52

Au bord de la piscine, Francie, Artie et Joy siro-
taient des cocktails exotiques. Les danseuses s'apprê-
taient à onduler des hanches et les musiciens
procédaient aux réglages de la sono. Ned les rejoignit
à ce moment-là et s'assit à côté d'eux.

— Comment va votre mère ? lui demanda Artie.

Ned se ressaisit juste à temps.

— Hein ?... Euh, oui. Elle va mieux, merci.

Il commanda un double scotch à la serveuse. Pendant qu'elle notait la commande, Bob et Betsy arrivèrent à leur tour et commandèrent des cocktails.

Une fois tout le monde bien installé, Joy décida
d'ouvrir la discussion sur les jumelles :

— Vous connaissez tous l'avarice de Gert et d'Ev
avec l'argent de Sal Hawkins. Quand nous serons de
retour à Hudville, je propose que nous demandions à
voir le testament de Sal et les livres de comptes.

Une flamme s'alluma dans le regard de Bob.

— Vous croyez qu'elles sont comme Bonnie et
Clyde ?

— Hein ? demanda Joy, interloquée.

— Oui, Bonnie et Clyde. Vous savez bien.

— Je ne crois pas qu'elles tirent sur tout ce qui
bouge, mais je ne serais pas surprise d'apprendre

qu'elles ont passé la journée au centre commercial Ala Moana avec l'argent de Sal Hawkins et qu'elles font livrer leurs achats chez elle à Hudville. C'est inadmissible. Je connais quelqu'un qui a gagné un des premiers voyages. Il disait que c'était sensationnel. Ils faisaient des excursions en hélicoptère, des croisières au coucher du soleil et des tas d'activités distrayantes qui coûtaient cher. Maintenant, il faut même payer pour aller à la piscine ! Si cela continue, elles nous obligeront à nous baigner dans la mer.

Ned s'étrangla avec son scotch qu'il buvait trop vite.

— Croyez-vous qu'elles iraient jusqu'à escroquer les fonds du groupe ? dit-il en s'essuyant les lèvres. Elles marchandent sans arrêt avec Will pour obtenir des rabais.

— Bien sûr qu'elles en sont capables ! s'exclama Francie. Elles nous privent des plaisirs de Hawaii auxquels nous avons droit !

— Nous avons au moins réussi à leur faire payer nos quatre entrées au bal, commenta Artie. Attendez de voir leur réaction.

Glenn, le groom, les salua de la main en passant.

— On le voit partout celui-là, observa Joy.

Le système nerveux de Ned était en alerte rouge. Quand il vit Glenn obliquer vers eux, il résista à grand-peine à l'envie de détaler.

— J'espère que nos danseuses vous plairont, leur dit-il avec un grand sourire. Je sais que Ned les apprécie, n'est-ce pas, Ned ? Vous devriez voir le papier d'emballage du cadeau qu'il a acheté aujourd'hui.

— Je l'ai vu. Quand on pense que c'est un cadeau pour sa mère ! dit Artie en riant.

— Ah oui ? s'étonna Glenn. Ce n'est pas ce qu'il m'avait dit.

— Pas de quoi fouetter un chat, intervint Ned en se dominant. C'est le magasin qui a fait l'emballage, je n'y suis pour rien.

— Bon, je vous laisse, dit Glenn. Amusez-vous bien.

Je vais le tuer, ce petit salaud ! fulmina Ned intérieurement. Il se fout de moi.

— Alors, dit Joy avec une autorité insoupçonnée, tout le monde est d'accord ?

— D'accord sur quoi ? s'enquit Betsy.

— Pour qu'on se renseigne sur la gestion des fonds une fois de retour à Hudville.

Artie ne répondit pas. Il avait pris la décision de quitter Hudville le plus vite possible et ne voulait pas être mêlé à de sordides querelles de ce genre. De plus, Joy l'agaçait. Elle lui donnait l'impression d'être vieux et sans intérêt.

— Ne comptez pas sur nous, dit Bob. Betsy et moi serons trop occupés avec notre livre.

— Et vous, Francie ? demanda Joy.

— Ce qui m'inquiète un peu, c'est que Hudville est une petite ville où tout se sait. Si les jumelles n'ont rien à se reprocher, nous passerons pour des ingrats et ce serait plutôt gênant.

— Gênant ? intervint Artie. Dites plutôt dangereux. Si je leur créais des ennuis, je ne voudrais pas rencontrer Gert et Ev dans une ruelle obscure par une nuit sans lune.

— Elles ne me font pas peur, déclara Joy avec désinvolture. Ce que je vous ai dit mérite quand même qu'on y réfléchisse.

— L'escroquerie est une pratique courante, approuva Ned. Le pouvoir monte à la tête des gens et ils finissent par croire qu'ils ont le droit d'utiliser l'argent d'une association comme bon leur semble.

– Où avez-vous obtenu votre diplôme de psychologie, Ned ? s'esclaffa Francie. Vous semblez connaître intimement le fonctionnement d'un cerveau criminel.

Le premier accord de l'orchestre épargna à Ned l'épreuve de répondre. Les danseuses commencèrent à onduler gracieusement. En les regardant, Ned ne pouvait s'empêcher de penser à celles qui ornaient le papier avec lequel il avait emballé les précieux leis anciens.

Qui a bien pu s'emparer des leis ? se demanda-t-il pour la énième fois. Ce ne peut être que Glenn, décidat-il. Qui d'autre aurait eu la possibilité de le faire ? Mais pourquoi ? Et comment lui rendre la monnaie de sa pièce ? L'idée de régler le problème en s'esquivant purement et simplement lui traversa l'esprit. Mais après ? Il n'avait nulle part où aller. Aucune, aucune position de repli.

Non, se dit-il, je reste. Glenn doit mijoter un coup tordu et j'ai l'intention de le découvrir. Il ne me battra pas à ce petit jeu-là. Parce que moi, j'ai plus d'expérience que lui et je joue toujours pour gagner.

53

La soirée chez Steve était beaucoup plus réussie que Regan ne l'aurait cru. Il y avait plus de monde que la veille, l'ambiance était joyeuse et amicale. La stéréo diffusait de la musique hawaiienne, le mixer ronronnait sans arrêt pour préparer des cocktails tropicaux, le barbecue crépitait sous les poissons et les hamburgers.

Steve lui-même n'aurait pu se montrer plus charmant. En hôte parfait, il présentait ceux qui ne se connaissaient pas encore, veillait à remplir les verres vides, surveillait le dîner et consacrait à Kit une attention de tous les instants. Regan et elle avaient pris place à une table sur la terrasse. Elles buvaient, mangeaient, bavardaient et riaient avec leurs voisins.

Je n'ai jamais vu Kit aussi heureuse, pensait Regan avec remords tout en guettant l'occasion de s'emparer d'un objet portant les empreintes de Steve. Mais je ne le fais que pour son bien. Les amies doivent veiller au grain. Et quand on a une détective privée pour meilleure amie, il faut accepter les quelques inconvénients du métier.

Regan appréciait que Steve se montre aussi sincèrement attentionné envers Kit. J'espère de tout mon cœur que je me trompe, se dit-elle. Dorinda ne l'avait peut-être inclus dans son dossier que parce qu'il avait repoussé ses avances et que Steve, comme dit Jazzy, est un trop beau parti pour que les femmes, surtout les aventurières, ne lui tournent pas autour.

Kit profita d'un moment où elles se trouvèrent seules à leur table pour se confier à Regan :

– N'est-ce pas qu'il est formidable ? J'ai hâte de le présenter à Jack. Je suis sûre qu'ils s'entendront très bien.

– Je l'espère.

– Comme nous nous le sommes souvent dit, il vaut mieux que nos trouvions des maris qui s'aiment bien.

Regan sourit. Du coin de l'œil, elle vit Steve à la table voisine prendre sa canette de bière, constater qu'elle était vide et se lever pour aller en chercher une autre à l'intérieur.

Voilà l'occasion, pensa-t-elle immédiatement. Depuis le début du dîner, elle avait choisi de boire la même bière que Steve, bien qu'elle ne l'aimât pas particulièrement et que Kit se soit étonnée de la voir boire de la bière. Regan s'en était sortie en disant que la bière passait mieux que le vin quand il faisait chaud. Elle en avait bu parcimonieusement, mais sa canette était vide elle aussi.

Regan prit son sac, se leva.

– Il faut que j'aille aux toilettes. Je reviens tout de suite.

Sa canette vide dans une main et son sac dans l'autre, elle se faufila entre les invités debout sur la terrasse, entra dans la maison où d'autres petits groupes buvaient en bavardant. Elle vit Steve poser sa canette vide sur le comptoir de la cuisine et, avant d'en prendre une autre, se retourner en s'entendant héler par un invité qui partait.

Regan n'hésita pas. Elle passa nonchalamment

devant le comptoir, y posa sa bouteille et prit en même temps celle de Steve. Personne n'ayant remarqué son tour de passe-passe, elle s'engagea dans le couloir. La porte des toilettes était entrouverte. Tant mieux, se dit-elle, je n'aurais pas à attendre. On aurait pu s'étonner de me voir debout dans le couloir, une canette vide à la main.

Elle referma la porte derrière elle, posa son sac sur une tablette, en sortit un pochon de plastique dans lequel elle glissa la canette avant de placer le tout dans son sac. Puis, tout en réfléchissant à son plan d'action, elle se recoiffa et se remit du rouge à lèvres.

De retour sur la terrasse, elle resta bavarder quelques minutes avec Kit avant d'étouffer un bâillement.

– J'ai un coup de pompe. La journée a été longue, tu sais. Ça ne t'ennuie pas que j'appelle un taxi et que je rentre avant toi ?

– Tu es sûre ? Tu ne veux pas rester encore un peu ?

– Tout à fait. Mes yeux se ferment.

– Je suis désolée que nous n'ayons pas été ensemble plus souvent depuis ton arrivée.

– Ce n'est pas grave, Kit. De toute façon, j'ai travaillé toute la journée. Amuse-toi bien. Nous bavarderons tout à l'heure si je ne suis pas déjà endormie.

Steve arriva derrière elles à ce moment-là.

– Regan s'en va, lui dit Kit. Peux-tu lui appeler un taxi ?

Il posa un bras sur les épaules de Regan en effleurant d'une main son sac.

– Vous vous ennuyez chez moi ? demanda-t-il en souriant. Dis-moi la vérité, Kit. Ton amie ne m'aime pas ?

282

– Je ne m'ennuie pas du tout, répondit Regan en lui rendant son sourire, mais je ne suis pas encore remise du décalage horaire. J'ai envie d'une bonne nuit de sommeil pour pouvoir veiller tard demain soir au Bal de la Princesse.

– Ce sera une merveilleuse soirée. Kit sera ma princesse, dit Steve en se penchant pour l'embrasser. Et j'ai hâte de faire la connaissance de votre prince, poursuivit-il à l'adresse de Regan.

– Lui aussi, j'en suis sûre.

Et beaucoup plus que vous ne croyez, s'abstint-elle d'ajouter.

Un quart d'heure plus tard, Steve l'accompagna dehors. Le taxi venait d'arriver.

– Reposez-vous bien, Regan, dit-il en lui ouvrant la portière. Et ne vous inquiétez pas, je prendrai bien soin de votre amie Kit.

– Elle le mérite. À demain soir, Steve.

– À demain. Attachez votre ceinture. On n'est jamais trop prudent, dit-il en riant avant de refermer la portière.

Regan agita la main pour saluer Steve qui attendait son départ pour rentrer dans la maison. Est-il ou non ce qu'il paraît être ? se demanda-t-elle. Mais nous le saurons bientôt, pensa-t-elle en tâtant la canette vide dans son sac. Nous le saurons bientôt.

54

Kim contempla une fois de plus le mur du living où le lei était resté accroché depuis qu'ils avaient emménagé dans la maison.

– Ta mère m'étonnera toujours, déclara-t-elle. Il n'y avait qu'elle pour mettre la main sur un lei royal volé et déclencher il y a trente ans des événements qui se prolongent aujourd'hui.

– Je sais, ma chérie, soupira Will en la serrant contre lui.

Leur fils dormait dans sa chambre. Kim et Will avaient paisiblement dîné. Il était maintenant près de minuit. Assis côte à côte dans le canapé du living, ils buvaient un dernier verre et finissaient de se raconter ce qu'ils avaient fait pendant leur séparation. Will ne lui avait rien caché de ce qui s'était passé en son absence et Kim, contrairement à ses craintes, le prenait plutôt bien.

– Je savais que Dorinda Dawes ne m'aimait pas. J'ai hâte de voir le bulletin avec mon horrible photo, mais tu as eu raison de le laisser au bureau.

Will posa un regard adorateur sur la femme ravissante aux longs cheveux noirs et aux yeux en amande, qui était la sienne. Ils s'étaient rencontrés cinq ans auparavant en faisant la queue à l'entrée d'un cinéma où, contrairement à leurs habitudes, ils étaient allés à la séance de cinq heures de l'après-midi. Ils avaient lié conversation, s'étaient assis l'un à côté de l'autre et, ce jour-là, leur couple s'était formé. Depuis, tous les ans, ils fêtaient leur anniversaire en allant au même cinéma à la séance de cinq heures même quand le film ne leur plaisait pas. Will aimait profondément sa femme, le fils qu'ils avaient eu ensemble et la vie qu'ils partageaient. Pour rien au monde, il n'aurait voulu mettre cette vie en danger – et c'est pourtant ce qu'il avait fait en prêtant ce lei, cause de ses malheurs, à Dorinda Dawes.

– Crois-tu ta mère capable de se taire demain soir au bal ? demanda Kim. Telle que je la connais, elle ne pourra pas s'empêcher de raconter que le lei était dans ta famille depuis trente ans.

– Je n'en sais rien, ma chérie. J'espère qu'elle se taira.

– Je l'espère aussi, dit Kim en riant. Mais quand elle verra le lei au moment de la vente, elle perdra la tête.

– Jimmy n'a pas encore décidé de le mettre en vente.

– Il portera quand même les deux, n'est-ce pas ?

– C'est du moins ce qu'il m'a dit.

– Imagine la réaction de ta mère en voyant *son* lei au cou du gros Jimmy !

– Je préfère ne pas y penser. Avec tout ce qui cloche à l'hôtel, la tête me tourne, dit-il en la posant sur l'épaule de Kim.

– Sans compter Bingsley et Almetta dans une de tes chambres !

– J'ai demandé à Ned de s'occuper d'eux demain après-midi. Avec un peu de chance, il devrait réussir à épuiser ma mère. Il faudra ensuite survivre jusqu'à la fin du bal. J'espère que quelqu'un achètera les deux leis et les emportera très, très loin d'ici, à l'autre bout du monde si possible. Nous pourrons peut-être alors espérer nous sortir de tous ces problèmes.

– Tu as donc demandé à Regan Reilly d'enquêter ?

– Oui. Elle doit partir lundi, mais elle a déjà bien avancé. Je suis soulagé de la savoir ici pendant le bal. Un des inspecteurs de la police locale est un ami de son fiancé, il nous enverra des hommes en civil pour surveiller discrètement ce qui se passe.

– Ce Bal de la Princesse devait être un conte de fées. Il paraît plutôt tourner au cauchemar.

La sonnerie du téléphone fit sursauter Will.

– J'espère que ce n'est pas une catastrophe de plus, marmonna-t-il en décrochant. Allô ?

– Bonsoir mon chéri ! cria sa mère dans l'écouteur. Nous sommes à l'aéroport en train de boire un café et de manger un gâteau avant de nous embarquer dans l'avion. Il est de si bonne heure que je n'arrive pas à y croire. Ton père a réussi à dénicher une compagnie dont les vols décollent à l'aube. Je voulais juste te dire que nous serons bientôt arrivés.

– J'en suis ravi, maman, répondit Will sans conviction.

– Quoi de neuf au sujet de notre lei ?

– Il a été retrouvé aujourd'hui, dit Will sans préciser que c'était dans son bureau.

– Par exemple ! s'exclama Almetta. Ce lei ne peut pas tenir en place !

– C'est bien vrai, admit Will, accablé.

– Ne t'inquiète pas, ce sera notre petit secret à nous seuls. Pourrai-je au moins le revoir ?

– Demain soir au bal, s'il est mis en vente.

– Il faut que je le dise à ton père. Ce serait merveilleux qu'il le rachète pour moi, tu ne crois pas ? Il reviendrait dans la famille, à moins qu'un millionnaire dépense une fortune pour se l'approprier.

Il ne manquerait plus que cela, pensa Will en regardant le crochet où le lei avait été pendu.

– Tu pourrais le remettre à sa place dans ta jolie petite maison, enchaîna Almetta comme si elle avait réellement un don de double vue. Dommage que tu n'aies pas assez de place pour nous recevoir.

Will fit comme s'il n'avait pas entendu la dernière phrase.

– Si papa te rachète le lei, tu le garderas, déclara-t-il. J'insiste !

– Je dois dire que je me sentais comme une vraie reine quand je le portais... Ah ! On appelle notre vol. Au revoir, mon chéri !

Il y eut un déclic dans l'écouteur. Will raccrocha et se tourna vers Kim.

– Tu seras ravie d'apprendre que ta belle-mère préférée est déjà en route.

Kim éclata de rire, mais Will sentit son estomac faire des sauts périlleux. Et il était malheureusement certain que cela continuerait aussi longtemps que le lei ne serait pas sorti de sa vie à jamais.

D'une manière ou d'une autre.

Samedi 15 janvier

55

Dans l'appartement de Dorinda, le cousin Gus avait dormi comme une souche. Le lit était bien un peu ferme à son goût, mais Gus étant ce qu'il était, il avait fermé les yeux et plongé sans désemparer dans le sommeil du juste.

Réveillé de bonne heure le samedi matin, il ne détermina pas tout de suite où il était et fit ce qu'il avait l'habitude de faire quand il lui arrivait de s'éveiller dans un endroit qui ne lui était pas familier. Il referma les yeux et compta jusqu'à dix. Quand il les rouvrit, son cerveau embrumé avait recouvré sa lucidité.

– Cousine Dorinda ! dit-il à haute voix. Quel dommage !

Le radio-réveil près du lit affichait six heures douze.

– Maudit décalage horaire, dit-il en posant les pieds par terre.

Dans la cuisine, il découvrit un paquet de café presque intact et s'en prépara. Puis, tandis que l'odorant breuvage coulait goutte à goutte dans la cafetière de verre, il s'efforça de toucher le bout de ses orteils. Il n'y parvenait jamais, mais cet exercice lui donnant le sentiment réconfortant d'accomplir un effort, il recommença une dizaine de fois jusqu'à ce que la tête lui tourne.

Entre-temps, le café avait fini de passer. Il le huma en connaisseur, s'en versa une tasse et retourna promptement se coucher. La tasse posée sur la table de chevet, il redressa les oreillers et s'y adossa commodément. Son regard se posa alors sur un cahier à côté de la tasse de café.

– Qu'avons-nous là ? demanda-t-il.

Faute de réponse, ce qui était d'une logique irréfutable puisqu'il était seul, il tira le cahier vers lui et l'ouvrit. Un titre en capitales barrait la première page : ROMAN DU BAL DE LA PRINCESSE. En sous-titre, toujours en capitales : EST-CE UNE NUIT POUR TOMBER AMOUREUX ? Ne pouvant déchiffrer ensuite les pattes de mouche de Dorinda, il posa le cahier sur ses genoux, se munit de ses lunettes, prit sa tasse de café, se réinstalla confortablement et commença à lire.

Il apprit ainsi avec intérêt que Hawaii était le paradis de l'amour. Les jeunes mariés en voyage de noces y venaient comme les vieux ménages, légitimes ou pas. Les inconnus qui se rencontraient dans ces îles de rêve tombaient amoureux les uns des autres. Touristes et indigènes s'ornaient de leis, symboles d'amour, d'amitié, de fête et de paix.

La suite du projet d'article de Dorinda décrivait les préparatifs du Bal de la Princesse dans le cadre romantique du Waikiki Waters et l'intérêt soulevé par la vente aux enchères du lei royal ayant fait des années durant la fierté du musée des coquillages. Tout y était : le menu qui serait servi, la décoration florale, les tout nouveaux vêtements hawaiiens décorés de leis offerts aux clients et l'association devant bénéficier du produit de la vente aux enchères afin de soutenir et d'encourager les jeunes artistes.

Gus se tamponna les yeux. La dernière phrase de l'article inachevé était : « Le soir du bal arrive enfin. »

– Dorinda n'a pas pu écrire la suite, soupira-t-il.

Un musicien avait composé une symphonie inachevée que le monde entier considérait comme un chef-d'œuvre, se rappela-t-il. Était-ce Beethoven ? Peu importe, décida-t-il, puisque c'est un chef-d'œuvre. Un chef-d'œuvre est toujours immortel.

Gus reposa le cahier. J'ai toujours été doué pour le journalisme, pensa-t-il en savourant son café à petites gorgées. J'ai même écrit quelques articles pour le journal de mon école. Pauvre Dorie ! se dit-il en voyant ses vêtements jetés en désordre sur une chaise. C'était un vrai poison, mais elle ne méritait pas de mourir comme cela.

– Je finirai ton article, Dorie ! annonça-t-il aux mânes de sa cousine qui hantaient peut-être la chambre. Ce sera le tribut que ton cher cousin Gus offrira à ta mémoire.

Plus il y pensait, plus son exaltation croissait. J'emporterai ce cahier à l'hôtel et je le montrerai à Will. Je lui dirai ce que je compte faire. Je passerai ensuite une bonne journée à la plage avant de revenir ici me changer et me préparer pour le bal.

– Cousine Dorie, jura-t-il solennellement, je ne leur permettrai pas de t'oublier !

56

Il était un peu plus de huit heures quand Regan quitta la chambre sans bruit. Kit était rentrée vers trois heures du matin. Regan l'avait entendue et s'était rendormie après avoir jeté un coup d'œil au réveil. En partant de chez Steve, la veille au soir, elle avait appelé Mike Darnell, qui lui avait dit de déposer la canette de bière au commissariat et qu'il s'en occuperait dans la matinée. Après s'être couchée, Regan s'était tournée et retournée un long moment dans son lit en se demandant si elle n'avait pas dépassé les bornes.

Arrivée sur la plage, elle marcha en aspirant à pleins poumons l'air frais. À cette heure matinale, on ne voyait que quelques joggers et une poignée de fanatiques qui marquaient leur territoire à l'aide de parasols, de transats et de serviettes de bain. Regan alla jusqu'à la jetée et s'assit sur les rochers. L'écume rejaillissait presque à ses pieds, tout était paisible, une belle journée s'annonçait. Pourquoi, alors, éprouvait-elle un sentiment de malaise ?

Elle se releva au bout d'une dizaine de minutes. On peut facilement glisser sur ces rochers humides, se dit-elle. Ses sandales à la main, elle descendit avec précaution sur le sable pour regagner l'hôtel.

Regan repéra Jazzy assise à une table près de la piscine avec un homme à l'expression maussade. Serait-ce son fameux patron ? se demanda-t-elle. Elle obliqua légèrement pour passer à proximité de la table et s'arrangea pour accrocher le regard de Jazzy.

– Bonjour, Regan ! dit cette dernière en agitant la main.

– Tiens ? Bonjour, Jazzy ! répondit-elle. Alors, prête pour le bal ?

– Tout à fait !

J'espère qu'elle va se décider à me présenter ce type, pensa Regan. Il a beau être plongé dans le menu du petit déjeuner, il faudra bien qu'il lève les yeux à un moment ou à un autre.

– Vous devez être contente que les leis soient revenus.

– Plus que contente, croyez-moi. Au fait, Regan, connaissez-vous mon patron, Claude Mott ?

Regan s'approcha, la main tendue et le sourire aux lèvres.

– Je ne crois pas avoir eu ce plaisir. Regan Reilly, se présenta-t-elle. Enchantée.

Claude leva enfin les yeux et fit un vague sourire.

– Excusez-moi, je ne suis pas fréquentable tant que je n'ai pas bu mon café.

– Comme je vous comprends ! Je ne me sens humaine qu'après ma première tasse. Je me réjouis déjà de découvrir vos créations ce soir.

– Vous ne serez pas déçue, grommela Claude. Le bal terminé, nous regagnerons ma maison de la Grande Île et je pourrai créer.

Regan décida de l'amadouer dans l'espoir de finir par découvrir ce qui lui avait valu de figurer dans le dossier infamant de Dorinda.

– Jazzy m'a dit que vous avez là-bas une merveilleuse demeure. Où se trouve-t-elle ?

– Dans la montagne, à quelques kilomètres de l'aéroport de Kona. Le site est magnifique. Malheureusement, des gens se sont avisés de construire une maison sur un terrain contigu à ma propriété. Je ne les ai pas encore rencontrés, mais je peux vous dire qu'ils ont un goût déplorable.

– Le problème sera réglé quand vous aurez revendu la maison pour en construire une ici, près de Waikiki, intervint Jazzy.

Regan eut l'impression que Jazzy essayait de lui forcer la main. Elle veut être là où tout se passe, bien sûr. La Grande Île est belle, mais trop tranquille à son goût.

– Une bonne clôture fait les bons voisins, commenta Regan qui souhaitait prolonger la conversation bien que ni l'un ni l'autre ne lui ait proposé de se joindre à eux.

– Le problème, c'est justement la clôture ! s'écria Claude qui s'animait enfin. Ces gens ont mis des barbelés tout le long de ma propriété. Qu'est-ce qu'ils peuvent bien construire dans les bois ? Une prison ? C'est insensé.

– Grâce aux arbres, commenta Jazzy, on ne peut pas se voir d'une maison à l'autre. Tout le coin est rural et merveilleusement tranquille. Mais Claude ne comprend pas que ces gens aient eu besoin de mettre des barbelés.

– Quand comptent-ils s'installer ? demanda Regan.

– Vers la fin du printemps paraît-il, grommela Claude. Je voudrais bien voir à quoi ils ressemblent. Ou plutôt elles. Ce sont deux femmes, m'a-t-on dit.

Sur quoi, il se replongea dans la lecture de la carte. Regan comprit qu'il valait mieux ne pas insister.

– Bon petit déjeuner, dit-elle. À tout à l'heure.

Will était déjà dans son bureau, l'air plus détendu que la veille.

– C'est le grand jour aujourd'hui, Regan.

– Je sais. Vous avez passé une bonne soirée ?

– Je suis heureux que ma famille soit de retour. Kim est fabuleuse. Je lui ai tout raconté. Elle n'a même pas protesté en apprenant que ma mère allait arriver.

– J'en suis ravie pour vous. Je viens de voir Jazzy et son VIP.

– Claude ?

– Oui. Un vrai charmeur.

– Comme vous dites ! s'esclaffa Will.

– Dites-moi, avez-vous le numéro de la chambre de ce jeune couple dont je vous ai parlé hier soir ?

– Le voilà, répondit Will en lui tendant le papier sur lequel il était inscrit. Ce que je vais vous dire vous intéressera, Regan. On vient de m'apprendre que la mère de la jeune femme a appelé la réception ce matin. Elle est très inquiète parce qu'elle n'a aucune nouvelle de sa fille depuis hier matin. Elle l'a appelée plusieurs fois, mais sa chambre ne répond jamais. Elle était pourtant sûre que Carla serait pendue au téléphone pour lui donner des idées pour son mariage.

– C'est bizarre, en effet. Êtes-vous allé dans leur chambre ?

– Non, ils sont peut-être encore endormis ou ils ont pu débrancher le téléphone. Nous ne pouvons frapper à la porte que d'ici une heure, je ne voudrais pas les déranger trop tôt.

– Mais s'ils ne sont pas là..., commença Regan.

– Je sais, beaucoup de gens prennent une chambre pour une semaine et vont passer une ou deux nuits dans une autre île. Ils ont payé pour la semaine et ils ne voulaient sans doute pas refaire leurs bagages à chacun de leurs déplacements. Nos clients ont droit à leur tranquillité. Et puis, s'ils viennent de se fiancer, ils ont peut-être voulu aller fêter cela dans un décor plus romantique.

– C'est possible, admit Regan. Prévenez-moi quand vous irez dans leur chambre, je veux absolument parler à Carla. Vous savez, Will, si elle a vraiment vu quelque chose de suspect sur la plage le soir de la mort de Dorinda, elle a pu devenir la cible de...

– De celui qui a tué Dorinda, termina Will. Espérons plutôt qu'ils ont bu un peu trop de champagne hier soir et qu'ils sont en train de dormir pour en chasser les vapeurs.

– Je serais ravie d'apprendre qu'ils ne souffrent de rien de plus grave que d'une bonne gueule de bois, croyez-moi. Maintenant, en ce qui concerne les membres de ce club qui viennent ici fuir la pluie grâce au vieux monsieur qui leur a légué dix millions de dollars, où puis-je les trouver ?

– C'est l'heure du buffet, répondit Will en consultant sa montre. Les deux femmes qui dirigent le groupe s'arrangent toujours pour occuper une grande table près de la baie ouvrant sur la plage.

Il lui fit un rapide portrait des jumelles.

– Je suppose que vous ne tenez pas à être présentée aux autres ? conclut-il.

– Non, pas tout de suite. Je vais essayer de m'asseoir près de leur table et d'observer ces jumelles de plus près. Il se pourrait qu'elles escroquent l'argent du groupe et j'ai l'impression que Dorinda avait découvert quelque chose de précis sur leur compte. Je me demande seulement ce qui a pu éveiller ses soupçons.

– Je n'en sais rien. Tout ce que je sais, c'est qu'elles ne paient leur note qu'après m'avoir extorqué tous les rabais possibles et imaginables.

– Bien. Je vais voir ce qu'elles mangent au petit déjeuner.

En sortant de chez Will, Regan vit que Janet était déjà à son poste.

– Vous êtes bien matinale pour un samedi, lui dit-elle.

– Après le bal, répondit Janet en souriant, je compte prendre des vacances.

– Je crois que nous en aurons tous besoin, approuva Regan.

Carla et Jason avaient passé une nuit d'horreur. Ankylosés, endoloris de partout, les poignets et les chevilles sciés par les cordes, la bouche écorchée par les bâillons, ils enduraient un véritable martyre. Mais la souffrance morale était pire encore que la douleur physique. La perspective de la mort les terrifiait.

Des heures, ils s'étaient évertués à tenter de se libérer ou, au moins, à desserrer leurs liens. En vain. Leurs efforts désespérés ne faisaient qu'aggraver leurs souffrances. Et s'ils ne pouvaient pas se parler, ils savaient que la même pensée les obsédait : ils n'auraient jamais la chance de réaliser leur unique ambition : se marier.

— Gert et moi n'avons aucune envie d'aller à ce bal, entendit Regan. Allez-y vous autres, amusez-vous bien. Ma sœur et moi trouverons quelque chose de plus intéressant à faire.

— Vous ne nous en voulez pas d'avoir mis les billets sur votre compte ? demanda Francie. Parce que Joy pensait que...

— Francie, je vous en prie ! la rabroua Joy.

— Je disais simplement que Joy pensait que vous pourriez être mécontentes que nous l'ayons fait sans vous prévenir.

— Joy est une jeune fille sensée, répondit Ev. Normalement, nous n'aurions pas admis que vous preniez de telles libertés, mais pour cette fois, nous voulons bien fermer les yeux.

— Pourquoi ne prendriez-vous pas des billets vous aussi ? lui demanda Artie. Ce serait amusant d'y aller tous ensemble.

— Ces billets sont beaucoup trop chers, répliqua Ev. Nous avons déjà assez dépensé l'argent de Sal Hawkins pour vous faire plaisir. Gert et moi passerons la soirée en ville. De toute façon, nous n'avons plus l'âge de danser. Mais je ne vois pas notre dynamique ménage. Bob et Betsy ont-ils eux aussi l'intention d'aller au bal ?

— Je crois qu'ils se sont disputés, dit Joy en avalant une demi-cuillerée de yaourt à 0 % de matières grasses.

Elle faisait l'impossible pour rester mince tout en sachant que la discipline qu'elle s'imposait fondrait comme neige au soleil, ou plutôt comme du sucre dans l'eau, dès son retour à Hudville. Elle avait, il est vrai, perdu beaucoup de son zèle. La veille au soir, Zeke lui avait révélé son intention de parcourir le monde pendant cinq ans... en compagnie de sa seule planche de surf.

— Pourquoi se sont-ils disputés ? voulut savoir Artie.

— Je ne sais pas. Mais hier soir en rentrant, je les ai vus assis sur la plage et j'ai entendu Betsy reprocher à Bob d'être trop bourgeois.

— Bob n'est pas bourgeois ! protesta Francie.

— Qu'est-ce que vous en savez ? demanda Artie. Pour moi, il en a tout à fait l'air.

— Bob est très gentil. Il m'a donné de l'argent pour m'amuser hier soir, déclara Joy en regardant les jumelles.

— S'il lui faut cela pour se sentir supérieur, tant mieux pour lui, dit Ev sévèrement. Le monde est plein d'hommes qui éprouvent le besoin de se pavaner devant les filles plus jeunes qu'eux. C'est pitoyable.

— Si on parlait d'autre chose ? dit Joy, agacée.

— C'est vous qui avez commencé, lui rappela Artie.

Quel groupe ! pensa Regan en prenant une bouchée d'œufs brouillés dans son assiette. Elle commençait à croire que les jumelles détournaient l'argent de Sal Hawkins, au moins en partie. Elles serraient les cordons de la bourse alors que le groupe avait hérité de dix millions de dollars, une grosse somme même pour couvrir les frais de sept personnes pendant une semaine tous les trois mois. Comment comptent-elles garder le secret ? Si elles ont détourné plusieurs millions pour elles, elles ne doivent guère avoir d'occasions de les dépenser dans leur trou de Hudville.

– Tiens, dit Joy aux jumelles, vous avez remis vos paréos ? Je ne comprenais pas pourquoi vous étiez si chaudement habillées hier.

– Nous vous l'avions pourtant expliqué, Joy. Nous avons passé la journée à entrer et sortir des hôtels d'Oahu. Avec la climatisation, nous ne voulions pas risquer d'attraper chaque fois un chaud et froid. Nous faisons tout ce que nous pouvons pour réduire les dépenses, sinon il ne restera bientôt plus assez d'argent pour financer les voyages des Sept Veinards à Hawaii.

Regan observa les deux sœurs avec attention. Si elles ont réellement escroqué l'argent, cela aurait représenté un gros scoop pour Dorinda – et un solide mobile pour vouloir la tuer. Savaient-elles que Dorinda les soupçonnait d'escroquerie ? Elles ont l'air de paisibles vieilles filles. Sont-elles capables de commettre un crime ? Il ne faut pas toujours se fier aux apparences...

Celle aux cheveux teints en blond surprit le regard de Regan qui la dévisageait. Regan se détourna aussitôt, mais elle avait obtenu en une fraction de seconde la réponse à sa dernière question : le regard que lui avait décoché la vieille fille avait de quoi faire peur.

Elles sont donc coupables, en déduisit Regan. Au moins de vol, sinon de meurtre. Feignant d'étudier le compotier de fruits placé devant elle afin d'en choisir un, elle but du café pour se donner une contenance. À l'évidence, les jumelles ne voulaient pas aller au bal. Pourquoi ? Parce qu'elles ont mieux à faire ? Si elles ont mis autant d'argent de côté, le prix de deux entrées est insignifiant. Alors, qu'est-ce qu'elles cachent ?

Une femme qui essayait de tenir son plateau d'une main et son petit garçon de l'autre accrocha le sac de Gert en passant derrière elle. Le sac glissa du dossier et tomba par terre. Je ne voudrais pas être à la place de cette pauvre femme, pensa Regan en voyant l'expression de rage froide apparue sur le visage de Gert.

– Vous pourriez au moins vous excuser, gronda-t-elle en se penchant pour ramasser son sac.

Dans sa hâte, elle le prit par le fond. Le rabat n'était pas fermé et le contenu du sac se répandit par terre.

– Excusez-moi, je suis désolée, dit la jeune mère, atterrée.

Étant le plus près du sol, le petit garçon voulut se rendre utile en ramassant le portefeuille. Gert le lui arracha des mains si brutalement qu'il fondit en larmes.

Des pièces de monnaie avaient roulé sous la chaise de Regan. Elle les ramassa prestement avant de s'accroupir près de l'endroit où Gert s'était littéralement jetée à plat ventre en affirmant à son groupe, prêt à l'aider, qu'elle était parfaitement capable de tout récupérer elle-même. Regan était donc la plus proche du désastre et son aide pouvait se justifier. Elle nota ainsi que Gert s'était hâtée de poser la main sur une carte postale où le nom de Kona était inscrit au-dessus d'une photo de plage. En ramassant un nécessaire de maquillage, Regan découvrit le talon d'une carte d'embarquement des Hawaiian Airlines, datée de la veille, à destination de Kona.

– Voilà, je crois que tout y est, dit Regan en mettant la monnaie, le nécessaire et le talon de la compagnie aérienne dans le sac ouvert où Gert fourrait précipitamment des mouchoirs en papier, un peigne, un étui à lunettes, un paquet de bonbons et une clef de chambre.

Agenouillées l'une en face de l'autre, Gert fixa Regan des yeux.

– Merci, dit-elle.

Sentant que la vieille fille cherchait à deviner quelque chose, Regan resta impassible. Non, pensa-t-elle, je n'ai pas remarqué que vous avez pris l'avion hier pour Kona et je ne le dirai pas à votre groupe – même si vous venez de mentir en prétendant avoir passé la journée dans les hôtels d'Oahu.

Mais je voudrais bien savoir ce que vous mijotez à Kona.

59

Ned n'avait pas fermé l'œil de la nuit. Au lever du soleil, il sortit faire son jogging matinal pour se remettre d'aplomb. Savoir que quelqu'un avait enlevé les leis du paquet-cadeau où il les avait cachés pour les remplacer par des leis en toc l'obsédait. C'était prémédité, se répétait-il avec une rage croissante. Malheureusement, celui qui m'a joué ce tour pendable sait que c'est moi qui les ai volés.

Ned courut une dizaine de kilomètres, ce qu'il n'avait pas fait depuis longtemps. Arrivé sur une plage déserte, il se déchaussa, enleva sa chemise et plongea dans la mer en savourant le sentiment de liberté qu'il éprouvait. En voyant approcher un rouleau, il décida même de se laisser porter ; mais le contre-courant était plus fort qu'il ne l'avait prévu. La vague l'aspira vers le fond, le rejeta à la surface et le bouscula dans tous les sens avant qu'il reprenne pied sur le sable, à un endroit couvert de débris de coquillages.

Il poussa un cri de douleur en marchant sur quelque chose de tranchant, remonta vers la plage en boitant, s'assit et retira un morceau de verre d'un de ses orteils. Le sang coulait, l'entaille avait l'air assez profonde pour justifier des sutures, ce que Ned ne pouvait envisager alors que la mère de Will était sur le point d'arriver – la même qui, trente ans auparavant, avait contemplé ses pieds avec une fascination morbide. S'il se voyait obligé de montrer ses pieds à un médecin, il attendrait qu'Almetta Brown soit loin d'Hawaii et que plus personne ne pense aux leis royaux.

Ned appliqua une de ses chaussettes sur la coupure, ce qui eut pour résultat de transformer ladite chaussettes blanche en une chaussette rouge sang. À l'aide du morceau de verre responsable de sa blessure, il déchira la chaussette pour en faire un pansement de fortune, remit tant bien que mal ses chaussures de sport et regagna l'hôtel en traînant la jambe. Quand il arriva enfin dans sa chambre, son pied le faisait horriblement souffrir et n'avait pas arrêté de saigner.

En regardant sous la douche son sang couler dans la bonde, il se dit que dans une quinzaine d'heures le bal serait terminé et les leis partis Dieu savait où, ce qui lui convenait tout à fait. Mais que faire avec Glenn ? Le groom était manifestement animé de mauvaises intentions. Une pensée lui traversa alors l'esprit : Glenn serait-il responsable de tous les problèmes survenus à l'hôtel ? Ce garçon était partout, soi-disant sur les ordres de Will. Mais si c'est lui, que puis-je faire ? se demanda Ned. Rien. Et puis, qui sait ? Il m'a peut-être déjà dénoncé à la police. De toute façon, il me tient. Je suis bel et bien coincé. Attention ! se reprit-il. Ne sombre pas dans la paranoïa.

Ned sortit de la douche, se sécha, se banda l'orteil avec du papier hygiénique. Il n'avait pas de sparadrap et n'osait pas fouiller dans les affaires d'Artie qui, Dieu merci, n'était pas là. Il doit être en train de s'empiffrer au buffet avec les autres, pensa-t-il.

Après s'être habillé, il essaya de mettre ses chaussures de surf, mais elles étaient trop ajustées et il dut se rabattre sur des mocassins. Quand les parents de Will arriveront, je mettrai mes chaussures de plage, je ne peux quand même pas aller nager avec des mocassins, la mère de Will ne manquera pas de le remarquer et de se poser des questions. D'après ce qu'en dit Will, elle n'a pas changé depuis trente ans. Elle fourre son nez partout et rien ne lui échappe.

Quand Ned sortit enfin de la chambre pour affronter le monde extérieur, il n'avait qu'un seul objectif : arriver jusqu'au soir sans se faire arrêter.

60

— Je suis folle d'inquiétude, dit la mère de Carla à Will et Regan qui écoutaient tous deux la communication. C'est inconcevable de sa part ! Elle se fiance enfin au bout de tout ce temps et elle disparaît du jour au lendemain. Cela ne ressemble à rien ! Ma Carla m'aurait appelée toutes les cinq minutes pour parler de son mariage. Depuis hier, personne n'a aucune nouvelle d'elle et vous me dites maintenant qu'ils n'ont pas couché dans leur chambre ! dit-elle en pleurant.

— Nous allons tout mettre en œuvre pour les retrouver, madame Trombetti. Mais si Carla et Jason viennent de se fiancer, ils ont peut-être décidé de s'isoler quelques jours. À Hawaii, vous savez, il y a beaucoup d'endroits romantiques où les couples aiment rester seuls.

— Pas ma Carla. Quand elle est loin d'un téléphone plus d'une heure, elle en fait une maladie, dit-elle en reniflant de plus belle. Et combien de temps voudrait-elle encore s'isoler avec Jason ? Ils ne se quittent pas depuis dix ans. J'étais même enchantée qu'ils se fiancent avant d'être fatigués l'un de l'autre.

— La police ne peut pas lancer d'avis de recherche, intervint Regan, ils ne sont absents que depuis à peine vingt-quatre heures et ils sont majeurs, donc libres de faire ce qui leur plaît. Nous allons pourtant tout mettre en œuvre pour retrouver leur trace.

– Il paraît qu'il y a eu une noyade à votre hôtel. Mon mari l'a appris en regardant les nouvelles d'Hawaii sur Internet.

– C'est malheureusement exact, répondit Will. Une employée de l'établissement. Mais elle était seule et il est improbable que votre...

– Je sais, je sais, l'interrompit-elle. Malgré tout, je connais ma fille, croyez-moi. Nous avons beau nous disputer comme le font une mère et sa fille, elle ne laisse pas mes coups de téléphone sans réponse et ne reste jamais aussi longtemps sans parler à ses amies.

Regan passa de longues minutes à tenter de la rassurer. Elle savait comment sa propre mère réagirait si elle restait sans nouvelles d'elle, elle savait aussi quel plaisir elle prenait à préparer son mariage.

– Combien d'appels de ce genre recevez-vous ? demanda-t-elle à Will après avoir raccroché.

– Plus que vous ne croyez. Les gens qui viennent en vacances à Waikiki veulent être libres et s'isolent volontairement. Parfois aussi, la batterie de leur portable est vide, ou ils se trouvent dans une zone non couverte par les antennes relais. Donc, les proches s'inquiètent et nous appellent. De nos jours, les gens ont l'habitude d'être constamment en contact les uns avec les autres. Dans le cas de ce jeune couple qui vient de se fiancer, ils ont peut-être voulu s'affranchir un moment de la tutelle des parents, même s'ils sont bien intentionnés.

– Peut-être. Mais je préférerais que Carla ne se soit pas promenée sur la plage l'autre soir.

– Je sais, approuva Will. Moi aussi.

– Puis-je jeter un coup d'œil à leur chambre ?

– Allons-y, dit Will en se levant. Sa mère nous en donnerait sûrement la permission.

Dans la chambre au grand lit double, tout était net et bien rangé. Les produits de beauté de Carla étaient alignés en bon ordre dans la salle de bains. Deux brosses à dents se tenaient côte à côte dans un verre sur la tablette au-dessus du lavabo.

– Où qu'ils se soient rendus, commenta Regan, ils n'avaient pas l'intention d'y passer la nuit.

– On peut acheter des brosses à dents n'importe où.

– Oui, répondit Regan en montrant les flacons de lotion et les tubes de crème, mais Carla ne m'a pas donné l'impression d'être du genre à suivre le caprice du moment. Je suis même prête à parier qu'elle n'a jamais campé de sa vie. Jamais sans ses crèmes, n'importe comment.

Elle fit le tour de la chambre, s'approcha de la table de chevet où un bloc-notes à en-tête de l'hôtel était posé près du téléphone. Regan le prit et alla vers la baie donnant sur la terrasse, où la lumière était plus vive. Le dernier message écrit sur le bloc l'avait été avec assez de force pour laisser une légère impression en creux sur le feuillet suivant. Regan parvint à le déchiffrer à la lumière rasante et laissa échapper une exclamation de surprise.

– Qu'est-ce que c'est ? demanda Will.

– J'ai lu Kona, avec un numéro de vol et une heure de départ.

– Vous voyez bien ! dit Will, soulagé. Ils ont fait une escapade sur la Grande Île.

– Oui, mais les jumelles du groupe étaient elles aussi hier à Kona. J'ai aperçu par hasard un talon de leurs cartes d'embarquement.

– Cela ne veut pas dire..., commença Will.

– Il est midi, l'interrompit Regan en consultant sa montre. Allons chercher les jumelles.

– Et ensuite ?

– J'aviserai.

Ils descendirent en hâte, cherchèrent autour de la piscine, explorèrent la plage, entrèrent dans tous les restaurants sans trouver aucun membre du groupe. De retour dans le bureau de Will, ils appelèrent leurs chambres les unes après les autres. Pas de réponse. En sortant pour reprendre ses recherches, Regan reconnut la jeune fille appartenant au groupe qui sortait d'une boutique de mode avec l'air de s'ennuyer. Regan courut au-devant d'elle.

– Excusez-moi, la héla-t-elle.

– Oui ? dit Joy en se retournant.

– J'étais par hasard à une table à côté de la vôtre ce matin quand le sac d'une de vos responsables est tombé par terre.

– Ah, oui ! Vous l'avez aidée à tout ramasser.

– Il faut que je lui parle. Savez-vous où elle est ?

– Elles devaient passer la journée à la piscine pour « faire trempette », comme elles disent. Et puis, tout d'un coup, elles ont décidé d'aller visiter d'autres hôtels. Comme elles ne veulent pas aller au bal, elles nous ont dit qu'elles nous reverraient demain. Je ne sais pas ce qui leur passe par la tête, ajouta Joy. Leur conduite est bizarre.

– Que voulez-vous dire ? demanda Regan.

– D'habitude, elles veulent que nous restions en troupeau à tous les repas pour surveiller ce que nous dépensons jusqu'au moindre sou. Alors, qu'elles sautent le déjeuner et le dîner, croyez-moi, c'est vraiment incroyable. En plus, elles ont dit qu'elles allaient demain matin à un service religieux au lever du soleil et qu'elles ne seraient pas là non plus pour le petit déjeuner. Dieu soit loué !

– Merci du renseignement, dit Regan en souriant.

– Pas de quoi. Un problème ?

– Non, rien du tout. Merci encore.

Regan se hâta de rejoindre Will dans son bureau.

– Elles sont parties pour toute la journée et toute la nuit, lui annonça-t-elle. Je suis inquiète, Will. Je vous parie tout ce que vous voudrez qu'elles sont retournées à Kona et que Carla et Jason y sont aussi.

Tout en parlant, Regan avait décroché le téléphone et composé le numéro direct de Mike Darnell.

– Mike, il me faut la liste des passagers d'un vol d'hier à destination de Kona, dit-elle avant de lui expliquer ses raisons.

Cinq minutes plus tard, Mike la rappela :

– Toutes les personnes que vous mentionnez étaient dans ce vol. Les deux femmes sont revenues à Oahu dans la soirée, mais le jeune couple ne s'est pas présenté à l'embarquement. Ils n'ont pas non plus rendu leur voiture de location alors qu'ils avaient annoncé qu'ils la rendraient hier après-midi. Il s'agit d'une berline blanche avec des traces de peinture jaune sur une portière à la suite d'un léger accrochage. Les deux femmes viennent de débarquer du vol qui a atterri à Kona il y a dix minutes.

– Grands dieux ! Il faut à tout prix les retrouver.

– L'île est grande. C'est d'ailleurs son nom.

– Pouvez-vous lancer un avis de recherche sur la voiture de location ? Je vais essayer de trouver un vol le plus vite possible.

– Et après ?

– Je ne sais pas encore.

– Écoutez, Regan, je viens de parler à un de mes

amis qui a un avion privé. Il me disait qu'il partait justement pour l'aéroport. Je vais essayer de le joindre sur son portable avant qu'il décolle et lui demander s'il peut nous emmener à la Grande Île. Ne quittez pas.

Les nerfs à vif, Regan attendit que Mike revienne en ligne.

– Je passe vous prendre dans un quart d'heure devant l'hôtel, annonça-t-il. C'est peut-être une histoire idiote, mais...

– Non, sûrement pas ! affirma Regan. Will, dit-elle après avoir raccroché, il faut que j'aille dans la chambre des jumelles.

– Je ne sais pas si j'ai le droit de...

– C'est indispensable !

– Bon, soupira-t-il. Allons-y.

Dans la chambre des jumelles, tout était en double : pantoufles, robes de chambre, valises. Regan ouvrit le tiroir du bureau, en sortit un épais dossier qu'elle ouvrit.

– Les plans et les devis de construction d'une maison ! Elles ont détourné l'argent de Sal Hawkins pour se faire construire une maison, dit-elle en fourrant le dossier dans son sac.

– Je ne sais pas si vous avez le droit de..., commença Will.

– Je le prends. De toute façon, elles ne reviendront pas avant demain.

Après un rapide examen des autres tiroirs et des placards qui ne révéla rien d'intéressant, Regan et Will se hâtèrent de redescendre. Mike Darnell venait juste d'arriver.

Gert et Ev avaient retenu une voiture de location, mais la file d'attente fut plus longue que prévu et le loueur n'avait pas refait le plein. Quand elles quittèrent enfin la station-service, elles étaient énervées et impatientes d'arriver à la maison de leurs rêves.

– Pour un changement de programme, commenta Gert, c'est un changement de programme.

– Il le fallait, ça sentait le roussi, répondit Ev. La manière dont cette fille t'a aidée tout à l'heure à ramasser tes affaires ne me revient pas.

– Je lui ai décoché mon regard méchant, mais je crois qu'elle a vu la carte postale de Kona.

– Je me suis aperçue moi aussi qu'elle l'avait remarquée. Il faut nous débarrasser de ces deux jeunes crétins avant que quelqu'un les retrouve chez nous. Il faut aussi faire disparaître leur maudite voiture de location. Plus vite ce sera réglé, mieux cela vaudra.

– Nous n'allons pas attendre ce soir pour les jeter à l'eau ?

– Nous verrons. Commençons par les étrangler, nous fourrerons leurs corps dans le coffre et nous verrons ensuite si nous pouvons abandonner la voiture quelque part.

– J'aurais préféré la faire basculer du haut d'une falaise.

– Moi aussi, mais il ne fera pas nuit avant plusieurs heures. Nous ne pouvons pas attendre aussi longtemps.

Ev tourna sur une route étroite et sinueuse qui montait à l'assaut de la montagne. La maison n'était plus qu'à quelques kilomètres.

– Nous y sommes presque, commenta Gert.

– Tu peux le dire, sœurette. Nous touchons au but.

– Mes collègues ont préparé la liste de toutes les agences immobilières de l'île, nous l'aurons à l'atterrissage, dit Mike à Regan. Ce que nous ignorons, c'est la date d'achat du terrain. Nous ne savons pas non plus si elles sont passées par une agence ou ont traité directement avec un particulier.

– En plus, ajouta Regan, la maison est peut-être construite par des artisans indépendants et non pas par une entreprise, et elles se servent probablement de faux noms. Elles sont quand même faciles à identifier. Combien de jumelles d'une soixantaine d'années font construire la maison de leurs rêves sur la Grande Île ?

Tout en parlant, Regan regardait les dessins d'architecte de la façade, les plans de la grande cuisine avec vue sur l'océan et des deux suites identiques. En essayant de les remettre dans le dossier, elle buta contre une autre feuille de papier. Regan la sortit, la déplia.

C'était un croquis de clôture en fil de fer barbelé.

Will était dans le hall de l'hôtel avec Claude et Jazzy quand Janet le héla de la porte de son bureau :

– Will, téléphone ! Regan veut vous parler. C'est urgent !

Claude et Jazzy se retirèrent, Will entra dans son bureau, écouta, lâcha le combiné et se précipita pour rattraper Claude.

– Votre adresse dans la Grande Île ? demanda-t-il, haletant.

Mike et Regan sautèrent dans la voiture de police qui les attendait à l'aéroport de Kona. Au volant, l'agent Curtis déclencha la sirène et démarra en trombe. Mon Dieu, pria Regan, faites qu'ils soient là. Faites que nous arrivions à temps. Elle était désormais certaine que Jason et Carla étaient en danger.

Jason et Carla entendirent la porte s'ouvrir en haut de l'escalier. Carla tremblait de peur. Elles sont revenues, se dit-elle. C'est la fin. Et elle se remit à prier avec ferveur. Jason avait déjà commencé.

– Nous voilà ! annonça Ev d'un ton guilleret en descendant les marches d'un pas pesant. Nous sommes revenues nous occuper de la méchante fille et du méchant garçon.

La voiture de police s'engagea aussi vite que possible dans le long chemin cahoteux menant à la maison de Claude. Arrivés au sommet, ils bondirent à terre tous les trois, contournèrent la maison en courant et découvrirent aussitôt la clôture de barbelé le long de la propriété.

– La maison des jumelles doit être par là ! cria Regan.

– Il faudra du temps pour redescendre, l'entrée de leur chemin doit se trouver de l'autre côté du bois.

Tout en parlant, l'agent Curtis prit une cisaille dans le coffre de la voiture. Une minute plus tard, ils s'engouffrèrent par la brèche et partirent en courant vers la maison de Gert et d'Ev.

Ils ne tardèrent pas à la découvrir au milieu d'un vaste espace dégagé. Près de la porte, il y avait une berline blanche portant des traces de peinture jaune sur une portière.

— La voiture de Carla et de Jason ! cria Regan. Ils sont là !

— Alors, vous n'avez vraiment rien à nous dire avant de mourir ? demanda Ev.

Chacune, derrière son prisonnier, était prête à lui serrer le cou jusqu'à ce que mort s'ensuive.

Carla et Jason pleuraient en silence. Ils venaient d'être libérés de leurs bâillons.

— Pitié, murmura Carla entre deux sanglots.

— Désolée, dit Ev, mais c'est impossible. Vous avez fait quelque chose de très mal et nous ne voulons pas que vous détruisiez le bonheur que nous avons mérité.

— Nous y avons droit, renchérit Gert. Nous en avons assez subi, toute notre vie, à nous occuper des autres dans ce trou où il pleut tout le temps. Personne ne pensait jamais à faire plaisir aux jumelles. Jamais ! Eh bien, nous avons fini par voir la lumière. Nous gâchions notre vie. Alors, quand l'occasion s'est présentée de nous occuper enfin de nous-mêmes, pensez si nous l'avons saisie ! Et nous n'allons pas laisser des gens comme vous nous priver de notre plaisir.

— Oh, non ! approuva Ev avec force. Nous aurions dû le faire des années plus tôt. Mais mieux vaut tard que jamais, n'est-ce pas ? Es-tu prête, sœurette ? ajouta-t-elle en ouvrant les mains.

— Plus que prête.

Elles posaient les mains autour du cou de Jason et de Carla quand elles entendirent au-dessus de leurs têtes un bruit de verre brisé. Quelques secondes plus tard, la porte de la cave s'ouvrit à la volée, mais cela n'arrêta pas les jumelles. L'intrusion parut au contraire exacerber leur rage criminelle.

– Plus vite, sœurette ! ordonna Ev en serrant de toutes ses forces le cou de Jason.

– Je fais de mon mieux, répondit Gert, dont les grosses mains rugueuses serraient le cou délicat de Carla.

Carla et Jason sentaient déjà la vie les abandonner alors que Regan, Mike et Curtis dévalaient l'escalier.

– Lâchez-les ! cria Regan en se jetant sur Gert, dont le corps épais lui fit l'impression de heurter de plein fouet un mur de briques.

Mike l'aida à desserrer les doigts de Gert du cou de Carla. D'une manchette imparable, Curtis avait déjà neutralisé Ev qui s'écroula sur le sol. Curtis prit son revolver qu'il braqua sur les deux sœurs pendant que Mike et Regan dénouaient les liens de Jason et de Carla, qui hoquetaient en s'efforçant de reprendre haleine.

Carla se jeta en titubant dans les bras de Regan.

– Merci, dit-elle en sanglotant. Merci.

Voyant Jason s'approcher, Regan voulut s'écarter.

– Non, lui dit-il.

Il attira Regan et sa fiancée contre sa poitrine. Et ils restèrent ainsi tous les trois enlacés pendant que Carla s'efforçait de refouler ses larmes.

61

Les parents de Will arrivèrent peu après le départ de Regan et de Mike pour l'aéroport. Will les escorta jusqu'à leur chambre et leur dit de le rejoindre dans son bureau après qu'ils se seraient installés et rafraîchis. Il ne leur parla pas, en revanche, de ce qui se passait par ailleurs avec Regan.

Quand il entra un peu plus tard dans le bureau de Will, où ses parents étaient assis, Ned les reconnut au premier coup d'œil. Trente ans passent vite ! se dit-il amèrement. En les regardant à tour de rôle, une pensée lui vint qui ne l'avait encore jamais effleuré tant il ne s'inquiétait que de lui-même.

Si ses parents m'ont acheté il y a trente ans le lei qui a reparu ici au cou de Dorinda, Will serait-il le lien ? Il n'a certainement jamais divulgué le fait que le lei qui doit être mis en vente ce soir a longtemps appartenu à ses parents. Le savent-ils ? L'ont-ils revendu sans se douter de sa valeur ?

Ned sentit une fois de plus la tête lui tourner. Will a-t-il une raison d'être inquiet ? Est-ce lui qui a donné le lei à Dorinda ? Personne ne l'avait vue le porter le soir de sa mort. Mais elle passait souvent dire bonsoir à Will avant de rentrer chez elle. Will aurait-il quelque chose à voir avec sa mort ? Ce serait infiniment plus sérieux qu'un vol, pensa Ned en se rendant compte que son patron était peut-être aussi affolé que lui. D'ailleurs, observa-t-il, il a l'air nerveux. Il va falloir que j'aborde avec précaution le sujet de ce lei avec ses parents. La vente aux enchères nourrit toutes les conversations, nous en parlerons fatalement. Et telle que Will me l'a décrite, Almetta Brown aura sans doute le plus grand mal à garder pour elle tout ce qu'elle sait sur la question.

— C'est si gentil de bien vouloir nous servir de guide cet après-midi, Ned ! gazouilla Almetta en battant des cils.

Elle portait une chemisette et un short à fleurs, Bingsley un short kaki et une chemise hawaiienne. Ni sur eux ni dans leurs sacs, constata Ned avec soulagement, n'apparaissait quoi que ce soit ressemblant à un maillot de bain.

— Tout le plaisir est pour moi, répondit-il. Que diriez-vous de faire un tour dans un de nos bateaux ? Il y a une bonne brise aujourd'hui, je pense qu'une promenade en mer vous fera plaisir.

— J'en serai enchantée ! déclara Almetta. Nous le serons tous les deux, n'est-ce pas, chéri ? ajouta-t-elle en se tournant vers Bingsley dont l'expression ne trahissait aucun sentiment notable.

— Oui, ça devrait être agréable, admit-il. Mais je tiens à faire la sieste avant ce soir. Je suis crevé.

— Tu auras le temps de te reposer plus tard, papa, dit Will. Je voulais seulement que vous profitiez tous les deux du bon air. Et si tu veux nager un peu, cela te fera le plus grand bien.

Ned les emmena à la plage, où étaient échoués les voiliers et les catamarans à la disposition des clients de l'hôtel. Les Brown prirent place sur le banc du cockpit où ils profitèrent du grand air et du soleil tandis que Ned assumait ses fonctions de navigateur. La brise leur fit rapidement dépasser baigneurs et surfeurs pour gagner les eaux turquoise du large.

Pendant ce temps, Almetta bombardait Ned de questions.

— D'où êtes-vous, Ned ? demanda-t-elle avec un grand sourire.

— De partout et de nulle part, répondit-il. Mon père était dans l'armée, nous le suivions dans ses garnisons.

— Comme c'est intéressant ! Vous avez dû visiter des endroits captivants. Avez-vous jamais vécu à Hawaii quand vous étiez petit ?

Elle se paie ma tête ou quoi ? pensa Ned.

— Non, jamais, mentit-il en décidant de changer de sujet. Alors, vous vous préparez au bal de ce soir ?

— J'ai hâte d'y aller ! déclara Almetta avec enthousiasme.

— Et ces fameux leis, quelle histoire, hein ? Ils appartenaient à des membres de la famille royale de Hawaii, l'un d'eux a été volé et il a reparu, l'autre aussi, comme s'ils jouaient tous les deux à cache-cache.

Almetta toussota pour s'éclaircir la voix.

— Oui, une histoire incroyable.

Sur quoi, elle tourna son regard vers la mer et garda un silence qui mit les nerfs de Ned à rude épreuve.

— Il faut que je descende aux toilettes, déclara Bingsley.

Il se leva, trébucha et marcha par inadvertance sur le pied blessé de Ned, qui ne put retenir une grimace de douleur. Bingsley n'avait rien d'un gringalet.

— Excusez-moi, je suis désolé, lui dit Bingsley en

descendant les quelques marches menant à l'intérieur du bateau.

— Vous avez très mal ? s'enquit Almetta en baissant les yeux pour regarder le pied de Ned aussi fixement que trente ans auparavant. Mon Dieu, vous saignez ! Je vois une tache de sang sur le dessus de votre chaussure. Vous devriez l'enlever et vous plonger le pied dans l'eau de mer, cela vous ferait du bien.

— Ce n'est rien du tout. Je vais très bien, insista Ned.

Almetta releva la tête pour le regarder dans les yeux. Elle ne dit pas un mot.

Mais elle avait un drôle d'air.

62

Dans la grande salle de bal au décor exotique à souhait, les journalistes se pressaient autour de Regan. La nouvelle de l'enlèvement et de la tentative d'assassinat du touchant jeune couple de fiancés avait alimenté tout l'après-midi les flashes et bulletins d'information des stations de radio et de télévision.

– Les jumelles n'ont pas avoué le meurtre de Dorinda Dawes ? demanda un journaliste.

– Non, ce qui n'est pas étonnant, elles attendent l'arrivée de leur avocat de Hudville pour ouvrir la bouche. Mais nous savons maintenant qu'elles sont capables de commettre un meurtre.

Encore en état de choc, les cinq rescapés du groupe des Sept Veinards avaient passé la journée pendus au téléphone avec leurs familles et leurs amis de Hudville. Des répliques telles que : « Vous vous rendez compte ? », « Je savais qu'elles étaient radines, mais cela dépasse l'entendement ! », ou : « Le pauvre Sal Hawkins doit se retourner dans sa tombe ! » émaillaient les conversations.

Bob et Betsy projetaient déjà d'écrire un livre sur leur voyage avec les jumelles diaboliques. Francie, Artie et Joy étaient fermement décidés à mener la grande vie et à dépenser le plus d'argent possible jusqu'à la fin de leur séjour. Joy avait décidé d'aller au bal en laissant sur le sable le beau Zeke et son esprit trop vagabond. En quelques heures, le groupe de Hudville était devenu célèbre. Il était soudain très « in » de se montrer avec eux. « C'est moi, répétait Joy à qui voulait l'entendre, qui ai compris la première que Gert et Ev nous volaient. »

Sur leur lit, couchés dans les bras l'un de l'autre, Carla et Jason se remettaient de leur calvaire. Carla avait déjà téléphoné six fois à sa mère et au moins une fois à chacune de ses demoiselles d'honneur. « Regan Reilly a accepté d'être elle aussi ma demoiselle d'honneur », leur avait-elle annoncé joyeusement.

Avant de se retirer, ils avaient promis de faire une apparition au bal s'ils s'en sentaient le courage. Malgré leur jeûne de vingt-quatre heures, ils avaient à peine touché au dîner et au vin que Will leur avait fait servir dans leur chambre aux frais de la maison.

Jimmy paradait, les deux leis au cou. « Jimmy les donnera tous les deux pour qu'ils soient vendus aux enchères », annonçait-il fièrement à tous ceux qui passaient à portée de voix.

En vrai top model, Jazzy présentait les paréos sexy de Claude et jubilait visiblement de l'attention générale dont elle était l'objet. Elle présidait avec Claude une table où se pressaient les personnalités. Regan était assise à une autre table avec Kit et Steve, Will et Kim, les parents de Will et le cousin de Dorinda. Gus papillonnait, se levait toutes les deux minutes pour aller recueillir une interview et prendre des photos devant illustrer l'article que Will lui avait promis de publier dans le prochain numéro du bulletin. « Nous ne devons pas oublier Dorinda, répétait-il. Mais avant tout, justice doit être rendue. »

L'ambiance générale était à la convivialité. Tout le monde était soulagé de savoir les infâmes jumelles derrière les barreaux.

– Vous êtes une enquêtrice hors pair, dit Steve à Regan. Kit est très fière de vous.

Regan accepta le compliment avec un geste évasif et un sourire.

– Merci. Mais, vous savez, il suffit quelquefois de savoir écouter son instinct.

Un journaliste lui tapa sur l'épaule. Quand elle se retourna, elle entendit Steve dire à Kit :

– Elle est vraiment extraordinaire, n'est-ce pas ?

Kit pouffa de rire. Elle avait déjà bu bon nombre de verres de champagne et se sentait la tête merveilleusement légère.

– Telle que je la connais, dit-elle en posant un bras sur les épaules de Steve, elle a dû vérifier ton C. V. complet.

– Moi ? s'esclaffa-t-il. Pas possible ?

– Si. Je suis sa meilleure amie, elle se sent obligée de me protéger.

L'orchestre entama un slow langoureux.

– Si nous dansions ? proposa Steve.

Kit se leva et se laissa entraîner sur la piste de danse comme si elle flottait sur un nuage.

Regan avait hâte de rentrer chez elle. Le spectacle des couples de danseurs tendrement enlacés la faisait souffrir plus cruellement encore de l'absence de Jack. Elle en avait fait assez, estimait-elle, pour le Waikiki Waters. Maintenant que les jumelles étaient hors d'état de nuire, l'hôtel avait retrouvé l'essentiel de sa sécurité.

– Je ne vous remercierai jamais assez, Regan, lui

dit Will. Si seulement je pouvais vous décider à travailler pour nous en permanence. !

– Je vous promets de revenir vous rendre visite !

– La vente aux enchères va bientôt commencer. Ces leis ne partiront jamais d'ici trop tôt à mon goût.

– Je vous comprends, Will !

Le portable de Regan sonna à ce moment-là. S'attendant à ce que Mike Darnell l'appelle pour une raison ou une autre, elle s'étonna de voir sur l'écran le numéro de Jack. Ils s'étaient pourtant longuement parlé un peu plus tôt.

– Excusez-moi, Will, je sors un instant prendre cet appel, dit-elle en souriant. Allô ? répondit-elle en arrivant près de la porte.

– Regan, où est Kit ? demanda Jack de but en blanc.

– Ici, au bal. Pourquoi ?

– Est-elle avec Steve Yardley ?

– Oui. Que se passe-t-il, Jack ?

– Je viens de recevoir le rapport sur les empreintes relevées sur la canette de bière. Ce type a un casier judiciaire chargé et est connu sous plusieurs fausses identités. Il a effectivement travaillé à Wall Street, mais a été congédié pour détournement de fonds. Depuis, il a commis nombre d'escroqueries. Son mode opératoire est classique. Il loue une maison dans un quartier résidentiel opulent, se lie avec ses voisins et les persuade de placer de l'argent dans ses affaires. Ses victimes plumées, il disparaît et va recommencer ailleurs. Une de ses petites amies a disparu il y a dix ans et n'a jamais reparu depuis. Il a un caractère violent et peut se montrer dangereux quand on le contrarie.

– Oh mon Dieu ! Tu en es sûr ?

– Certain.

Regan rentra dans la salle, le téléphone à l'oreille. L'orchestre faisait une pause, la piste de danse était vide. Regan regarda leur table. Les chaises de Kit et de Steve étaient inoccupées. Les serveurs commençaient à servir l'entrée.

– Je ne sais plus où elle est, Jack.

– Tu m'as dit qu'elle était là !

– Elle y était il y a cinq minutes. Steve l'a invitée à danser et maintenant, je ne les vois plus. Ils sont peut-être simplement sortis prendre l'air, dit-elle en s'efforçant de dominer son inquiétude. Je vais les chercher, je te rappellerai.

– Fais attention, Regan. Ce type est considéré comme dangereux.

Regan referma son portable, se retourna et buta contre Gus.

– Avez-vous vu Kit ? lui demanda-t-elle.

– Je viens de l'interviewer. Steve et elle ont l'air très amoureux. Je crois qu'ils veulent faire une promenade au clair de lune.

Il n'avait pas fini de parler que Regan partait en courant vers la plage.

– C'est merveilleusement romantique ! soupira Kit.

Ils marchaient sur la plage en se tenant par la taille.

– Je voulais être seul avec toi, murmura Steve. Pas avec tous ces gens, ils sont pénibles. Viens, allons sur la jetée.

Ils se déchaussèrent, escaladèrent les rochers avec précaution. Steve serra fermement la main de Kit quand ils arrivèrent sur le plancher de la jetée et se dirigèrent vers l'extrémité. La lune brillait, une légère brise soufflait de l'océan qui s'étendait devant eux à perte de vue. Kit posa la tête sur l'épaule de Steve.

— Viens, allons nous asseoir sur les rochers, juste en dessous.

Il fit un rétablissement en souplesse, se posa sur les rochers, tendit la main pour aider Kit à descendre.

— Notre petit coin bien à nous, reprit-il. Personne ne viendra nous déranger.

Soutenue par Steve, Kit acheva sa descente. Ils s'assirent sur un rocher à l'abri du plancher de la jetée, serrés l'un contre l'autre. L'eau clapotait doucement à leurs pieds.

— C'est merveilleux, soupira Kit.

Steve se tourna vers elle, l'embrassa fort. Trop fort. Kit se débattit en essayant de cacher sa surprise.

— Arrête, Steve ! dit-elle en riant. Aïe !

— Qu'est-ce qu'il y a ? Tu ne veux plus que je t'embrasse ?

— Bien sûr que si, répondit-elle en se rapprochant. Mais pas comme cela. Comme tu m'embrassais hier soir.

Il recommença à l'embrasser. Mais cette fois, il lui mordit brutalement la lèvre inférieure en lui tirant les cheveux d'une main. Pour la deuxième fois, Kit le repoussa.

— Steve, tu me fais mal !

— Pourquoi crois-tu que je te fais mal ? demanda-t-il d'une voix d'où toute tendresse avait disparu. T'imagines-tu que tous tes petits amis doivent être « vérifiés », comme tu dis, parce que Regan Reilly est ta meilleure amie ? C'est ça, ce que tu crois ?

— Mais non, je plaisantais ! protesta Kit. Regan cherche à me protéger des mauvaises surprises, voilà tout. Elle t'aime bien.

– Non, pas du tout. J'ai bien vu la manière dont elle me regardait.

– Mais si, je t'assure. Nous voulons te présenter Jack, son fiancé. C'est un type remarquable.

Steve lui serra le bras à la faire crier.

– Un flic, oui ! Je n'ai ni besoin ni envie d'avoir ces deux-là sur le dos pour me poser des tas de questions. C'est ce qu'a voulu faire Dorinda Dawes. Elle fouinait partout dans mes affaires, me faisait subir un véritable interrogatoire sur ma vie, mon passé. Elle croyait s'en tirer à bon compte. Pas question ! Je ne lui ai pas laissé le temps de découvrir qui j'étais.

Jusqu'alors embrumé par le champagne, le cerveau de Kit retrouva d'un seul coup sa lucidité. Comprendre que c'était Steve qui avait tué Dorinda la frappa avec plus de violence qu'un coup de poing. Il faut que je m'enfuie, pensa-t-elle, affolée.

– Lâche-moi le bras, dit-elle aussi calmement qu'elle en était capable. Tu me fais mal.

– Tu me fais mal, répéta Steve en prenant une voix de petite fille.

– Il faut que je rentre. Lâche-moi.

Elle réussit à se lever, mais ne fit qu'un pas. Steve l'empoigna par une jambe et elle retomba brutalement en poussant un cri de douleur.

– Tu n'iras nulle part ! gronda Steve.

– Si, il faut que je m'en aille !

– Non.

– Lâche-moi !

Se débattant de toutes ses forces, elle parvint une seconde fois à lui échapper et commença à escalader les rochers humides et glissants. Il la rattrapa encore, elle glissa en arrière en poussant un nouveau hurlement. Il la bâillonna d'une main pour la réduire au silence et lui plongea la tête dans l'océan qui écumait à leurs pieds.

Sur la plage, Regan regardait désespérément autour d'elle. Il n'y avait personne en vue.

– Kit ! Kit, où es-tu ?

Seul, le silence lui répondit.

– Kit ! cria-t-elle à nouveau.

C'est alors qu'elle entendit crier son amie du côté de la jetée où Dorinda Dawes s'asseyait souvent. Mon Dieu, pensa Regan en pensant au sort de la jeune femme, faites qu'il ne lui arrive pas la même chose ! Elle courait vers la jetée quand elle entendit deux autres hurlements, le dernier vite étouffé. C'est elle, se dit-elle, affolée. Mon Dieu, aidez-moi à arriver à temps pour la secourir !

Regan se hissa sur la jetée, courut vers le bout, glissa, tomba, s'écorcha le genou. Sans même sentir la douleur, elle se releva, reprit sa course. La vue de Steve qui luttait avec Kit pour lui maintenir la tête sous l'eau décupla ses forces. Elle bondit, retomba sur le dos de Steve, lui assena du tranchant de la main une manchette sur la nuque. Mais le coup ne suffit pas à l'assommer. Avec un grognement de rage, Steve lâcha Kit, fit retomber Regan et ils glissèrent dans la mer tous les trois ensemble.

– Remonte sur la jetée ! cria Regan en voyant la tête de Kit émerger de l'eau. Vite !

Kit toussait, recrachait de l'eau, mais la fureur lui donnait des forces qu'elle ne soupçonnait pas.

– Pas question, Regan !

Elle se rua sur Steve, lui griffa le visage. Steve la repoussa et se jeta sur Regan pour la plonger sous l'eau à son tour. Regan avala une grande gorgée d'eau de mer, mais elle réussit à lui lancer un coup de genou entre les jambes et refit surface où moment où Kit lui plantait ses ongles dans l'œil droit. Avec un cri de douleur, Steve lâcha prise et partit en nageant vers le large.

Sa fuite fut de courte durée : une vedette de la police le repêcha dix minutes plus tard. Son séjour au paradis avait pris fin.

Une fois le calme revenu et Steve aux mains de la police, Kit et Regan se séchèrent, se changèrent et retournèrent au bal à temps pour assister à la fin de la vente aux enchères, retardée par les derniers événements. Un généreux mécène venait d'acquérir les deux leis pour une forte somme et en faisait don au musée Bishop d'Honolulu. Il n'avait pas eu beaucoup de concurrents enchérisseurs, à vrai dire.

— Une sorte de malédiction semble peser sur ces deux leis, déclara-t-il quand les applaudissements se furent éteints. Ils ne devront plus jamais être séparés, mais offerts ensemble à l'admiration du public, qui apprendra leur histoire et saura qu'ils ont orné les dernières représentantes de la famille royale de Hawaii. Nous ne saurons jamais comment la pauvre Dorinda Dawes avait mis la main sur le lei de la reine Liliuokalani, c'est un secret qu'elle a emporté dans sa tombe.

La mère de Will se tourna vers Ned, qui venait de se lever d'une table voisine, et lui fit discrètement signe d'approcher.

— Je sais que vous savez qui nous sommes, lui dit-elle à mi-voix. Et moi, je sais qui vous êtes.

Ned ne répondit pas.

– Je ne dirai à personne que vous nous avez vendu le lei si vous ne révélez pas davantage qu'il a passé trente ans dans notre famille. Will n'a pas besoin de cela en ce moment. Il n'avait rien à voir avec la mort de Dorinda et son assassin a été démasqué, Dieu merci.

Ned approuva d'un signe de tête.

– Vous savez, reprit Almetta en souriant, vos doigts de pieds ne sont pas si vilains que cela. Achetez-vous donc une paire de sandales.

– Je l'ai déjà fait, répondit Ned en lui rendant son sourire.

Il salua Almetta, tourna les talons et se retira. Le lendemain, décida-t-il, il allait postuler à un travail quelconque dans une ONG ou une association caritative. Cela m'a servi de leçon, se dit-il. À partir de maintenant, je ne ferai que le bien autour de moi.

L'assistance entière était séduite par les paréos de Claude. Des dizaines de femmes étaient allées se changer aux toilettes pour les revêtir à la place de leurs robes de bal et on ne voyait plus qu'elles sur la piste de danse. Claude se rengorgeait.

– Je crois que nous n'avons plus besoin de créer des ennuis à cet hôtel, murmura-t-il à l'oreille de Jazzy. Tu n'as pas vraiment envie du job de Will, n'est-ce pas ? De toute façon, il vendra nos créations. Je fais de toi mon associée et, si tu le veux bien, ma femme.

Jazzy lui donna un long baiser.

– Oh, Claude ! Je n'avais jamais rêvé de rien d'autre.

– Moi non plus, dit-il en lui rendant son baiser. Arrange-toi pour trouver Glenn le plus vite possible et dis-lui qu'il cesse ses tours pendables. Il aura un bon job dans notre entreprise.

– Je t'aime, Claude.

– Je t'aime aussi, Jazzy. Depuis longtemps. À partir de maintenant, plus question de coups tordus. La vie est trop courte pour ne pas en profiter pleinement – surtout ici.

Le lendemain matin, Kit et Regan débarquèrent ensemble d'un taxi à l'aéroport d'Honolulu.

– La fin d'une aventure, dit Kit. Nous en avons traversé un bon nombre toutes les deux depuis dix ans, mais celle-ci tient le pompon, à mon avis.

– Le prochain type que tu rencontreras sera le bon, j'en suis sûre.

– Promets-moi une chose, Regan.

– Laquelle ?

– Examine-le sous toutes les coutures, même si j'en suis dingue.

– Je te le garantis ! répondit Regan en riant. *Surtout* si tu en es dingue.

Son portable sonna. Elle se hâta de répondre.

– Bonjour, Jack. Non, rien de neuf depuis dix minutes. Nous sommes toujours toutes les deux en bon état.

– Il faut que je te voie, Regan. Les aéroports viennent de rouvrir, je vais prendre le premier vol pour Los Angeles. Je ne peux pas attendre jusqu'au prochain week-end.

– Moi non plus. Parce que, vois-tu, Kit et moi sommes sur le point d'embarquer dans un avion pour New York.

– C'est vrai ? exulta Jack.

– Oui. Je voulais te faire la surprise, mais je crois que nous avons eu notre compte de surprises ces derniers jours. Kit prendra un vol en correspondance pour le Connecticut et moi un taxi pour aller chez toi. Après tout ce qui s'est passé, nous ne voulions pas rentrer chacune de son côté sans avoir eu le temps de bavarder jusqu'à en perdre la voix. Mon week-end entre filles aura la conclusion qu'il lui faut.

– Comme l'aura bientôt ta vie de célibataire. Je crois d'ailleurs que nous devrions avancer la date de notre mariage. Nous en parlerons quand tu seras là. Et tu ne prendras pas de taxi ! Je t'attendrai à l'aéroport, les bras grands ouverts.

L'annonce de l'embarquement immédiat du vol de New York fit venir un large sourire sur les lèvres de Regan.

– J'arrive, Jack. J'arrive enfin.

REMERCIEMENTS

Si l'écriture est un travail solitaire, l'édition d'un livre ne l'est pas. Je tiens donc à dire un « Aloha ! » très spécial à tous ceux qui m'ont aidée à offrir à mes lecteurs une nouvelle aventure de Regan Reilly.

Merci d'abord à Roz Lippel, mon éditrice. Depuis le déjeuner où nous avons parlé de l'idée de ce livre jusqu'à l'étape finale, elle n'a pas ménagé ses conseils et son assistance qui m'ont été d'une aide inestimable. Fréquente visiteuse de Hawaii, elle a partagé avec moi sa connaissance approfondie de ces merveilleuses îles.

Mille mercis à Michael Korda pour ses commentaires et ses précieux conseils. À Laura Thielen, l'assistante de Roz, toujours prête à me venir en aide. Travailler avec Gypsy da Silva, directrice adjointe de fabrication, est un plaisir continuel. J'exprime ma sincère gratitude à la préparatrice Rose Ann Ferrick et à l'équipe des correcteurs, Barbara Raynor, Steve Friedeman et Joshua Cohen. Mes félicitations vont au directeur artistique John Fulbrook et au photographe Herman Estevez, qui a si bien su évoquer l'esprit hawaiien sur la photo de couverture. Merci aussi à mon agent, Sam Pinkus. Bravo à Lisl Cade, Carolyn Nurnburg, Nancy Haberman et Tom Chiodo pour leur superbe promotion de Regan Reilly !

Merci encore aux résidents de Hawaii, Robbie Poznansky

qui s'est montré si accueillant et m'a permis de me familia-
riser avec la Grande Île, et Jason Gaspero qui en a fait autant
à Oahu.

Merci enfin à ma mère, qui sait ce que c'est d'écrire un
livre, à ma famille, à mes amis et à mes lecteurs. Un grand
Aloha à tous !

Carol Higgins Clark
dans Le Livre de Poche

L'Accroc   n° 7694

Le collant féminin indémaillable, indéchirable ! Richie
Blossom n'est pas peu fier de cette invention qui pourrait
lui apporter la fortune, et qu'il entend bien présenter au
congrès de fabricants de lingerie qui se déroule à Miami
Beach. Mais cette nouveauté révolutionnaire suscite,
semble-t-il, autant de convoitises que de craintes. Est-ce
pour cela que, par deux fois, dans l'hôtel où se tient aussi
un congrès d'entrepreneurs de pompes funèbres, on essaie
d'attenter à sa vie ? Telle est l'énigme à laquelle va s'atta-
quer Regan Reilly, la jeune détective privée. Et la troisième
tentative d'assassinat sera dirigée contre elle...

Bien frappé   n° 17026

Regan Reilly, l'héroïne de *Par-dessus bord* et de *L'Accroc*, mène ici, avec l'énergie et l'intrépidité qui la carac-
térisent, une enquête sur des vols de tableaux. En sa
compagnie, nous pénétrons le cercle très fermé de la jet-
set d'Aspen, une station de ski du Colorado. Plusieurs
chefs-d'œuvre de grande valeur ont disparu des luxueuses
résidences qui les abritaient. Et l'on accuse Eben, un
cambrioleur repenti en qui Regan a pourtant une totale
confiance... Cependant, une vieille dame seule, Géraldine,
se dispose à offrir au musée local un tableau ancien dont
elle est propriétaire. Le gang va-t-il frapper à nouveau ?
Serait-ce l'occasion pour Regan de faire éclater la vérité ?

Chute libre

Las Vegas ! La ville de tous les possibles et de toutes les illusions... C'est là que débarque Regan Reilly à l'appel de Danny, un ami d'enfance. Celui-ci produit une émission de télé-réalité très « tendance », où des couples au bord de la rupture disposent d'une semaine pour se réconcilier et se retrouver – les plus convaincants empochent un joli paquet de dollars. Mais voilà : Parker Roscoe, le président de la chaîne, semble jouer un jeu ambigu, et le travail de Danny est empoisonné par les rumeurs, les incidents, l'irruption de faux couples... Qui cherche à saboter l'émission ? Qui manipule qui ? Si fine mouche qu'elle soit, Regan aura bien du mal à démêler cet imbroglio où se mêlent la réalité et le spectacle, avant un dénouement plus inimaginable encore...

Pas de veine

De Beverly Hills aux vignobles de Santa Barbara, Carol Higgins Clark nous entraîne dans un tourbillon d'aventures, au cœur de la bonne société hollywoodienne où se prépare l'étonnant mariage d'une vieille star de cinéma, très digne et surtout très riche, avec un homme de cinquante ans son cadet. Mais une disparition vient compromettre la cérémonie et Regan Reilly, détective de charme, se lance alors dans une enquête qui risque bien d'érafler le vernis de ce joli petit monde... Mariant humour et frissons avec une élégance qui n'appartient qu'à elle, Carol Higgins Clark rejoint définitivement le cercle très privé des grandes dames du suspense où trône sa mère, Mary Higgins Clark.

Par-dessus bord

En se rendant à la réunion de St. Polycarp, dans le manoir de l'excentrique vieille lady Exner, Regan Reilly ne songeait qu'à oublier ses soucis de détective pour évoquer d'agréables souvenirs. Mais parmi ces souvenirs, il y a la disparition, dix ans plus tôt, de l'une d'entre elles : Athena Popoulos, jeune héritière grecque. Et lorsqu'on apprend, le même soir, que son corps vient d'être retrouvé dans un bois, tout près du manoir, l'évocation du passé prend les allures d'un début d'enquête... C'est à bord d'un paquebot de luxe, le *Queen Guinevere*, que se trouve l'assassin, et tout indique que c'est à lady Exner et à Regan qu'il en veut maintenant.

Sur la corde   n° 17148

Et dire que Regan Reilly voulait profiter de la Fête nationale pour se reposer dans la villa de ses parents ! Un simple concert de country music, qui doit justement se dérouler dans cette villégiature de luxe des Hamptons, va bouleverser tous ses projets. Une jeune chanteuse, menacée par des lettres anonymes, lui demande protection. Ne possède-t-elle pas un violon qui semble susciter bien des convoitises et qui, selon la légende, provoquerait la mort de quiconque l'emporterait hors d'Irlande ? Il y aura bien un cadavre. Reste à savoir si l'on peut inculper un instrument de musique.

Les Yeux de diamant   n° 37043

À la veille de son centenaire, le Club des pionniers, dans l'élégant quartier de Gramercy Park à New York, traverse des jours difficiles. Cette vénérable institution connaît depuis peu des événements aussi mystérieux que sinistres : la mort de l'un de ses plus anciens membres dans des circonstances suspectes, suivie de la disparition des diamants dont il comptait faire don au club pour le sauver de la faillite. Et ce n'est qu'un début... Qui mieux que Regan Reilly pourrait élucider cette énigme, ces disparitions, ce vol de diamants, tous ces mystères ?

Ce soir je veillerai sur toi n° 17302

Les portes du paradis ne s'ouvriront pour Sterling Brooks
qu'à une condition : retourner sur terre et sauver une
personne en danger. Sa mission : aider Marissa, une petite
fille de six ans. Ses parents ont divorcé, elle se sent triste
et seule en cette veille du 25 décembre. Une terrible
menace pèse sur son père... Sterling va faire tout ce qui
est en son pouvoir pour que Noël soit pour Marissa la
plus inoubliable des fêtes et non un horrible cauchemar.

Trois jours avant Noël n° 17256

L'une est la reine incontestée du frisson. L'autre, du
charme et de l'humour. Toutes deux ont jusqu'au bout
des doigts l'art du suspense. C'est dire qu'avec ce premier roman écrit à quatre mains, Mary Higgins Clark et
sa fille Carol offrent à leurs fans un cadeau de premier
choix. Elles n'y ont pas conjugué seulement leurs talents,
mais aussi leurs héroïnes. Alvirah Meehan, que connais-
sent déjà les lecteurs de Mary Higgins Clark, fait ici
la connaissance de Regan Reilly, la séduisante enquêtrice de *Sur la corde*, au moment où cette dernière
apprend l'enlèvement de son père. Les ravisseurs demandent un million de dollars. Commence alors, trois jours
avant Noël, une course-poursuite haletante qui verra les
deux femmes déployer des trésors d'énergie et de
courage...

Le Voleur de Noël n° 37162

New York. Au pied du Rockefeller Center, sur la 5ᵉ Avenue, on fête tous les ans Noël en musique, autour d'un
immense sapin. Mais cette année, une mystérieuse disparition dans les forêts du Vermont risque de gâcher la

tradition. À moins qu'avant les douze coups de minuit, Regan Reilly et Alvirah Meehan ne démasquent le coupable qui a ravi un butin beaucoup plus précieux qu'on ne le croit...

Composition réalisée par NORD COMPO

Achevé d'imprimer en octobre 2007 en Espagne par
LIBERDUPLEX
Sant Llorenç d'Hortons (08791)
Dépôt légal 1re publication : octobre 2007
N° d'éditeur : 91915
Librairie Générale Française – 31, rue de Fleurus – 75278 Paris Cedex 06